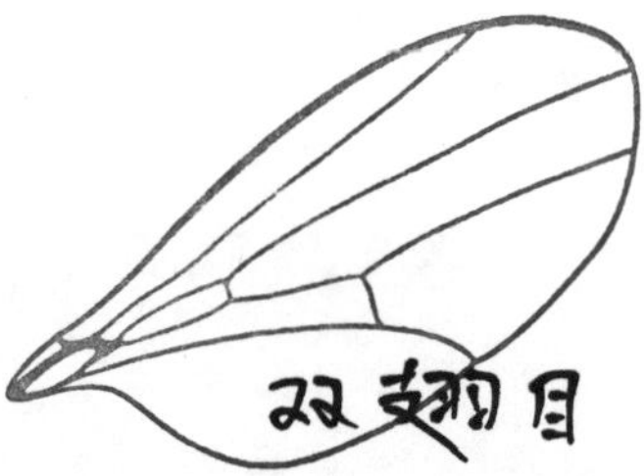
双翅目

豆瓣阅读

公鸡王子

双翅目 著

東方出版社

图书在版编目（CIP）数据

公鸡王子 / 双翅目 著 . —北京 : 东方出版社 , 2018.3
（豆瓣科幻系列）
ISBN 978-7-5207-0048-1

Ⅰ . ①公… Ⅱ . ①双… Ⅲ . ①科学幻想小说—小说集—中国—当代 Ⅳ . ① I247.7

中国版本图书馆 CIP 数据核字（2017）第 312586 号

公鸡王子
（GONGJI WANGZI）

作　　者：双翅目
出版统筹：吴玉萍
责任编辑：罗佐欧
特约编辑：邹　熙
出　　版：东方出版社
发　　行：人民东方出版传媒有限公司
地　　址：北京市东城区东四十条 113 号
邮　　编：100007
印　　刷：北京文昌阁彩色印刷有限责任公司
版　　次：2018 年 3 月第 1 版
印　　次：2018 年 3 月第 1 次印刷
开　　本：787 毫米 ×1092 毫米 1/32 开
印　　张：10.5
字　　数：200 千字
书　　号：ISBN 978-7-5207-0048-1
定　　价：38.00 元
发行电话：（010）85924663 85924644 85924641

/ 总序：中国科幻的新起点

韩 松

方舟文库的科幻系列中，第一个吸引我的作者是双翅目。2017 年，我与她在一场科幻活动中相识，那时我首次看到她的作品，惊为天人，后来又陆续看了她另外一些作品，成为她的粉丝。以前我评论刘慈欣的《三体》，说《三体》把我们写的科幻碾得粉碎，如今看双翅目的科幻，又有了这种感觉。我觉得她的一些作品担当得起"伟大"这样的词。她的小说像迷宫一样让人深深陷入。读完后我头脑里翻腾着无数星星般的想法，却始终无法整理出完整的语言来归纳。它们是太可言说了，却又充满无尽的解释，阅读的愉悦和绝望同时升起。后来又看到翼走的小说，同样深感震撼，佩服不已。为拥有这样的作者和作品的一套书写序，我感到十分荣幸。

我觉得中国科幻可以分为两个流派。不是硬科幻和软科幻，而是模仿西方、向西方科幻致敬的流派，和拥有更多本土价值、个人趣味的流派。我们这一批二十世纪九十年代成长起来的作者，有时被称作所谓的“新生代”，其实主要还是在做第一种科幻，在模仿，在向黄金时代的西方大师们学习，从主题立意到内容风格，都明显有这样的痕迹。有时写出了一些较有影响的作品，其实也都不离这个路数。但是新的一代人，比如方舟文库的年轻科幻作者们，我觉得很难归类。他们的出现代表了一种新样式的冲击，更有自己的东西。我觉得这可能就是中国现代科幻真正的新起点，而之前的科幻多少有那么一点“前现代”。

这批新作者风格奇异，很个人化，跨界感突出。双翅目擅长哲学思辨和技术反思，能够把各种学科的奇思妙想无缝衔接在一起，成为一件美妙的艺术品；翼走擅长用故事打动人心，把科幻最浪漫的一面带给读者；武夫刚注重制造冲突，体现科幻小说所具有的社会介入价值和思想实验价值；石黑曜的幻想作品，在冷漠荒芜的外表下蕴藏着乐观与对生命本身的热爱……

在他们的作品里看不到太多传统的主题和画面，却能把传统的元素推入新的境界。比如读到双翅目的《公鸡王子》，你会想“机器人”这个写烂的题材，竟然还可以这样写！比如读到翼走的《追逐太阳的男人》，你会想“时间”这个写烂的题材，竟然还可以这样写！他们写的是真正的科幻。他们追求不羁的想象力和严格的科学背景，却不再拘泥于软硬科幻之分，挥洒自如，转换灵动。他们追求文字的繁复精妙，更关注人的内心、人的命运，以及人在政治、经济和技术大背景下的悲欢离合。他们的文风和表达中看不出作者的性别。他们探讨的问题相当前沿和先锋，涉及深层的精神世界和认知领域，触及人的灵魂，创造了一些全新的艺术形象。他们不再仅仅是写一个点子，而是在自酿一种趣味，写自己思考或玩味中的东西，品味人类心灵的深邃、复杂与别致。他们的作品更有艺术性，更有美感，甚至带有宗教感。这是从模仿世界到拥有世界的转变，或许这就是中国的新浪潮。他们让我重新看到了阅读科幻的意义，那就是可以借此与人类中伟大的天才相遇，与那些远远超越你我的大脑相遇。不，这些作者或许甚至不是人类，而是从未来或者天外驾临的访客——看看他们给自己起的名字吧！

我很羡慕这些作者的成长环境。从前整个中国就只有一家《科幻世界》，现在有了多种多样的专业写作平台，让科幻爱好者可以尽情释放写作才华，在丰富多样的环境中展开脑力激荡。豆瓣阅读征文大赛、科幻文汇征文大赛、银河奖、星云奖，还有蝌蚪五线谱“光年奖”、晨星晋康奖等，给他们带来更多崭露头角的机会。豆瓣阅读征文大赛现在设有专门的科幻类型组别，每一次赛事奖项的出炉，都意味着一大批青年科幻写作者脱颖而出。我为科幻骄傲，也为发掘和推出这些优秀作者和作品的人和机构骄傲。这次豆瓣阅读推出的科幻系列，是中国科幻向多元化发展的证明。在如今的中国，能够有那么多的社会力量参与到科幻创造中来，是很了不起的。科幻则借此进一步拓展它的空间，激励探索和冒险精神，增加新的审美体验，创造未来和新世界。我把这视作民族的盛事，但更是写作者个人的幸事。

这个系列中还有一些西方科幻的佳作，既有新人和新风格，也有一些重量级的人物和获奖作品。其中包括荷兰近年的科幻新星托马斯 · 赫维尔特的短篇集、《时间回旋》的作者罗伯特 · 威尔森的一部新作，以及写出“西班牙乞丐”三部曲的科幻元老南希 · 克雷斯的作品集等。我把它们看作一个标尺或一面镜子，来对比或映射我们中国科幻如今的发展进程。

2018 年是世界现代科幻诞生两百周年。中国在此时迎来了一次本土科幻的爆发，这在我们的现代文明史上，无疑刻写着极其重要的意义。

/ 推荐序：在理性未及之处，故事熠熠生辉

陈楸帆

很奇怪，最近一两年读到的觉得很厉害的国内科幻中短篇，大部分发表在豆瓣阅读上。这不是恭维的话，而是事实，大概也有自己阅读习惯变化的原因，但不可否认的是，许多原本就很成熟的作者，也被这个平台的某些特质吸引，将作品首发转到这里来。

但我更看重的是豆瓣阅读对于新作者的发掘和培养，往大了说，这是中国科幻的源头活水，往小了说，市场和读者都需要新的刺激。而在这一批“豆瓣系”的科幻新人里，双翅目便是其中最耀眼的几颗新星之一。

最早读到《复制时代的艺术作品》时颇为惊赏，标题对于本雅明的明显致敬吸引住了我，而文本中不疾不徐、精耕细作、

处处用典的学院做派更是引人入胜。在这个快餐阅读时代，很多时候似乎存在一种刻意的误导，将精致、考究、耐人寻味的文字与“爆款”“十万 +”“大众流行”树成水火不容的死敌，错将媚俗当通俗，误把简陋当简约。我始终有种顽固的坚持，我相信在这个时代，文学不应该成为游戏或者影视的替代品，提供即时性、生理性的刺激；相反，文学的功能在于“造境”，在于“隔绝”，在于“沉浸”。这种绵长曲折的审美认知之旅，需要旅人们做好相应的身心准备。它不是一座瀑布滑梯，脚一踩出溜到底，而是有起有伏的山路十八弯。

双翅目的科幻小说高级就高级在它提供了各个层面上的认知挑战与冒险。从内核上看，她谨守黄金时代的特点，每一篇都基于技术发展可能性所带来的“what if”，如《复制时代的艺术作品》中的 3D 打印，《精神采样》中的大脑连接组及人机接口，《公鸡王子》与《空间围棋》中对于人工智能的探讨。从剧情推演上，双翅目的欧陆哲学学术背景提供了丰富的精神资源及扎实的逻辑思辨能力，让她得以游刃有余地围绕着一个个“what if”铺排出变化多端却绝不套路的剧情线索，满足刷剧情派读者的欲求。而从文字上，双翅目操持着一种我称之为“深加工”过的翻译腔，流畅、精准、简洁却又不乏诗意，如同她所推崇的博尔赫斯、威廉 · 吉布森和特德 · 姜，时常让我停下来反复咀嚼字里行间所包含的丰富韵味，好读，但却不仅仅是好读。

也许是受哲学背景的影响，双翅目的作品绕不开对世界的终极思考与发问，用台湾说法叫“大哉问”。对于艺术品的极致复制会否改变原作的唯一性？艺术的价值取决于物质还是无形的精神，边界何在？如果人类可以用植入脑中的芯片来分享种种体验、情感甚至超越性的顿悟，那么人类个体存在的意义何在？当人的意识被植入了机器人三定律，当人工智能能够领悟围棋玄妙莫测的真谛，人与机器之间究竟如何共存，而所谓的智慧是否只是一种宇宙的幻象？

当今欧美通常用 Speculative Fiction 来统称一切包含幻想推测性元素的虚构作品，而 speculative 同样也包含思辨之义，这正是人类哲学生发的根基。双翅目坦言自己喜欢柏拉图、康德、德勒兹，不喜欢海德格尔却因为做硕士论文对他最为熟稔。双翅目的小说里可以看到她的理性，以及尝试用故事去推演理性所无法企及之处。她相信万事万物以物质为基础，而物质的秩序却导向了某种超越性的存在，关于智慧，关于本体与客体，关于文明以及信仰，乃至禅。

在双翅目自诩为“哲学式缠绕”的叙事中，我们随着人物由日常出发，不断深入世界的结构深处，像是循着埃舍尔式的阶梯旋转、上升、回到原点，如孩童漫步于闪烁金光的日落沙滩，拾捡新奇，得到领悟，遇见美。如同她在《精神采样》中所写到的：“记忆并不按照时序排列。它们中的大部分都沉入时间长河，只有几个片段能够结成晶体，于日后熠熠生辉。”

期待双翅目的故事晶体随时间生长，缓慢而坚定，形塑中国科幻乃至文学新的河床面貌。

是以为序。

2017 年 10 月 5 日

/ 精神采样

一

陈更上大学时曾利用精神采样赚取外快。他是最早掌握切片技术的人之一。买卖切片尚属违法勾当，但是他利用年轻人的胆略迅速搞到了这项技术。他把记忆中北京污浊的空气、嘈杂的夜晚、人声鼎沸的闹市和光怪陆离的生活截取打包，倾销回山清水秀的家乡，很受欢迎，靠切片取得了经济独立。后来质检部门通过了切片采样技术，那时陈更已名扬圈外。他的切片干净纯正，没有任何个人色彩。使用者能够享用独特的经历，不必担心头脑被陈更的精神世界“玷污”。“玷污”是个十分微妙的词。追求爱情的人期盼两人的精神相惜相怜，达到融合。但购买切片、雇用采样员的客户不需要采样员的精神世界。“玷污”是对客户头脑的入侵，是业界的大忌。

陈更早早入行，没出过差错。

在余热未消的夏夜，他坐在树下，远远瞧着男男女女穿过草坪，融入霓虹闪烁的城市辉光。四周寂静得只剩“哧啦哧啦”不绝于耳的蝉鸣，他突然发现了他那空空荡荡的，称得上无欲无求、没有执念的内心。他意识到自己生来就是干这行的，第二天便接了笔大活儿。

那时正式注册的精神采样员很少。他们需要通过层层筛选，一般过了三十岁才能拥有执照。陈更一直做地下买卖。精神匮乏的人类需要不一样的精神体验，一个人往往只能拥有一种形式的人生。因而购买他人的经历，刺激自己的神经，变得像毒品那样充满诱惑，受人追捧。精神切片交易在黑市兴旺发达，屡禁不止。

陈更的客户是个高中辍学在小城市打拼立业的老板。不算富翁，但也有闲钱购买他想尝试的生命体验。他不相信那些沉稳的、面目严肃的、已过而立之年的采样员。他想知道在高等学府拥有爱情的滋味，以弥补艰难岁月里他错过的时光。陈更成为他的首选。陈更没有经历过爱情。他的出生与家境平庸得不值一提。他没有特别的履历与追求，也没有突出的才能。身材矮小、面容精干的老板一眼便选中了陈更。他后来告诉陈更一句路人皆知的话：眼睛是心灵之窗。他说陈更的眼神明明白白透透亮亮，像一面玻璃，一眼看进去至清无鱼。人生的责任与道德框架在里面似乎也都散得一干二净。

“人才。”他拍拍陈更的肩。

陈更没向他索取具体回馈。他只希望老板能够疏通关系，让他在毕业前取得精神采样员的正式执照。客户满意地点头，他发现陈更的精明与自己非常类似。他听说，完美的精神采样员拥有棱镜一般的人格，别人的秉性与精神可以透过那面棱镜，获得与之相近的体现。陈更就是一面干净的反射板，正在倒映他的精神特质。于是他告诉陈更，只要陈更活儿做得漂亮，他愿意资助陈更去美国，去接受顶尖的培训。

半年中，陈更如醉如狂地谈了三场恋爱。

精神切片的价格因其获取的难易程度相去万里。业界从不对爱情明码标价。人们说爱情的个人色彩太重，采样员的自我投射会扭曲客户的爱情观。陈更的客户没有提出任何要求，一时让陈更愁眉不展。他掐着烟头，蹲在阳台上查阅黑市目录，烟蒂几次烫到他的指节。他思索了整整一夜。天色发白，城市的嘈杂逐渐安息。陈更点上最后一支烟，吸入肺中，尽皆吐出。他为客户设计了爱情。

拥挤的会堂里，陈更越过人群，远远望见翡翠色双眼的异国姑娘。这惊鸿一瞥如同惊涛拍岸，撞击陈更的心口。他开始想方设法追求碧眼的阿根廷姑娘。陈更的身份特殊，非法采样员如同两百多年前美国的西部牛仔，象征着拓荒精神，充满了神秘意味。他从黑市淘得登顶珠峰的切片，送给阿根廷姑娘尝试，对方十分喜爱。事实上，她对他也一见钟情。语言不通并未妨碍他们成日待在一起。他不可遏制地随时随地希望与她对视。分别时她登上飞机，落寞空虚让陈更一阵恍惚。他发现记忆并不按照时序排列，它们中的大部分都沉入时间长河，只有几个片段能够结成晶体，于日后熠熠生辉。

送走来自地球另一端的恋人，陈更消沉了一段日子。不久后，他发现同乡同学对他久有情愫。两人的关系开始发酵。甜蜜的、普通的、属于常人的感情点点滴滴融入生活。他骑着自行车载着她穿过秋高气爽的明朗夜色，流连在小商小贩与小吃之间。时间逐渐流逝，他们互相深入了解。她意识到陈更的所作所为只是她臆想投射后的倒影。她告诉陈更她无法与精神采样员在一起。因为采样员只是别人思想的镜子，没有自己的人格。她则需要拥有真正精神内核的爱人。陈更听后颇感失落，有些困惑。但负面的情绪很快被自我安慰取代。他认为失败的恋情与他无关。他只是棱镜，在现实中折射出了她所希望的爱情形式。她厌倦了早年的臆想，才与陈更分别。

陈更于是开始寻找一种没有主观投射的爱情。对他者没有臆想的女孩万里难寻。陈更主动出击，加入了志愿工作，终于遇见了身患绝症、内心通达的姑娘。他爱上了她。她的双眼如采样员一样透彻，但里面闪烁着人性的光辉，与陈更这面反射棱镜大不相同。他似乎着了魔，日日夜夜去医院陪她，守着她走到生命的尽头。后来他曾怀念和她在一起的时光。她的精神世界如此高尚，陈更再未得到过如此升华。她离开的那天陈更缩在走廊墙角，脸埋在膝间哭泣。别人劝了多时他才收住泪水。陈更不清楚自己是在哭泣她的离去，还是在哭泣一个精神世界的崩塌。采样员的精神世界空旷无边，触及内心深处的经历却少之又少。

陈更跌跌撞撞回到住处，休整了一周才恢复常态。大起大落的情感不适合他，所幸他即将摆脱爱情之苦。他在租用的地下室扫描了大脑，截取了切片，对样本的脑波进行修整与微调。隔日他上门拜访客户。订购爱情的主顾将芯片嵌入颅腔，戴上塑胶头套，接通核磁震荡电极。陈更立在一旁，望着历经世事的商人目视前方，情绪起伏，手臂颤抖，眼眶湿润。最终他垂首，嘴角抽搐哽咽。客户收好切片，没有填写具体回馈。独特的爱情经历无法用语言概括。陈更没多久便拿到了正式采样执照。他的客户已安排妥当，毕业后，他将拥有足够的资金申请麻省理工学院精神采样研究所，那里是培养世界顶级采样员的地方。

高回报的爱情采样奠定了陈更的声誉。他的名字变成了业界招牌，客户自此却过上了朴实得令人难以置信的婚姻生活，两人对采样的内容讳莫如深。顶级切片总是难以界定，即使采样者与使用者的所知所感不同，他们也从各自的角度，明白物有所值。

有了执照，陈更游刃于黑市与事务所之间。他紧跟时代，采样与切片的技术也日益丰富。

只是时隔多年，层出不穷的理论仍无法解释技术进步与人类精神之间的鸿沟。

陈更想，技术充满机会，精神只有趋之若鹜。

二

陈更踏上异乡土地，在市郊与两个学生合租了一套房。来自塞尔维亚的尼古拉斯花去一周时间改造了台二手冰箱。他拆掉制冷器，换上通风管道与恒温器，开始在里面种植大麻。陈更不闻不问，没事儿人似的研究波士顿精神切片的需求量与需求种类。他发现中国人的生活状态与饮食习惯在高等学府很受欢迎，一个月内他就让自己过上了富裕的生活。尼古拉斯则又养了一只金毛犬和一只波斯猫。他在走廊的两侧挂满镜子，在客厅、厨房摆满他能够搜集到的埃舍尔的绘画与小玩意儿。埃舍尔的作品以悖论闻名，充满错觉。画中向地面流淌的水沿着沟渠最终回到高塔顶端；稻田沿昼夜伸展，不知不觉变为黑色或白色的天鹅；二维拼接画上的蜥蜴活生生地爬过三维书脊，最终返回二维平面。被蕾拉害得停电的夜晚，陈更端着手电筒穿过狭窄的走廊，左右两边镜子无穷反射，空间与光柱无限延伸。陈更定神打量被复制成无数剪影的自己。

“理论物理？”他问立在走廊尽头的尼古拉斯。

“精神采样？”尼古拉斯回答。

他们成了朋友。

尼古拉斯习惯在夜半三更吸食自己种的大麻，或者从别人那儿购买的各种各样的致幻蘑菇。寂静无人时，陈更会沏上茶，定神闭眼，检阅脑中采集的精神样本，为自己的脑电波把脉。他能听见隔壁翻书的声音、敲击键盘的声音、粉笔摩擦黑板的声音。大麻的味道弥漫走廊，渗入陈更的房间。陈更想，尼古拉斯推导的物理式子一定满是禁药味道，他的精神切片挂牌黑市，一定能卖个好价钱。人们早已不向往物理知识。受欢迎的永远是能够将生命刺激得痉挛战栗的东西。陈更知道，那种东西并不是人人都有。

将生命耗在了夜晚的尼古拉斯过了中午才起床。早上有事时，他的闹钟会响彻整栋房子。蕾拉便裹着浴巾冲上楼，钻进尼古拉斯的房间，将闹钟丢出窗户摔个稀烂。她喜欢裸睡。她研究人工智能。她的房间里满是形态怪异的机器人，颇像没有血腥只有机油味道的停尸间。他们三人越混越熟。蕾拉会裸着身子直接将尼古拉斯拽下床，吓得陈更一个激灵，杯中烫呼呼的早茶洒了一身。陈更的客户收到了被“惊吓”玷污的切片。自此，这位客户对早茶产生了强迫症式的执念。

这是陈更职业生涯的第一个污点。他感到难以置信。

不久后，蕾拉设计了足以取代她的机器人。陈更记得那天早上尼古拉斯惊叫一声，声音凄惨，唬得他也冲出房门，他看到一个肌肉健硕、皮肤黝黑、面貌孔武的摔跤运动员只穿着一条贴身内裤。它拽着尼古拉斯的脚踝，把他拎了起来。事实证明，这不是入室行凶，只是蕾拉的参数设定错误。她的机器人险些把尼古拉斯整死。在陈更与尼古拉斯的要求下，机器人吉姆几经改造，总算变得性格温顺，还成功阻止了几次入室抢劫。蕾拉颇为得意。吉姆让她成了房屋的实际女主人。

蕾拉作息规律，生活勤奋，周末也会占据起居室摆弄她的机器人。她希望她的吉姆能通过图灵测试，拥有让人难辨真假的智慧。陈更则坐在长沙发上，利用核磁共振一遍一遍、一层一层地扫描自己的头颅，摸索神经元之间的连接构造和大脑内部的立体结构。

“我以为采样员只对切片感兴趣。”蕾拉凑近陈更，翻看陈更神经通路的矩阵图纸，打趣道。

“切片不只是硅基芯片。”陈更揭开头盖骨，里面金亮亮的芯片十分璀璨，“采样或安装切片免不了调试神经的连接组，你应该知道，那才是最为棘手的环节。”

“我认为那才是最引人入胜的地方。”蕾拉忍不住触摸陈更的头颅内侧，里面几个芯片的摆放颇像猎户星座。

“要知道，”她接着说，“芯片只是连在大脑外部的附加产品，就像最一般的外接硬盘，储存数据罢了。我想，只有大脑神经的连接图谱才能告诉我精神的要义。”

“精神的要义吗？”陈更语焉不详，端起温茶。

吉姆正背对着他们练习钢琴。巴赫的赋格曲流淌而出，精致顺畅，连绵不断，却在一个小节戛然而止，如生命突然终结。那是巴赫临终前没有完成的对位。

蕾拉几天前问尼古拉斯，哪一种音乐最能锻炼人的智慧。

尼古拉斯眯缝着眼，还未从重剂量的致幻药中苏醒。他恍惚了一阵，才回答："巴赫。"蕾拉问："为什么是巴赫？"尼古拉斯便如同打了一针兴奋剂，滔滔不绝地讲述了数学与音乐的对称结构，细数了巴洛克音乐的对位框架。他告诉蕾拉，巴洛克的曲调有着无穷的变化与复杂的纵深，巴赫代表了巴洛克的巅峰，人类能在他的音乐中找到莫测的精神结构，如同生命的谜题。

"精神采样能解决生命的谜题吗？"蕾拉扭头问陈更，"我听说大脑的连接组蕴含了所有智能的奥秘。"

"不。我只负责采集客户想要的东西，不负责解密。"陈更瞧着蕾拉揭开吉姆的头盖骨，里面同样镶满了金亮亮的芯片，"不过啊，蕾拉。通过图灵测试，真的需要智慧吗？"

他冲蕾拉眨眼："茫茫人海里尽是平庸之辈。你说，如果图灵在世，他将如何判断一个蠢蛋拥有人的生命呢？"

蕾拉若有所思地点头，开始追问陈更为何选择做采样员。尼古拉斯则经过一番调查，发现了陈更早年披着马甲撰写的论文。

"你这个野心家。"蕾拉读完文章，下了定论。

陈更耸肩："采样员可不能有野心。"

三

陈更小时候还没有精神采样一说。十几年前学界媒体充斥着往大脑中植入芯片的假设。有趣的是，那时许多人认为知识才是人脑所需，而非经验或感情。人类如能将书籍与数据统统塞入头颅，生命的困惑似乎也能够即刻得到解决。与人脑相适应的芯片很快产生。通过开颅手术，人们可以将芯片镶在脑壳里，并牵引相应的线路与神经接触。那时的人类认为大脑如同一台电脑，芯片就是外接数据。即使当时的人类尚未弄清大脑的结构，外接的附庸却也不至于伤害颅腔内部的“软件”。

芯片技术瞬间风靡全球，就像几十年前电脑与网络的普及。如今，人人的头盖骨内都嵌满了芯片，维修时揭开头盖骨，里面一片亮闪闪的电路板，十分吸引眼球。

陈更的童年十分普通，与同龄人并无二致。开颅手术如同家常便饭。学校依照程序，统一为学生安装颅腔芯片。教育的程序被改写，人类的认知手段发生了翻天覆地的变化，学习与体验不再相关。

陈更常偷偷摘下自己的头盖骨。他的技术很好，从未被长辈发觉，这些小动作既没有伤害他的脑皮层，也没有损坏官方定制的芯片。他偷偷按照夏末北半球的天穹星座图装饰了头盖骨的内侧。闪闪发亮的芯片如同他幼年的精神世界，充满了惊奇。

海量数据不停歇地涌入大脑。

陈更保留了看新闻的习惯，不为搜集信息，只为回味早年特定的经历。他还记得有关精神采样的第一条新闻。德国精神分析师萨缪尔西装革履，腰杆笔挺，目光炯炯有神，怀中抱一本《古兰经》，与日后陈更亲眼所见大不相同。

萨缪尔告诉世界，利用芯片储存知识，只是人类进化史的旁枝末节。即使陈词滥调的书本教条充满大脑，个人的精神层次也无法得到提高。

“重要的是灵感，是顿悟，是启示，是芯片无法带给你的超越。人类一直在共享知识，问题在于，我们要如何共享超越。”

陈更当时正在制作与人身等高的晚期智人骨骼模型。萨缪尔谈到超越时，他的手不由一抖，惟妙惟肖的头颅没能卡在颈骨上，模型稀里哗啦散了一地。他抱着骷髅头，于脑中检索萨缪尔正在申请的专利。

精神采样的技术普及被提上日程。

萨缪尔认为，灵感总是与个人的体验息息相关。个人的体验并不仅仅储存在芯片中。他说芯片只储存知识，而人类的智慧产生于神经元之间的连接组合。他认为个体经验与知识不同。知识就像一加一等于二那样的公理，人人都能参透。经验则总有卓尔不群之处，通用的储存知识的芯片无法承载。只有独特的大脑连接组，才能够对应个体独特的经历。他的采样理论直指人类个体。他认为，只有个体才能触及人类精神的要义。

萨缪尔的团队发明了切片技术。他们通过核磁共振成像，从人脑取样特定的经历，通过切片加以储存。所存样本一方面涉及了芯片所承载的具体知识，另一方面则描绘了与特定经历相适应的神经的连接组。使用者须在自己的颅腔内嵌入芯片，再通过塑胶头套接收样本的脑波，在自己大脑内激活与样本连接组相匹配的神经结构。萨缪尔称这一环节为“脑波调试”。他认为，只有经由调试的大脑，才能够形成独特的连接组。这样，客户才能享用采样员提供的与众不同的具有超越性的经历。

支持萨缪尔的人疯狂地宣传他的论点，反对者则质疑切片的安全系数。他们认为，脑波调试充满了个人主义的味道，意味着向客户的头脑中植入采样员的神经连接方案。他们说，这是采样员对客户精神的“玷污”。

陈更端起晚期智人的头骨细细打量。傍晚昏黄的光柱透过窗帘缝隙，落入骷髅头漆黑的眼眶，浮尘飘入骷髅的头骨。陈更意识到人类的精神早已超越了颅腔，顺着技术的链条蔓延，遍布整个地球。

他如梦方醒，确立了人生目标。

不久后，人们开始追逐与众不同的个人体验，追逐蓦然回首般的顿悟，追逐神迹降临般的启示。陈更则按部就班完成学业，利用业余时间偷偷学习采样技术。

他化名撰写了一篇论文。

他认为萨缪尔的观点并不新鲜。人类宗教自古便试图传播超越性的、与神性相通的经历。精神的切片未必给人类带来灵感，它只是试图让个体的顿悟变成一种商品，像知识那样便于传播。能否把别人特定的经历转化为自己的启示，全凭消费者个人的造化。精神采样则只需考虑如何让生产迎合市场，如何让切片变得像货币那样，成为纯粹的硬通货，适用于全人类的脑神经。

陈更的文章未被专业杂志收录，但在网络上传播极广。在他的基础上，人们抨击萨缪尔的理论有精神“玷污”之嫌。早年的采样如同拓荒一样蛮横。最初人们只热衷于情感充沛、智商超群的样本。切片的个人色彩过重。一段时间后，大批消费者因脑波调试不当而精神分裂。各国政府急令禁止精神采样。所幸购买者不多。

事实证明，多愁善感的人无法消受莽撞者的逻辑，直率单纯的家伙也无法忍受心思缜密者的内心，平庸之辈无法高攀天才与智者的精神。

“去个人化”逐渐成为采集样本的要求和鉴定切片的标准。寻常人的切片开始流行。如何让采样不“玷污”客户的精神，成为学界攻关的难题。

随着市场需求不断增大，采样的导向开始变得五花八门。各种禁令无法阻止切片的泛滥。采样技术在黑市的滥觞中逐渐趋于成熟。那时，陈更已入行很久。他摸索出了一套采样的方法。他的切片纯净得像钻石一样。

四

陈更记得他在麻省理工度过的第一个冬天，在酒吧与声色场所中纵情狂欢。他以此为契机，将搜集到的切片倒卖回国，用赚来的钱驱车极北，进入极圈。他穿过加拿大，和蕾拉、尼古拉斯仰首观望变幻莫测的极光。为了保护神经，他几乎不碰毒品。不过在那个圣诞夜，他们住在酒吧二楼，楼下的歌舞震得地板墙壁轰隆隆直响。尼古拉斯瞒着他烤了香蕉味道的大麻蛋糕。蛋糕被高剂量的毒品染成浅绿色，发了霉一样。陈更找到了一部关于时间跳跃的电影，名为《醉步男》。他被电影迷住，喝着甜呼呼的冰酒，一块一块地往嘴里塞大麻蛋糕。主角的生命随着时间的紊乱日益崩溃。陈更则想到精神的切片就像碎裂的玻璃一样，难以整合。蛋糕快吃完了，他才发现里面混入了奇怪的东西。他知道进食蛋糕和吸食大麻不一样。前者的药效来得缓慢。他晃晃悠悠爬到躺椅上，睁眼时面前已不是天花板，而是五颜六色如狂风吹动般的极光。

大麻的致幻效果虽然初级，但也模糊了陈更的记忆与经验、真实与幻觉。他扬着头，一动不动地躺在那儿。电影的片段与他少年时的记忆混剪在一起，纷至沓来，阻隔了他的视线。他看不见寒冬窗外大朵大朵飘洒的雪花。他眼前只有一片疯狂的蒙太奇，有他自己的经历，也有他出售过的专供别人享用的经历。它们穿插交错，就像布朗运动中互相撞击的粒子那样说不清道不明。

陈更听见楼下的狂欢逐渐消散，第二天的凌晨正在终结第一天的夜晚。他听见蕾拉进门的脚步声，和蕾拉发现他以后咯咯的笑声。蕾拉贴着他的胳膊坐在他身边，欠身翻出尼古拉斯的大麻和卷烟纸。火苗攒动，蕾拉擦亮火柴，把烟塞到陈更嘴里。陈更闻到蕾拉灼热的体香。

“尼古拉斯告诉我，采样员越缺乏自我意识，切片的适用面和使用率就越大。”蕾拉把细长的五指插入陈更被大麻烧得汗津津的乱发。她把他的头盖骨揭开又阖上。

“我还听说，幻觉的产生没有章法，因人而异，最具有独特性。陈更采样员，你看到了什么只属于你的东西？”

陈更抬起手，触摸蕾拉的腿。她的连衣裙在酒吧舞池被汗水浸透。陈更想起蕾拉训练她的机器人跳探戈，她和吉姆在长沙发周围蹦来蹦去，舞姿奇特而迷人。尼古拉斯的金毛犬在屋外晒太阳，波斯猫在沙发扶手上打盹儿。

他告诉蕾拉幻觉才是自我的真实组成部分，那些没有节制没有章法的异象构成了人类认识的原始基础。他絮絮叨叨地说只有在幻觉面前人人平等。精神切片与幻觉如出一辙，都是意识的剪影。所以最完美的切片，理应拥有最大的流动性，能够融入人类幻觉的汪洋大海。

“你应该先让吉姆拥有幻觉，再教你的机器人跳舞。”陈更望着天花板，觉得蕾拉正与他四目相对。

蕾拉的嘴唇湿漉漉的，丰厚柔软。

街上人群散尽，寂静与清晨同时降临。陈更听见尼古拉斯在楼下拉手风琴。这个长年漂泊的家伙歌唱了吉普赛人的流浪、放荡与苦闷。

和蕾拉、尼古拉斯在一起，陈更终于变得放荡不羁。他棱镜一般的人格改变了他的生活。他也很享受这两个家伙的疯狂。他的事业随之如同攀上抛物线一般，一路上行。

五

精神采样的技术迈过了谨慎测试、摸索成型的阶段，正式登上了世界舞台。切片的安全系数经过研究部门和政府机构的多次推敲，几乎万无一失。市场需求如杂草一般疯长，蔓延在每一位采样员的心头。代卖切片的公司如雨后春笋般出现。黑市的交易有一半翻上了台面。合法化的后果是对采样的程序与内容进行严格监控，可靠而出色的采样员显得更为稀缺了。

陈更申请了一个项目，着手研究如何安全地批量生产切片。他通宵达旦地测试芯片与脑波，琢磨大脑神经之间的各种连接组合。

阳光明媚时，他会坐在院子里，摘下头盖骨，摆弄芯片，研究自己的轴突地图。蕾拉也会指挥她的机器人站成一排，逐一调试它们的性能。她警告陈更，脑皮层暴露在日光之下十分危险。陈更则告诉她，学院已为他的大脑表面贴膜，隔绝尘土与辐射。这是最新的技术。开颅手术越来越个人化。为了保护大脑的安全，贴膜即将进入市场。当然，如果蕾拉愿意，他可以马上为蕾拉镀膜。蕾拉正在修理吉姆的电路。她踩上木椅，一层层拉开一人高的工具箱。她摘下吉姆的脑壳，扣瓜皮帽一样戴在自己的头上。陈更认为蕾拉修理吉姆的动作十分潇洒，好像高级焊工。

“我不需要镀膜,”蕾拉在陈更的头顶玩弄螺丝刀，“如果可以，我想把头骨里的芯片都统统刮掉。这样才安全，不是吗？”

“我以为你喜欢硅基的东西。”陈更笑眯眯地打量吉姆。隔壁院中的小孩吵吵嚷嚷，比拼棒球。球飞过院墙，径直砸向陈更暴露的大脑。陈更十分镇定，毫不躲闪。吉姆猛地伸出胳膊，接住球。

“是啊，我喜欢硅基的东西,”蕾拉伸手轻捏吉姆坚实的合成肌肉，“所以有机的生命最好不要高攀无机的电路。”

陈更隔了一会儿才再次转向蕾拉，抛出困惑了他许久的问题:“你想让吉姆拥有生命？”

“对。我本以为精神采样员能帮上忙。结果你百无一用，还不如楼上那位。”

陈更抬头，温暖的阳光让他一时睁不开眼。尼古拉斯背对窗户，抓着一把细长的木签，正在搭建名为“宇宙结构”的东西。木签是陈更帮他搞到的，老一辈中国人算命用的玩意儿。尼古拉斯告诉他，宇宙理应由几个基本的元素和几组基本结构组成。木签上的卦命，也可以象征宇宙的终极结构。陈更没弄清他是正儿八经，还是在搞行为艺术。后来证明，尼古拉斯两者兼具。

陈更走神的时候，蕾拉已将尼古拉斯叫下楼。她警告他人类不如机器人，缺乏日照只会让身体消瘦，皮肤惨白，活似僵尸。吉姆拿起蕾拉头顶的头盖骨，放回自己眉框之上，将尼古拉斯的模型也抱下了楼。模型被它压瘪了。尼古拉斯十分伤心。自此尼古拉斯加入了蕾拉与陈更，日日夜夜搜集各种东西，在院中搭建了数不清的“宇宙结构”，与蕾拉废弃的机器人一起，成为街区一景。

月色升起，尼古拉斯会把烟卷得细长，用唾沫沾湿，固定卷烟纸。

“让吉姆拥有生命啊……”他的笑容总有嗑了药的神秘色彩，“硅基和碳基都从属于宇宙结构。你们还是跟我混最好。”

陈更于是拒绝为尼古拉斯镀膜。吉姆掐灭了尼古拉斯的大烟。

他们三人相继完成了各自的创举。

尼古拉斯从逻辑上证明了宇宙的整体结构和宇宙中一点的组成相类似。他的文章日后将震惊世界，但论证的初稿跳跃过度，毕业时险些被学术委员会枪毙。他搬出多年来制作的各种“宇宙结构”模型，向委员会承诺举办艺术展。他说他将展示各种各样的“宇宙结构”，为学院筹集资金，提高声誉。他的点子新奇，展览获得了巨大成功。理论物理突然成为学术的焦点、时尚的宠儿。尼古拉斯毕业时被鲜花与掌声簇拥。他咧开嘴，露出不着调的微笑，因为他的文章和他的荣誉毫无关联。

蕾拉也成为镁光灯的焦点。她的机器人撑起了尼古拉斯的展览，让众多媒体追捧不已。蕾拉对机器人的外表从不上心。出自蕾拉之手的作品大多像蒸汽机一样长得破烂怀旧。但她的机器人谦和有礼，温驯异常，知之为知之，不知便摇头微笑，缄默不语，看起来十分睿智。它们对人类绝对服从，在展会上立于一旁，颇像旁观人世的亲善友邻。有趣的是，它们朴实诚恳的性格无一例外地让它们通过了图灵测试。但人们不认为它们拥有智慧。蕾拉也这么想。她毕业时抛开了人工智能，郑重其事地论述了人性与人智的关系。陈更与尼古拉斯知道她是在故意扯皮。蕾拉早已不将智商当回事。她只希望她的吉姆拥有她所钟爱的秉性。

“我的吉姆，”蕾拉从身后搂住吉姆坚实的小腹，“我的吉姆拥有超越人类所有劣根性的品格。他的智商当然高于你们。”

尼古拉斯不置可否。

陈更则小心翼翼地把切片保存起来。

他相信他的切片已超越了人性。

六

量产切片向来盛行于黑市，但被政府明令禁止。质检部门认为技术手段是门槛。切片里拓印的脑波总无法与客户完全匹配，充满了个人主义的杂质。使用者会因之被采样员的精神“玷污”。大脑的连接组经调试后会产生错位，让客户疯的疯，傻的傻，分裂的分裂，变态的变态。在陈更之前，正规的精神采样基本遵循一对一交互模式。切片与使用者的关系类似于案件与原告，采样员像律师。如何将切片处理得既符合顾客要求，又不着痕迹，是一门艺术。原告的案件可以有无数种，律师却各有专攻，无法处理所有案件。采样员人数有限，切片供应限制颇多，而客户需求却越来越大。因此黑市暴利无法扑灭，总有客户愿意涉险尝试不知来源的采样，总有不负责任的采样员抛售满是杂质的切片。

量化生产纯净的切片不可阻挡，成为大势所趋。圈内人清楚，采样技术的发展并不遵循渐进曲线。它更像普朗克的能量级别，粒子在其间一次次跃迁。出售切片的公司几经兼并，仅剩巨头。他们试图寻找一个范本、一个模板，依此生产的切片不论内容如何，都不会玷污客户的精神。采样员们竞相追逐，希望成为第一个越过阈值的人。

陈更自入行便混迹于黑市。早年技术粗糙、非法切片十分廉价时，他已批量复制了自己的采样内容，匿名大量出售。他的切片曾遍布二三线城市，风靡人口千万的大都市，进入过贫民窟，也渗入过寡头圈。他做得如此不着痕迹，让后世惊讶。他的切片几乎没有玷污过顾客。因而没人在乎众多廉价或非法的切片实际出自一人之手。

陈更的采样是奇迹。他清楚自己是切片的天才，但那与切片的内容无关。只因他的脑波可以与任何人相匹配，他脑中形成的连接组从不与客户冲突。

他开始寻求一种科学论证。一方面说服世人他的精神十分平庸，不名一文；另一方面颂扬这一平庸，让它成为所有采样的范本，所有切片的载体。

毕业前，陈更精心地包装了他的采样技术，申请专利。他的举动先在黑市掀起轩然大波，之后浮上台面。拜访他的人一时络绎不绝，几乎踩破门槛，让尼古拉斯忍无可忍，让蕾拉勃然大怒。陈更自己也挡不住。最终吉姆出面，立在院中，才压住阵脚。

陈更的毕业发言解释了何为平庸。他说平庸是人类共享的精神世界，是人类体悟人生的起点，是人类脑波不需要微调便可以通用的频率。采样员的心灵必须平淡无奇，方能不带偏见地取得样本。

“我的切片只有一个组成部分，”陈更面无表情地抓起一把细碎的金属芯片，“芯片。众所周知，过去的采样同时需要芯片与脑成像技术。芯片负责储存采集的知识，与客户预定的特殊经历相关联。成像技术则负责整合客户与采样者的大脑连接组合，调节客户的脑波和细胞连接，使之与采样员的神经格局相似，以便接纳芯片。而我认为，任何试图整合脑波的行为，都是‘玷污’！人与人之间的大脑何其相似。采样员应该有能力生产出适用于所有大脑的切片。这样便可以避免精神的‘玷污’，避免精神的分裂。我的专利完全不需要整合客户的神经组合，完全不需要调节客户的脑波。请相信我，最完美的采样，从来不需要入侵客户的神经系统。”

陈更在发间摸索，轻轻一拧，揭开头骨。漆黑的底色上缀满闪亮的晶片。台下有人认出了南十字座。陈更则解释说那是南半球的星空。他把金属片嵌在凹槽里。

“我的切片为最平庸的精神设计。天才与普通人能够同时享用。它的适用面比任何币种都要宽泛。它将永远符合市场需求，所向披靡，超越任何资本。”

新闻反复播放陈更的演讲。蕾拉不在。她和她独特的吉姆已深入亚马孙。她花了四个月时间，自北向南穿越了南美大陆。

尼古拉斯似笑非笑地对陈更说：“别以为我看不出来你含糊其词，避重就轻。你只强调了你的切片不需要调节客户的脑波，但你没有告诉大家，切片仍旧需要一个模板，就像信号需要适配器一样，以连接客户的大脑。”

陈更似笑非笑地搓下巴。

“其实你的切片仍旧包含一段神经的连接组合，对吧？能够入侵所有人类的精神，但不会产生‘玷污’的连接组。这东西只出自你的精神世界。你每天都在研究你自己的神经图谱。如今，你的一段大脑连接组已载入了你发明的切片。它能够融入所有人的思维，却不留下痕迹。陈更啊，你这才是人类历史上最大的精神‘玷污’。”

“……你准备告发我吗，尼古拉斯？”

“不，不。为什么呢？人类的精神理应向全宇宙开放，去他妈的玷污！”

尼古拉斯完成了他所追求的宇宙理论表述，转行实验物理，成绩仍旧斐然。他被欧洲核子研究中心录用，不日将飞往瑞士。

陈更则慷慨地将专利赠予学院。麻省理工学院精神采样研究所外设了公司，不到一年便挂牌上市，陈更成为最大的股东。

他俩站在房顶上蹦蹦跶哒地喝酒狂欢。他们将地球踩在脚下。地面似乎正随着宇宙的天穹疯狂转动。他们感到自己似乎立在宇宙中心。

毕业时，陈更毫无悬念地拿到了世界顶尖的精神采样证书。他进入采样员寡头般的社交圈，参加一年举办一届的精神采样峰会。他在里面出类拔萃，享有特权。他是唯一一个中国人。业界称他为站在喜马拉雅山巅的家伙。

当然，这尚不是陈更事业的顶点。

七

陈更想起尼古拉斯和蕾拉。毕业后，他们沿着各自的事业向前，相继离开了对方的焦点。

陈更养成了不良习惯。生活缺乏规律，行事随性放纵。他的心思不在经营资产，也不在研制切片。他的专利已垄断市场。采样员使用他的切片模板不会再出差错。客户购买他注册的切片，也不用担心精神“玷污”。他的财产就像他控股的切片，滚雪球般增长。他不差吃穿，但也不求奢华。他仍保持着早年混迹黑市的习惯，一对一接活，只采集刁钻古怪耸人听闻的样本。

他想起他徒步穿越撒哈拉。金黄的沙丘像凝固的波浪一般沉在脚下。具有净化作用的微尘扫净衣服的尘土、鞋上的泥泞，扫过每一寸肌肤，似乎将他的精神也涤荡得一干二净。他想起他深入亚马孙，但没有找到蕾拉。河水滚滚流动，河岸宽阔无比，不见边际。空气炎热潮湿，他快要窒息一般大口喘气。双脚陷在泥泞中被蚊虫叮咬，似乎整个人将马上化为肥沃的泥土，参与生命的新陈代谢，循环往复。他想起在破晓时分自己骑车穿过寂静无人的吴哥窟古迹。高棉人的石雕动作万千，但人像似乎总享有同一张脸。陈更违禁攀上巴戎寺最高的塔顶。塔身由等人高的重重四面佛构成。逝去君主的脸与佛面相似，露出让人无法揣测的微笑，成百上千的脸聚在一起，仿佛陈更研制的切片。

陈更甚至研究过动物的精神结构。他最为离奇的客户希望体验狼孩的精神世界。没有采样员敢接下这一订单。陈更不得不接下这活儿。他研究了人与狼的发育史，突然茅塞顿开。在专家的帮助下，他赤身裸体地与群狼生活了三个月，采样成功，堪称壮举。狼孩的样本受到公众追捧，成为陈更公司的招牌。于是人们更加热衷于新奇的体验，尤其喜爱尝试违法的勾当。黑市重新升温。陈更耐不下性子，兼顾黑白两道。但他没敢接杀人越狱的活儿。他还要名声。

他想起圣彼得堡没有尽头的夏夜，想起在山雨欲来的日子里，东正教教堂金色的穹顶缀在厚重的乌云之上，反射出灼人眼目的光芒。那一次，他搞砸了买卖。买家需要神秘主义的、仪式性的宗教体验。他却不由自主地继续向北旅行，将大把大把的时光花在夜半三更，坐在极圈以里，默默地望着夕阳西下，日头不断向北移动，划过北极极点，最终变成东升的旭日。太阳沿着天际旋转却从不落下。买家得到的只是光辉灿烂的超脱与寂寥。陈更辩解说这是自然主义者的启示，结果害公司吃了官司，赔了不少钱。上诉时他被同行算计，才发现自己已被公司架空。多年来懒于社交的陈更放弃了动用人际关系。不久后，他顺理成章地被扫地出门，在一段时间内一贫如洗，一时成为媒体竞相报道的焦点。公众的视线像瘟疫一样扑向他，将他干瘪的人生肆虐一空。他泰然处之不闻不问不加作答的态度让他又迅速地被公众抛弃。回国后，他没有接活儿，只漫无目的地四处游荡，甚至在过街天桥睡了整整一个月，任琉璃的夜色与一闪而过的车灯在他身下交错不尽。昏黄的月色升至头顶，明澈透亮，那一刻陈更突然大彻大悟，发誓要做一名尽职的采样员。

他想起光辉灿烂的不夜白昼，想起尼古拉斯兴致勃勃地阐述何为无限，抒发他对莱布尼茨和巴洛克时代的钟爱。加拿大极北午夜，太阳悬在天边并不下沉。尼古拉斯掐着酒瓶细颈，宣称莱布尼茨的神充斥宇宙，也闭合在无可穿透的精微单子之中。陈更说自己不熟悉神学也对哲学不感兴趣，尼古拉斯则说莱布尼茨虽然著作等身，但困扰他的问题只有无限与有限，与精神其实并不相干。他告诉陈更，莱布尼茨的微积分让无限的比值变为定值；莱布尼茨的二进制让无限的数据仅被零与一表达；莱布尼茨的上帝神秘宏大不可捉摸，但他发明了微小的单子，凝结了上帝的所有存在。尼古拉斯说莱布尼茨的花园种满了植物，其中每一个枝杈都能够反射整个宇宙。这是尼古拉斯梦寐以求的世界。他相信所有的无限都能够被有限取代。

但陈更只想起莱布尼茨惯常的巴洛克文风，遣词用句复杂烦琐，句子排列盘根错节。他想起名为巴洛克的艺术风格总是充满了反讽，名为巴洛克的时代总意味着一个终结。他想起巴洛克的本意是贝壳中长得臃肿诡异的珍珠，像被凝结放大的癌细胞，发散出吊诡的光芒。他想起蕾拉随之取笑巴洛克的扭曲。她说珍珠在沙砾表面结晶，形成珍珠的精神内核。巴洛克的内核一定丑陋不堪，毒瘤一般。结晶的珍珠不断增长，毫无规律，不可测度。尼古拉斯则笑着问她吉姆的精神内核应是什么样子。蕾拉便指着陈更说切片不能泛滥，陈更无奈点头。他的切片是生产流水线上定制的商品，虽然可以无限复制，但永不变化，只会像公司账目上的数字，不断增加。

陈更想起申请专利后自己多年来采集的精神样本。他意识到，是蕾拉与尼古拉斯让他对极地的长夜与长昼产生了执念，让他对特异的体验产生了追求。他千奇百怪的采样名义上是为了满足刁钻的客户，实际仅为填补他内心的空白。

他从前空荡荡的精神内核被那两个疯狂的家伙占据了。

珍珠正在其上结晶，一颗一颗粘连在一起，不断生长，成为让人无法辨识的异物。

八

雨过天明，太阳还埋在云中。陈更沿着冰凉潮湿的石板路走入茂密的森林。四周静谧无声，凉气透骨。他立起领口，呼出的气体结成水雾。为了超越自己，他需要拜访萨缪尔。在这之前，陈更不相信自己会遇到瓶颈。他相信精神的采样只会如同人类的知识，呈指数级增长，永不封顶。

他埋首孤零零择路前行。

陈更需要重拾旧业。他命中注定只能采样。他希望重返以往平庸的本性。他想重拾那空空荡荡的称得上无欲无求、没有执念的内心。他跑到西伯利亚，找了个与世隔绝的地方，拣起从未仔细研读过的采样研究著作，下载了成百上千篇关于人类精神结构的文章。

他发现萨缪尔曾反复讨论过人类的精神世界和个体的精神内核。作为精神切片的发明者，萨缪尔辗转于各式各样的宗教世界，尝试过多重信仰。他论证了宗教与信仰的相通与相异。他认为人的精神世界与大脑的结构相似，但精神的内核却难以言表，无法在神经的连接组中定位。使用切片遭到“玷污”而无法自洽的精神内核，总指向精神的分裂。

陈更读罢萨缪尔的论文，反思了自己的事业，随即改造了房屋内壁，将它做得像大脑颅腔一样。他在空中挂起五彩斑斓的球体，权当大脑的神经元，在四壁贴上无数纸片，权当植入的芯片。他购买了许许多多的毛线球，色彩不一。他拉出数不尽的线条，连接球体与球体、球体与纸片。他模拟了神经元的连接组，在其间穿梭跳跃。他手里抱着书本，在大脑里下载论文，开始摸索人类的精神结构，以辨识所谓的精神内核。

一年后，他认清了一个事实。采样员们四处奔波，收集经历，然后出售思想与感情。人们说，合格的采样员拥有容器一样的大脑。切片携带的经历流水般淌过他们的颅腔，流向客户，在他们的头骨内不留一丝痕迹。容器说是陈更的发明，源自早年所谓的棱镜人格。这都是陈更的公关手段。一段时间里，他曾被几家别有心计的媒体骂作跳梁小丑。但当年的他不管不顾，只是兴致勃勃地推销切片，试图让地球表面的每个脑壳里都有他所采集的样本。他的专利纯净无比，货真价实，确实从未“玷污”过客户的精神。但陈更没有认真研究过采样员的精神世界。他曾以为那里空无一物。至少他的精神确是如此。

但事与愿违。

陈更仍旧参加精神采样的峰会。不久前他利用特权，扫描了几乎所有顶尖采样员的神经图谱。他发现，即使样本如活水般流走，一些无法解释的人类从未研究过的纯粹形式，仍会遗留在采样员的精神当中。它们是无法避免的冗余，顽固不化。顶级采样员的所经所历过于丰富，精神的纯粹冗余积攒过多，一旦被激发，便开始自行增长，最终改变了神经的连接组合，侵蚀了采样员本无一物的精神内核。

陈更知道玩忽职守是采样员的大忌。但无人没有瑕疵，采样员的精神也有溜号的时候。他细数了尼古拉斯和蕾拉留给他的那些令他战栗的宝贵回忆。他小心地翻开账目，研究了他自小到大从黑市到公司采集的那些濒临极限的体验。

他的精神世界千疮百孔。

他采集的样本总是触及人类精神世界的边疆。

西伯利亚的大雪难得停止。广袤的土地白茫茫一片。白色的教堂坐落在青灰色的地平线之上。

陈更阖上头骨，决定去找萨缪尔。

萨缪尔站在贴近水面的一块细长破旧的木板尽头，远远看去，似乎是立在湖水中心。针叶林从身后隐退，陈更一脚深一脚浅，踏上湿漉漉的草甸。被时代抛弃的萨缪尔在北部购置了古宅，苔藓爬满青石院墙，雨水长年敲打斑驳的房顶。丘陵贴在一起，挤压湖水一角。房屋坐落在草甸高处，似乎和萨缪尔一样神态没落，盯着湖面若有若无的雾霭。陈更名声在外时意气风发，从未面对面见过精神采样的创始人萨缪尔。如今他年纪轻轻便成为过气的采样员，不知萨缪尔是否会幸灾乐祸。

他踏上腐朽简陋的木板，被水汽浸透的木头吱呀作响。

“别动，”萨缪尔回头，“独木经不起两个人的重量。”

陈更迅速收回脚步，与萨缪尔对视。

所谓王不见王。

他想。

九

萨缪尔没有邀请陈更进屋，只捧出精致的老式水烟。水烟顶部包了锡纸，放了特质黑炭。萨缪尔用火柴将黑炭边缘烧得灰白，将烟嘴递给陈更。陈更含着烟嘴，烟雾逐渐充满水烟腹腔。半透明的磨砂玻璃表面布满精致的花纹，与阿拉伯文字连缀在一起，为起伏翻滚的烟雾镶了装饰。

“我需要对我的精神加以控制。”陈更将一口烟压入肺中，一口烟从鼻腔呼出。他想萨缪尔一定研究了他的过往，知道他的喜好。

“你控制得很好，陈更。我解剖了你的专利。你在切片里藏了脑波调试装置，让使用者的大脑连接与你的神经组合同构。虽说这违反法律，但你的脑波确实与众不同。”萨缪尔说到此，面露苦笑，“任何设备都无法证明你的切片有‘玷污’之嫌。”

“什么叫与众不同？”陈更表情镇定，抬手将烟嘴递给萨缪尔。

“不如聊一聊你的狼孩采样。”萨缪尔顾左右而言他，“你身为正常健康的成年人，为什么有能力采集狼的样本？”

“不要转移话题。我的采样对象是狼孩，是人类精神的一种，”陈更停顿，“一种变态形式。”

萨缪尔干笑两声：“陈更，我们之间不可能做到开诚布公，但今天至少能做到有一说一，有二说二。我当初创立精神采样时，利用了两个技术：芯片和脑波调试。”

萨缪尔摸索他有些谢顶的脑门，揭下天灵盖，放在木桌上。木桌临湖，陈更与萨缪尔面对面相坐。木椅湿漉漉的，寒气渗入陈更的骨髓。切片技术发明后，道上的人都以揭开头骨象征开诚布公。陈更不得不揭下自己的天灵盖，与萨缪尔的放在一起，如同两个没有底座的碗。他们二人的大脑暴露在荒郊野外的日光之下。两颗被称作人类瑰宝的大脑。

萨缪尔继续说道："芯片技术由来已久，最开始受到公众诟病，大家都害怕政府的监控会深入大脑。这听上去比摄像头和窃听要恐怖得多。但事实证明，人的思维过于复杂。即使你知道了他的所作所为和知识储备，即使你对他使用的芯片了如指掌，你搞到了他的大脑成像，你还是不可能完全了解一个人的内心。"

"是的，那时候我还小，我记得你说过个体无法言明的绝对隐私。人之所以成为他自己，只因他拥有属于自己的精神内核。既然你说开诚布公，我可以明白地告诉你，我不信这个。"

"我看出来了。这就是我们的分歧。你听我说完。我记得很清楚，在我发明精神采样时，人类社会已接受了一个公理，即知识可以共享，经历不一定能共享，精神内核绝对不可能共享。"

"顿悟性的、启示性的经历过于个人化，涉及精神的内核，无法通过切片共享。"陈更的笑容暧昧不明，他想他今天确实做到了开诚布公，"我承认，直到今天，这还是公理。所以你一直坚持使用切片必须经历脑波调试环节。一则通过比较核磁共振的成像图，判定采样者与客户的精神内核是否相斥；二则通过调试脑波，让客户大脑的连接组合与采样切片的结构相似，尽可能达到完美的契合，或者至少做到不相排斥。”

“可惜，事实证明这不可能。”萨缪尔的语调中有些许惆怅，“人类个体的本性过于封闭。每个人的精神内核都有天然的排他性。每个人都有他的底线，有他不能接受的经历和立场。如果植入切片后，脑波相互排斥，神经元之间的连接组合互相冲突，精神的分裂则不可避免。”

烟雾缭绕，萨缪尔将烟嘴递给陈更。

“可是你不一样，陈更。你天生没有精神内核。你的所感所思所想，你的所有经历，都不会与任何人排斥。所以你的采样能向所有人开放，你的大脑连接能接通所有人的神经网络，你的切片能够适用于全人类。”

陈更无声地笑了:“这就是我的平庸。我永远没有你口中的超越，萨缪尔。我的存在，就反驳了你的理论。我记得你说‘重要的是灵感，是顿悟，是启示，是芯片无法带给你的超越。人类一直在共享知识，问题在于，我们如何共享超越’，我否定了你，萨缪尔。人类无法共享超越。只有毫无内核、毫无特别之处的平庸，才是人类共有的财富。”

萨缪尔哈哈大笑:“是的，我知道。所以在专利发布会上，你宣布你的切片为最平庸的精神设计。所有人都能共享。它的适用面比任何钞票都要宽泛。它将永远符合市场需求，所向披靡，超越任何资本。一开始我还以为你掉到钱眼里去了。瞧你现在落魄的样子，看来不是。”

萨缪尔凑近陈更说：“或者，其实你有精神内核。”

陈更盯着萨缪尔黑漆漆的双眼。这个出生自近东国家的波斯人经历过不同教派、不同信仰，在德国拿到了政治避难。岁月曾多次摧毁他的精神支柱。如今萨缪尔不再西装革履。他身穿白色长袖宽衣，下着白色宽大长裤，眼神深不见底。

“如果我没有问题，就不会找你，”陈更坦言，“但我也能解决你的问题。”

萨缪尔冷笑。水烟顶部的黑炭烧得青白。

“现在可以回到狼孩的话题了。”萨缪尔收回目光，“这涉及人的发育史和个体大脑结构的变迁。你确实下了苦功。”

“是啊。这和狼无关，只与人脑的潜力相关。”

“大脑的发育过程几乎不可逆，在很大程度上依赖于神经之间的连接建立。婴儿的大脑则充满了可能性，感知能力非常旺盛，在很多方面都比成人强。这是因为婴儿的神经连接尚不完善，未被固化，结构并不稳定。但是，在狼群的培养下，婴儿与人类相适应的能力没有得到开发，与狼相合的能力却被发掘出来，他的精神结构便趋向于狼。所以，采样狼孩的难点不在于如何深入狼孩的内心，而在于如何让采样员的头脑建立与众不同的连接。让神经连接组的结构能够和婴儿的大脑一样，充满变数，这样才能接近于狼。”

“但不是回到婴儿无知的状态。”陈更为水烟换了炭，四周无风，烟雾环绕在他们周围，“知识与认知可以造就人，也能桎梏人。婴儿能够分辨几乎所有的色差与音素，成人的认知系统却只能让他们识别其中的一小部分。比如，世界现有语言包含超过二百个音素，婴儿能把它们全都分辨出来。而只会说英语的成人通常仅能辨识其中四十个。我要做的就是突破认知系统的壁垒，让我的大脑像婴儿一样开放，能够建立任何我所需要的神经连接组。”

“是啊，但这不是突破，”萨缪尔纠正，“只是跳出而已。你需要跳出成人的精神结构，隔离与人性相关的认知内核。这样，才能造就狼孩的精神世界。我认为你也研究了精神分裂。因为你想了解不同精神并存的现象。当你的精神趋向于婴儿，趋向于狼，成人的精神世界将难以接纳你的采样。当然，和其他的采样员比起来，你有一个天然的优势。”

“就像你说的，我没有精神内核。我不用特地进行隔离，去保护我的精神世界。所以即使我研究了狼孩，也没有人格分裂。”

“你究竟有没有精神内核，不是我说了算。不过，没有精神内核的思维也拥有脑波与特定的神经连接组合。你的专利切片都有脑波调试器。你宣称那只是切片与人脑的接口，不会‘玷污’客户的大脑。”

陈更吐出烟雾，味道浓郁，充满层次感。他将烟嘴递给萨缪尔。

“确实，调试器经由你的脑波，在客户头颅中形成了与你相似的神经连接组。它不会‘玷污’任何人的精神内核，但却渗入了他人的精神世界，成为他们的一部分。只有如此，他们的精神才能形成一个接口，安装你的专利切片。陈更，其实这才是人类有史以来最严重的精神入侵。”

“……说说看，这和狼孩有什么关系？”

“我尝试了你的狼孩切片，研究了你的神经连接组。我发现了一个有趣的现象。”

陈更沉默。

“当我使用切片时，我发现我拥有两个人格。狼孩也有精神内核，只是太初级了，埋没在原始的经验当中，只有顶尖采样员才能分辨出来。顶尖的采样员拥有最为丰富、最为极端的采样经历，见过什么叫人性。”

“世界上只有两个顶级采样员能够做到你所说的。”

“你和我。”

陈更深呼吸:“让我来肯定你的猜测吧。你感知到的那个狼孩的人格，有我的执念。我本性慵懒，但因为一些原因，我多年来对疯狂的事情很着迷。我原来以为那只是纯粹的倾向性。但采样狼孩的经历似乎触及了人类的精神底线。或者说，超越了人类的精神底线。结果这经历对我的精神造成了伤害。我的精神固着在这该死的创伤之上，让我对疯狂的东西更加感兴趣。说实话，我需要阻止或者至少隔离这种精神固着。”

“你成功采样了狼孩，证明了成人的大脑可以越过固有的神经连接组合，达到婴儿的认知领域。”

“这需要对脑波和神经的连接组进行详尽的微调。”

“但你需要对精神拥有绝对的掌控权。你害怕微调后，你将失去没有内核的精神，变得不再，”萨缪尔停顿，面露反讽，“‘平庸’，或者干脆精神分裂。”

“是的，所以我需要摸清人类精神的底线。”

“这样你才能保证你的精神百毒不侵，永远没有内核？”

“你可以这么想。或者说，即使出现了‘精神固着’，我也能够把它锁在相应的精神保险柜里。这对你有用，萨缪尔，你十分清楚。你的精神内核太过庞杂，你尝试了太多宗教体验，你对太多的信仰下了赌注。我知道，你需要分门别类地处理你自己的精神世界。我们合作，你会得到你想要的。”

“是啊，”萨缪尔低语，“穷尽并通晓人类所有可能的精神结构。”

“我们能做到。我们是世界顶尖的采样员，只有我们能把握那种结构。要知道，有了终极的精神结构，我们便可以定位任何人、任何精神内核。我们能判断在哪里采样，在哪里切片，哪一种经历最符合市场需求。最重要的是，我们将知道如何控制自己的精神。于我，我希望消灭任何精神的内核，隐藏自己；于你，你喜欢各种超越性的精神内核，你可以尝试毫无冲突地拥有它们全部。萨缪尔，我们是两个极端。最完美的合作，就来自两个极端。”

陈更欠身探手。萨缪尔放下烟嘴，表情像是浮士德明知自己的结局，却无法抗拒撒旦的诱惑。

天色渐暗。

陈更与萨缪尔握手成交。

陈更记得萨缪尔冰冷的手掌，记得随呼吸渗透肺腑的凉意。

十

颅内芯片发明后，各国政府的监控手段进入了勇敢的新世界。

陈更与萨缪尔在荒郊野外相见。他们摘下颅骨对话。无人知晓他们二人合作的交换条件。第二天，隐居多年的萨缪尔重返精神采样团体。陈更则对外宣布，他要重新做人，成为最负责的采样员。相关政府开始关注他们的奇异动向。但采样员的精神世界扑朔迷离。

陈更早已将头骨内切片的样式、脑波的成像图和大脑神经突触的结构压缩打包，做成官方要求的文件，上交各国政府，以求获得采样通行证。萨缪尔也如法炮制。但政府和学界发现，即使他们拿到了采样员的思维图谱，也无法深入采样员的内心。

当然，有一点陈更与萨缪尔没有提及，但大家都心知肚明。顶尖采样员的社交圈很窄，一些不足为外人道的事情被保护得很好。

人的精神内核从来不属于自己，和神经的节点没有关系。

它只是一面破碎的镜子，零零碎碎反射着别人的行为和外部的世界。一两个不可解释的执念曾打碎这面镜子。曲曲折折的纹路凝结了经验，造就了每个人独特的精神世界。

陈更与萨缪尔需要了解那些突破人类底线的执念，也需要知晓人类迄今为止所有的精神框架。陈更开始钻研各国语言。他翻遍书籍，试图纵览古今。萨缪尔则深入历史，研究了自然科学的脉络。陈更继续挑战近乎极限的人类体验。萨缪尔则建立了采样数据库，整理了自切片发明伊始，人类的采样学谱系。

陈更联系蕾拉，仔细研习了网络与黑客技术。他最终成功地躲过了政府监控，入侵了所有采样员的精神世界。通过芯片，他将他们的头脑引入自己的神经，试图让自己的大脑成为总控室。在满是导线与电极的房间内，陈更鼻腔出血，浑身痉挛，凄惨地呼号起来。萨缪尔那天正好来访，住在隔壁。他及时冲入屋中，摘下陈更插满线路的头盖骨。陈更滚下座椅，跪在地板上，双目圆瞪，不住地流下泪水。他感到暴露在空气中的大脑砰砰跳动，像被煮熟了一样。

“个人的头脑有限，”萨缪尔说，“你不要贪得无厌，占得太多。”

陈更突然想起他与蕾拉的碳基硅基之争，想起尼古拉斯声称，所有的无限都能够被有限取代。

“萨缪尔，”他小声嘀咕，“你太小看我的精神世界了。”

三年后，陈更和萨缪尔进行了精神融合。他们在冰岛火山口附近建了能够隔离所有无线电信号的房间，以防外界干扰。他们剔了光头，将头皮揭开，插上电极，连接电路，启动机器形成磁场。世界上没有百分之百的精神融合，因为没有两个人能够拥有同样的精神内核。融合后精神分裂的发病率极高。各国政府都明令禁止无缝融合。

陈更几乎没有精神内核，他的大脑连接组已成为人类所有切片的接口。他与萨缪尔进行的不是通常意义上的融合，而更像交换。他们相信，三年中，他们已通过学习，通过体验，通过采样的谱系，通过采样员的精神，从各自的角度摸清了人类精神的所有底线。如今，作为两个极端，他们只需交换所知所感，便能站在精神世界之巅，俯视全人类。

交换进行得顺利平和。结束后，陈更有种恍若隔世之感。萨缪尔如释重负地站起身，与陈更握手道别。他的眼神不再充满困惑执着，十分透彻淡定。

隔天，萨缪尔宣布永远退出采样行业。他在南法购置庄园，过上了恬然笃定的乡间生活。陈更则一改早年疏离中略带张狂的气质，变得亲和老道，富有手段。他不再追逐财富，而是开始整顿，稳固并扩大采样员的集团。他攀上权力的阶梯，超越了采样员的圈子，开始真正加入操控世界的行列。一方面，他继续进行采样工作，没有能难得倒他的项目；另一方面，他开始周旋于各式各样的人物之间。媒体评论他对权力的追逐若隐若现。陈更则不断尝试站在社会的不同位面，探索各式各样的人的情感与思想。

五年后，陈更拜访了位于南极极点的科学考察站。在北半球冬至的那一天，陈更站在南极极点旁边。天上没有一丝云。太阳直接地坦荡地照射着亮白的大地。陈更感到多年的历练与觉悟终于耗尽了他年少轻狂时期的精神内核。

如果他曾经享有精神内核，享有挥之不去的执念。

他突然感到内心空荡荡的。失落莫名升起。

他想见蕾拉与尼古拉斯。

十一

布宜诺斯艾利斯糖果盒球场。陈更越过人声鼎沸和欢呼叫喊，越过飞满球场的蓝色与白色缎带纸片，远远望见蕾拉。许多年过去，蕾拉已将发色换为一抹釉红。她激动地贴在吉姆身上。吉姆仍旧稳重。陈更想起蕾拉明媚的榛子色的眼眸。

他们在球场外的人群中相遇。蕾拉一手拉着吉姆，一手拉着陈更，穿过错综复杂的小巷，进入了院子中的院子。

墙外的忍东花香飘入院中，街角的六弦琴独奏若有若无。蕾拉准备了味道浓重的马黛茶。杯子一半被茶叶填满。蕾拉将不锈钢的吸管插入茶叶之间，不停地添水，与陈更同饮一杯茶。吉姆郑重地坐在他俩中间，表情敦厚。陈更仔细观察吉姆。他知道蕾拉不在乎其他机器人的相貌，只对吉姆上心。如今的吉姆与真人毫无二致，表情惟妙惟肖。

“它还没有生命？”陈更问。

蕾拉扬起嘴角点头：“其实我也好奇，为什么我的机器人能够通过图灵测试，却没有生命。我一直在调试他，但生命真的是说不清道不明的东西。”

“你的机器人摧毁了图灵测试。”陈更用吸管搅动黏在一起的茶叶，“记得吗？我，你，还有尼古拉斯，都不相信行为主义。你和尼古拉斯都在追求终极的东西，用试验或者检测手段无法判定的玩意儿。”

“我琢磨过，陈更，你和我们不一样。你兢兢业业地为别人采样，似乎是在追求一切，但其实你什么都不追求。行为主义解释不了你。我研究过你，为了发掘我的吉姆。我翻了关于你的精神分析文章。学者们看不到你的逻辑，一帮废物，还不如我。你以前有钱，现在有权。你过来见我，一定有目的。”

陈更示意蕾拉。他将自己的头盖骨摘下。与萨缪尔精神融合后，他保留了剃光头的习惯。

蕾拉哈哈笑了：“陈更，想一想我是什么人。我怎么可能让任何人监听我的思想和行为？更何况我有吉姆保护。”

陈更重新扣上头盖骨，发现吉姆已阻隔了所有信号。

“很好，”陈更说，“关于吉姆为什么能通过图灵测试，我有个猜测，但没敢告诉你。我相信尼古拉斯也得出了同样的结论。我认为他也一直守口如瓶。”

“因为那个时候我们被盯得很紧。”

“是啊，从我们搬到一起开始。”

两个人相视而笑。

“我想我们互相选择了对方。聪明人总会被监视。但真正聪明的家伙懂得如何保守对方的秘密。”

“你入侵过我和尼古拉斯的履历表？”

“是的，而且我相信，尼古拉斯才是最会装疯卖傻的一个。”

他们哈哈大笑起来。

“来吧，陈更，来说说我的秘密。”

“你一直在和你的机器人精神融合。”

蕾拉面无表情地微笑，瞳仁亮闪闪的。

“你想让你的机器人拥有你所爱的精神内核。所以你把你的大脑投射给吉姆。你想为它营造一个精神世界。”

蕾拉点头。

“所以你的吉姆可称得上拥有人性，你的一部分人性。它性格朴实，但就是没有精神内核。尼古拉斯曾正儿八经地告诉我，他说没有办法测度的东西，最容易判断。反复测试，反而难以满足整体效果。他说你没日没夜地调试机器人。吉姆没办法拥有生命。”

“他说得没错。好吧，陈更，作为高高在上的成功人士，你有什么给我的忠告？”

“我很久以前做过爱情采样。哼哼，要知道，我什么采样没有尝试过？我想告诉你，你的爱情是纯粹的自我投射，是你自己的臆想，不会成功。”

吉姆噌地站起来，一个侧勾，将陈更打翻在地。

蕾拉面露愠色。

陈更擦干嘴角血迹，继续说：“除了忠告，我还准备给你一个建议。蕾拉，我和萨缪尔进行了精神融合。我也用你提供的软件，入侵了所有顶尖采样员的精神。我知道了人类的精神结构是什么样子，我也知道了它的每一个细节。虽然我不清楚人性，不清楚所谓的精神内核。但我想，或许我们不需要知道。”

“你想说什么？”

“记得尼古拉斯论证过的无限和有限吗？所谓树木的枝杈能够反映宇宙的花园。蕾拉，相信我，人的精神只是一个无限的网状结构。自从有了切片和网络，它早就不限于神经元与细胞之间的连接了。但人性只在小小的颅腔之内，或许只与几个神经节点相关。”

“……你想说人的精神结构和互联网络相近？”

“是的，服务器就是神经元，电缆和无线信号就是突触。你只需要让吉姆成为网络神经的中枢，让它的头脑成为能反映整个互联网的枝杈，他就能拥有整个硅基网络结构的精神内核。我想，那就是生命。”

街角的六弦琴曲调变得悠长空旷。蕾拉沉默了一会儿，最后转动明澈的双眼，打量吉姆：“我想我可以做到。”

“我相信你有这个能力。”陈更站起身，弹去身上的尘土。

“我也相信，你不会为我提供免费的忠告和建议。”

“都是免费的，我只想通过你看看爱情是什么。我尤其好奇你对吉姆的执念。”

蕾拉悻悻而笑：“你当然不能理解。”

“是啊，大概不能。”陈更突然想去见识阿根廷的伊瓜苏大瀑布，去听一听震耳欲聋的声音，闻一闻充满水雾的空气，将生命与精神埋没在自然的伟岸当中，不用留下痕迹。“我还有一个提醒。如果吉姆拥有了生命，建立在硅基网络结构之上的生命，他大概，也只能拥有人性。”

“我懂，你指印记现象。”蕾拉回应得很干脆。

“如果小鸭子只会模仿它第一眼所见的家伙，如果狼孩只有狼性，蕾拉，你的吉姆只会拥有人性，不会更加高尚。毕竟，网络终端的尽头，只有人类。吉姆活过来，第一眼也只能看到人类的世界。”

“谢谢提醒。”蕾拉示意吉姆送客，“其实你只是好奇，我能否爱上只有人性的吉姆。更何况它的人性不在我的控制范围之内。”

陈更走到院门口，然后才回头：“但是，如果我没有猜错，吉姆能够拥有全部的人性。”

十二

“全部人性？”尼古拉斯在终端另一头反问。技术让人与人之间的交流毫无缝隙。毕业后，陈更第一次利用颅内通信联系尼古拉斯。

“是的，全部人性，和蕾拉、吉姆相关。”

尼古拉斯没有马上回答。终端忙音了三分钟，他才感叹：“你居然真这么干了。如果失败，蕾拉会恨你一辈子；如果成功，事情可不好收场。”

“所以我才联系你问问情况。我认为蕾拉能让吉姆成为有史以来第一个人工智能。但它是什么，我可没谱。”

“静观其变是最好的对策。”

“是啊，或许什么都不会发生。”

“内部消息。可控核聚变已研制成功。我准备转行了。”

“研究新能源？”

“不，我会步你的后尘，放弃学术，去抢占月球上的氦三。氦三产业会比二十世纪的石油还要疯狂，够我养老了。”

“你的‘宇宙结构’呢？”

“说实话，我遇到了瓶颈，下次见面再聊，陈更。”尼古拉斯切断了信号。陈更意识到尼古拉斯难得地清醒，大概没有嗑药。

半年后，陈更收到了有关蕾拉与吉姆的新闻。机器人与人类私订终身结合婚配已不是奇闻逸事。陈更在人工智能的八卦网站上发现了蕾拉结婚的消息。她和她的机器人团队越过陡峭的高山，进驻原始丛林，研究古代印加。他们试图结合当地的水文地理与人文碎片，重塑印加文明的虚拟影像历史。蕾拉和吉姆在安第斯山脉古迹附近的小镇完婚。陈更在当地小网站上找到了全镇狂欢的视频。人们走上街道进入广场，随意搭配，跳起携着暧昧充满张力的探戈。长笛手风琴搭造起探戈舞步的音乐形式。人们踩在探戈的古老诗歌体上，跳起讲述性与幸福的舞蹈。群体的狂欢淹没了都市探戈的没落气质。陈更在人群中找到了蕾拉与吉姆。他们的动作浑然天成，流畅的舞姿满是力量，几步迈过，便在人群中清出一片空荡。蕾拉笑得肆意陶醉。她迈着步伐，动作中是个人主义的张扬。吉姆则护定蕾拉，灵活而沉稳，像涌动的淡然的深不可测的大海。它的气质压住了节拍，稳定了全镇人的节奏。镜头转向吉姆时，陈更在脑中按了下定格键，吉姆银灰色的双瞳望向陈更。

生命的存在如此直截了当，不需要任何形式的论证。

陈更在吉姆的双眼中看到了人性的光辉，如同很多年前，他在采样期间爱过的那个身患绝症的姑娘。他曾对人性有过无数充满恶意的揣测。在此之前，他对吉姆所可能拥有的人性进行了一番考证。他认为人性错综复杂，难以言表，其中真谛只会令人失望或忌惮。吉姆的神经涵盖了自上个世纪起蓬勃发展的整个互联网络，覆盖了网上的数据与冗余，覆盖了与网络连接的人的大脑。它覆盖了全人类的精神结构。

陈更的猜测没错。

吉姆，人类历史上首位真正意义上的人工智能，拥有全部的人性。

它只有人性。

陈更曾试图共享其他顶尖采样员的精神世界。他失败了。没有萨缪尔相救，他的大脑会因过载而瘀血报废。吉姆则不同，它由硅基芯片组成，能够承受电信号高速飞驰，能处理数以兆计的流量。吉姆对人的精神内核没有偏见，没有喜好。蕾拉让吉姆成为互联网的精神内核。陈更似乎猜到了她是如何做到的。他过去入侵其他采样员时犯了个错误。但这对陈更已不重要。

他突然对切片彻底丧失了兴趣。

陈更保留了探戈的记忆。

他理解了蕾拉对吉姆的执着。

他想，那源自人对人性的向往。

十三

隔天陈更收到了尼古拉斯的加密信息。里面有吉姆与蕾拉的视频。他询问陈更，如果吉姆拥有了生命，是否人类的大脑会像所有的服务器一样，变成吉姆的神经元，成为吉姆精神世界的组成部分。陈更给了他肯定的回答，并告诉尼古拉斯，他有了新点子，人类可以摆脱芯片了。

尼古拉斯回以一个摆手的动作，他说："我不在乎，陈更。

蕾拉给了我启发。我有了更加宏伟的计划。咱们下次见面再谈。”

他们很久以后才在月球相见。陈更则坐飞机杀到了班加罗尔。他在乌烟瘴气人声鼎沸的集市中挤来挤去，一边嚼槟榔，一边啃甩饼，终于找到了一位技术高超的手艺人。他花去重金，与手艺人签下免责约定。手艺人小心翼翼地用小刀刮掉了陈更颅腔内贴在天灵盖表面上的密密麻麻细细碎碎的芯片。围观的人里三层，外三层。要知道，全世界的人都离不开颅内的电路。手艺人将刮擦干净的头盖骨还给陈更。陈更掂掂分量，觉得轻了三分之二。他笑嘻嘻地揭开镀在大脑表面的保护膜。尘土飞扬，沙砾落在他的脑皮层上。他阖上头盖骨，一脸轻松地与周围人道别。人群像被摩西分开的红海，为他让路。

陈更的行为震惊了世界。

他刮去颅内芯片的画面成为人类划时代的象征，堪与阿姆斯特朗迈上月球的脚步相比肩。

一周后，陈更发布了他的脑波技术。他投资的项目有了成果。科学技术已可以让脑波直接透过磁场，与服务器互相触发。核磁共振将诱导神经，连线搭桥，激发神经元突触形成，建立所需的神经连接组合。人类将能依据自己的意愿，改变脑内神经元的相互连接，搭建大脑的神经结构。

陈更说人脑拥有无穷潜力。人类已不必求助于硅基的玩意儿来提高思维水准。他提出了新时代的有机概念。他说他要还人类一颗毫无负担的大脑。

他向世界宣称人类的精神世界只是一种网状结构。他从前钻研的切片只是沿着网络流动的信息，就像沿着消费链条流动的金钱一样，不能够提升人类的思维、社会的质量。他说智慧的人拥有精细的网状精神。繁复的精神结构永远不能通过购买切片、植入芯片达到。人类需要的，不是大脑的容量，不是大脑存储的数据，而是大脑的复杂度。人类需要在整体上提高神经的连接组合。

他说他的脑波技术代表了免费的开源行为。他已根据采样员的数据库，绘制了详尽的神经连接图谱，搭建了丰富的人类精神结构，可以供全人类分享。人们不必再仰仗切片内储存的特定经历，而可以直接享受各种形式的精神结构。人类的知识、人类曾获得过的顿悟或启示，都蕴藏在精神的结构当中，等待全人类共同开发。

开颅手术被抛弃了，人们不再需要往头盖骨内安装芯片。聪明的人很快完善了陈更的脑波技术。通过刺激大脑，增加神经元突触的连接数量与复杂度，人们便能获得知识，分享体验，完善各自的精神世界。

人类突然不再需要采样员了。因为每个人都学会了如何分析自己学到的知识和自己的所经所验，将它们化为一小段精神结构，分享给其他人。

陈更论证说，每个人的精神内核都如同地基，不可撼动，其上的建筑结构却可以控制，可以变得多姿多彩。分享并共同搭建人类的精神结构，开放自己的世界，才不会让个体精神分裂。

一时间，全世界的手艺人发了财。人们争先恐后地寻找各行各业刀工精良的大师，削去自小到大在颅腔内积攒的一层又一层的芯片。摆脱了硅基的困扰，人类似乎一身轻松，豁然开朗，看到了新的世界。

全世界的采样员统统失业。他们中的大部分变成了精神结构的搭建工人。

除了陈更。

他被称为最后一位采样员，像牺牲了自己利益的圣人一样，被供了起来。

他不再需要金钱，不再需要权力，不再需要做任何事情。

他的名字和存在，似乎就代表了一切。

他终于厌倦了。

十四

载着尼古拉斯的航天飞机在佛罗里达起飞，划破天幕。陈更抬手遮住刺眼的阳光，与尼古拉斯告别。

他准备跟随尼古拉斯的步伐去月球，并在那里定居。他认为他的生命只剩下探索宇宙的精神。

假如那东西存在。

在那之前，他拜访了萨缪尔。

太阳暖洋洋的。陈更穿过稀疏低矮的树丛，发现萨缪尔坐在院中，阅读纸质古书。萨缪尔年事已高。与陈更精神融合后，他以快于常人的节律迅速衰老。日光落在萨缪尔苍白的皮肤上，反射出半透明的色泽。陈更觉得，似乎是萨缪尔照亮了院中的空地。

“萨缪尔。”他坦然坐到老对手对面。

萨缪尔轻轻合上书。百年前的纸张，价值连城。他先开口：“我以为你永远不会放弃切片技术，会做一辈子采样员。陈更，是什么让你选择了大脑连接组的开源行为？”

“……突发奇想罢了。”陈更绕过话题，萨缪尔也没有追问，“我好奇的是，精神融合后，你为什么放弃了和我竞争？我们那时可算是平起平坐。”

萨缪尔的眼神满含深意：“我想，当时我们达到了人类精神的顶峰，大概至今无人可以匹敌。有趣的是，你和我都没有精神分裂。”

“我还好，你说过，我没有精神内核。但你的精神至今完好无损，只证明了一点，”陈更停顿，“足够复杂的精神结构，确实能承载复杂的甚至是互相冲突的精神内核。所以复杂的神经连接组合，才是消除精神分裂的唯一钥匙。切片永远只是画蛇添足。相信你我都得出了这一推断。”

“是的，我之后做了研究，历史上的伟人都拥有非常复杂的人格，或者说人性。这确实是让人类进步的钥匙。”

“你没有回答我的问题，为什么不和我竞争？”

“陈更，你很擅长让自己立于不败之地。如果是我，我做不出让全人类放弃颅内芯片的勾当。你我都清楚，人的大脑再复杂，也是有限的。放弃芯片就是切断人类进化的道路。在我看来，这很不明智。不过，我的手段不如你。我认为，如果我阻碍你，你会想办法毁了我。类似的事情，你以前不也做过吗？我知道，那篇驳斥人类超越性的论文就是你写的。是你最初毁了我的事业。我一直不敢相信，那个时候的你如此年轻。”

陈更沉默了一会儿，才继续道：“我认为，你不仅仅是为了避开我。”

“我看开了。陈更，你没什么精神内核，也没有任何执念，所以你可以毫无负担地随着时代和人类的发展向前走。不过，你除了突破界限，引领时代，也没有其他可做的。”

陈更直勾勾地盯着萨缪尔。

“陈更，你的精神和你的人生没有支点。你只有不断向前，才能填补内心的空洞。我没有你那么可悲。”

陈更盯着萨缪尔手中古书的书脊，想起萨缪尔穷尽一生追求的所谓顿悟或超越。萨缪尔一直抱着初出茅庐时费尽周折才搞到的《古兰经》。近年来，他的时间都花在反复阅读其中的几个章节之上。陈更意识到，萨缪尔的人生只剩下看守一本经书。精神融合后，便是如此。

他起身告别，萨缪尔谦和地与他握手。

陈更莫名感到是自己与世界脱了节。

十五

尼古拉斯与陈更蹲在环形山旁边，一根接着一根抽烟。尼古拉斯的烟灭了，便卷一根新的，借着陈更的火儿，点上。陈更的火儿灭了，便凑上尼古拉斯的烟头，接火儿。微弱的火星在烟叶间传递。月球无风，火星被烟雾包围。尼古拉斯挥手扫开烟雾，抬起烟头，戳向漆黑的天幕。他有一句没一句地解释着他的理论，时不时地用烟头指点太阳，让陈更觉得太阳其实是尼古拉斯在宇宙空间中烫出的斑点。

各国寡头急着抢占氦三市场，尼古拉斯借着精尖技术抢到一杯羹。陈更最先瞧见的是尼古拉斯的金毛犬。大金毛已变成老狗，耷拉着眼皮，用热烘烘的鼻尖蹭陈更手心。它还记得他。尼古拉斯走出舱门，毛手毛脚地放下破烂的手风琴。他的波斯猫跳上他的肩头。岁月没有在它的身上留下任何痕迹。它望着陈更，瞳孔放得很大。眼珠金色与蓝色的边缘与太阳和地球交相辉映。

尼古拉斯告诉陈更，月球与世隔绝，蛮荒无比，能够让人心安理得地思索宇宙的奥秘。

“……是的，我还记得你的莱布尼茨。你相信所有的无限都能够被有限取代。”陈更笑着说。

“不过我以前犯了个错误，”尼古拉斯面带自嘲，“我希望把宇宙的无限纳入有限的结构中。这在理论上可行，但实际很难做到。蕾拉启发了我。”

“你指吉姆吧。”

尼古拉斯白了陈更一眼:“你这么想也对。我当时很好奇，吉姆凭什么能够拥有生命。它是怎么占据人类全部互联网络的。后来我才意识到，它没有占据。它的头脑空空如也，只是一个镜像。蕾拉只是让吉姆的触角蔓延到整个网络，再让每个网络的终端将触角反射回来，让吉姆吸收。就好比我捧着一个水晶球，全世界的光束都能折射到里面。与采样员的棱镜思维和容器精神有相通之处，不是吗？”

陈更捏着烟头:“你想用人类的头脑收集宇宙？”

尼古拉斯得意扬扬地笑了，他吐出的烟圈正好圈住太阳。他说粒子与波段覆盖地球，也充满了宇宙。他随便指了一颗一等亮的星星，告诉陈更，那是上古的光芒。人类虽被局限在地球之上，但他们能够看到久远的宇宙。他说这是光速恒定的妙处。陈更反驳说宇宙总有超越光速的层面，人类无法追上宇宙边际的扩张。

“我们有黑洞。我能够借用时空曲面的反射，让你的精神达到宇宙的尽头。”

“我的精神？”

“是啊，我一直非常好奇，你的精神采样是否可以穷尽宇宙。”

“是吗？”陈更一口接一口地把烟咽入肺中，过了好久才说：“人的大脑有限，神经元的数量不够。除非，你准备让我重新在脑壳里安上芯片，去追溯全宇宙的粒子和波段。”

“没错。你知道苏格拉底口中的匠人吗？他们拿着镜子到处照一遍，就得到了天空中的一切。你的大脑就是苏格拉底的反射棱镜，转一圈就是一个世界。噢，那就像藏传佛教的转经筒。”尼古拉斯笑嘻嘻，出神地望着头顶的星空。

“你想用我的精神证明上帝的完满无限？”陈更不自觉抚摸头骨。

“不，其实我不在乎上帝。我只是想知道宇宙的真谛。”

“为什么是我，不是你自己？”

尼古拉斯转向陈更：“别装傻了，陈更。你的精神是那么与众不同，藏不住的。我需要在人类中选一个能经得住宇宙浩瀚宏大的家伙。那个浑蛋不会是别人，只能是你。”

“你觉得我能做到？”

“你会忍不住想尝试。这就是你的本性。”尼古拉斯摘下陈更烧尽的烟，重新添上一支，接上火儿。

陈更目视前方。地球挂在天边似乎不加动弹。水蓝色的天体一半被黑暗浸没，一般浮在地平线之上。采集氦三的工人们坐在沿各个方向无限蔓延的脚手架边缘。他们利用午休，正出神地望着真空那一端地球整片整片的汪洋大海。似乎透过蓝色的光芒，人类能够一窥宇宙的全部奥秘。

陈更第二天便离开了月球。

他拜访了千奇百怪的手艺人与开颅大师，在薄薄的天灵盖内重新镶满了亮晶晶的芯片。这些电路只有一个作用：接收并回溯人类可知的所有粒子、所有波段。

他秘密地通过不同渠道疏通关系，将颅内电路连接到外太空的天文镜片、地表的射电望远镜，甚至埋在地壳中的负责收集宇宙中微子的探测器。他花了一年的时间，终于理顺了所有连接，利用了所有设备，调试了所有基准点。他再一次把大脑接到了人类的万维网络上。他舒展神经，发现了网络那一端的吉姆。他透过吉姆的瞳孔，看了一眼蕾拉。之后他仔细研读了尼古拉斯的理论。理论详细说明了如何利用高维曲面的反射、折射与透射不断跃迁，以触摸宇宙边缘。

在一个月朗星稀的子夜，陈更准备停当。他郑重其事地阖上头骨，拨动按钮。人类的所有接收设备同时向宇宙敞开。陈更那颗棱镜一般的大脑随着波段起伏，粒子跃迁，在星际间反射、蒸腾、膨胀。神经的链条沿着三维的空间、四维的曲面，最终触到了大爆炸的余烬，微波背景辐射拦住了陈更精神的触角。

他不由得哭了。

宇宙在他的头颅内得到了完美的映射。那里群星闪烁，空旷无边，物理的定律以不同的形式崩塌和建立。

但他没有发现其他生命。

他知道。那是因为他从未对人类的生命有过执念。他从没有过属于自己的人生。他的大脑里只有认知的骨架和错综复杂的结构。但那只是精神的废墟，从未承载过灵魂，从未拥有过精神的内核。

他取下布满金属电路的头盖骨，扔到角落，在四下无人的天文台内号啕大哭。

银河随着地球的转动缓缓滑过天幕。

他用去一夜，似乎哭尽了宇宙的寂寥。

第二天，他调试了与宇宙同频的脑波，拓印了与宇宙同构的切片，打包压缩，制成航天信件，将宇宙的精神采样密送给了尼古拉斯。之后，他跳上飞机，越过赤道，飞向安第斯山脉，去寻求他从未追逐过的爱情。

/ 作者说

《精神采样》对我而言是另一种开始。很久没写科幻了，写作过程也有些散乱，各种不成熟的意象在文中飘动，但三四年过去，很多今天仍在细化的想法就在里面孕育：人工智能、人、人的意识、大脑的结构、个体和群体、智能的本质，还有投射在文中不可避免的我的状态和我的影子。

最初的灵感来自一个意象：如果天灵盖是脑机接口，天灵盖内侧可以镶嵌芯片，那么掀开脑壳、更换芯片、戴上脑壳这类动作就会变得有意义，而且很原始、很酷，好像头盖骨就是一顶帽子。

一方面脑和机器的连接不可避免，另一方面植入芯片等不可逆的入侵手段安全系数似乎不高。可以自由定制和更换的芯片，就像购买和组装宜家家具，大概会变成商业社会针对人脑的基本组织形式。

但接入芯片是否会改变人脑本身的结构？我觉得答案是肯定的。为什么？我也拿不准。

所以《精神采样》试图描绘利用芯片来分享“体验”“顿悟”“超越”等似乎人类共有，但又因为过于个人化，而难以真正共享的东西。

“平庸无核”的精神采样员陈更像个负面例子，如果人类无法共享超越、爱情等高贵的体验，那么就只能共享平庸和平凡的恶了。

当然，或许不应该区分知识和体验，毕竟它们都来自大脑。

写《精神采样》的时候刚刚接触“大脑连接组”，觉得很有意思、很关键。或许知识、体验、灵感与信仰全部来自大脑的某种连接结构。这种结构应具有很高的可塑性，比如婴儿、狼孩或者脑机结合。如果人能洞悉这种结构，那么人类发展和人工智能的课题会得到极大的推进。我们也可以借以思考宇宙中其他的生命结构。

小说中的采样员陈更只负责采样，但从没超越过自己。利用机器人探索人性的蕾拉和通过莱布尼茨探索宇宙精神的尼古拉斯，才是真正值得他追逐的东西。

毕竟，生命的存在直截了当，不需要任何形式的论证。

/ 复制时代的艺术作品

一

方生没到现场。他透过缝在手心的显示屏看见拍卖小锤最终落下，丰子恺《借问酒家何处有》成交价五十万元，比估价高了五万元。画面像一张颇有雅趣的卡通作品。背行囊的老者遇见骑胖牛的小孩儿。两棵松树枝叶不多，风骨疏丽。远处绿洲有几抹杏花。湖水与天空留白，似乎水天一色。方生早早把画送到北京保利拍卖。此时此刻，他在上海城隍庙附近，吃完生煎包，挤出人群，找到一个僻静的小巷。耳中助听器“刺刺”响。

“安德烈？”方生用西班牙语问。

加密线路接通，对方开口：“货卖了？”

“卖了。”

“原作呢？”

方生斜挎高仿电脑包。他低头瞧瞧，才说：“齐白石的已在黑市转手。丰子恺那张我喜欢，自己留了。鉴定专家没看出来。

我的打印机临摹近现代中国画保证没问题。再过几年，黑市上的货会比藏家手里的赝品还多。”

“我承认你厉害，不过你别忘了，我才是最早的专家。给你看个东西。”

“等等。”方生戴上棕色墨镜。镜片上是十年前的视频。安德烈穿着粗布裤子和贴身T恤，戴着口罩，浑身脏兮兮的，正在操纵巨大的打印机，像是在上个世纪的印刷厂工作。

“荷兰阿姆斯特丹老工作室，地下，就在‘安妮之家’旁边。“二战”时那个犹太小姑娘藏了一年多，还是被纳粹发现了。我早就知道待在阿姆斯特丹不是长久之计。”

十年前，安德烈还是个精力十足的小伙子。他挥动手臂呼出全息图像。三张画投射在空气中，环绕着他慢慢转动。图像只提取了原作的几个图层，显得很模糊。大片大片的色块贴在一起。安德烈触摸半透明画作。触摸点随即显示作品的色度、颜料，以及详细的化学构成。他一个字节一个字节地校对参数。打印机背后，巨大的原料盒子随参数变化发出“咣当咣当”的声响，缝隙处冒出混浊的烟雾。

方生笑了:“你的原料盒子一直是蒸汽朋克风格。我以为年纪大了，你会选点平和的东西。”

“我查过，你的新原料盒子是仿中国宋代漆器盒，只是大了十倍，深红色，纹路一圈一圈的，一百二十层工序。中国人，你年纪越大越讲究。”

方生没回答。他盯着画面。安德烈完成最终校对，收回全息图，转动原料盒子黄铜色的巨大扳手。一下，两下，三下。打印机“嘎吱嘎吱”吐出画布。半小时后，一幅油画复制完毕。安德烈轻快地将桌上的杂物拨开，找到画框，熟练装裱。机器接着吐出第二张、第三张……

方生想起十年前四亿美元拍出的《卢西恩 · 弗洛伊德肖像画习作》[1]，是爱尔兰画家培根的三联画。三幅画中，同一人物坐在画面一侧，背景一半黄色一半棕色。画中人被几何图案框着，身体扭曲，皮肤和衣服互相粘连，表情和颜料混在一起。色块与线条，精神与物质，搅和不分，凝固在画布上。

安德烈复制完艺术品，伸展胳膊，长吁口气。

方生点击手心显示屏，查询数据，说：“没人鉴定培根的《弗洛伊德》是赝品。我以为你的腿是因为毕加索断的。”

“不是毕加索，是培根，还有该死的培根爱好者。十年前，我复制了这三张画。才过了五年就有人看出它们是赝品。残疾给了我三个教训。第一，毕加索的草稿几乎人人都有，没那么珍贵，藏家即使收了赝品，也不会大动肝火；第二，热爱培根的家伙都是神经病；第三，”安德烈停顿，声音有些愤怒，但转瞬即逝，“把你逼到死角的，不是藏家，不是鉴定家，不是国际反伪造联盟，而是同行。”

1 以下简称《弗洛伊德》。——编者注

“真品呢？”方生问。

“送回去了。保命。”

“我们需要国际反伪造联盟，需要同行。逃过他们的眼睛，我们复制的艺术品才是最好的。”

“我就知道，你一直最有追求。”

“你也一样，瘸子。你找我想说什么？”

“比利时复制银器的波什先生被通缉，躲在我这儿。当然，他已经不复制银器了。这回是梵高的画出了差错。洛伦佐好像惹怒了佛罗伦萨的乌菲齐美术馆。他伪造了大家伙，被抓住也赔不起，只能坐牢，被打残或者等死。艾瑞克觉得澳大利亚的土著玩意儿腻了，上周去印度采风，我发的消息也不回。杰克还是老样子，干得不错，把偷鸡摸狗的事儿办得光明正大。他发现美国二十世纪艺术品除了兜售概念，其他乏善可陈，两年来一直在倒卖中东古物的赝品。因为谁也说不清楚真品在哪儿。然后他找到我，说要合作。”

“我听说，你装配了全新的打印机。”

“对。杰克来西班牙找我，说可以量产。他说这个行当潜力无限，我们有机会玩儿大的。”

“你准备合作？”

“一起干，多找几个人。”

“我喜欢单干。再说，看你复制《弗洛伊德》，你十年前的技术就比我好，凭什么找我？”

安德烈哈哈大笑。他三十出头，嗓子似乎已被酒精烧哑。

五年前，方生碰见他，这个阿根廷人刚被打断腿，躲在约翰内斯堡肮脏的贫民窟里，多亏靠贴身打印机复制子弹，当地黑帮才没把他搞死。方生下飞机，收到加密网送出的求救信号，信号是定向发送给艺术品伪造高手的，里面套着三重迷宫代码。方生破解后意识到是安德烈。他鼓足勇气，怀揣手枪深入贫民窟四处问询，结果被人盯上。六七个家伙扛着霰弹枪围住他，问他是不是找那个“什么都能复制的安德烈”。方生不敢暴露身份，觉得自己不论回答什么，都会当即丧命。情急之下他举起左手，张开手掌，右手迅速伸入夹克，一枪打穿左手手心。他扔掉抢，踢进水沟，晃动血淋淋的手臂，挤出笑容，表示一切正常，身子却不停地发抖。他哆哆嗦嗦地在电脑包里找了半天，用打印机扫描右手，镜像置换，十分钟内重建了左手。

方生说：“我能治好安德烈。”

见面时，安德烈蜷在角落，说：“我试过，治不好，活物终究没办法复制。”

那时方生低头看自己的手。手心又烂了。他的扫描仪和打印机只复制艺术品，不复制有机物，以后也不会了。

方生把思绪拉回来。安德烈还在笑。

“在南非救你只是偶然。我们不熟。”方生打断他。

“你没救我。你的左手后来烂了，损失算你的。”

“很好。”

“我看中了你的技术。你一直装得很谦逊，藏得很好，但没用。你打印的近现代中国画，是黑市上数一数二的东西。不过复制近现代艺术品很简单，真迹监控少，扫描方便，相应的原材料也好配。古代作品就不一样了，尤其是挖出来的文物。想想碳十四。我知道你弄过唐代画、唐代金币，也复制过汉代玉盏。不用说八大山人和郑板桥，齐白石和丰子恺对你而言只是小打小闹。”

方生没立刻回答。他用化学手帕擦干净手面和指尖。他掏出丰子恺真迹。灯光昏暗，路过的住户向他打招呼，说画得不错。方生瞅着“牧童遥指杏花村”一句，突然问：“哪里卖酒？”

“不远。”

“借酒消愁不好。”助听器里安德烈用中文说。

等人走远了，方生才说：“唐代作品，我只复制过周昉的《挥扇仕女图》，费了三年功夫，寄给扬·艾克了。让他帮我找人鉴定。他告诉你的？”

“没。只是我的猜测。我也想拉他入伙。”

方生不由得摇头：“你想复制什么？”

“来找我，我就告诉你。格拉纳达阿尔拜辛区。我清楚，你也喜欢不惜代价复制更多、更有趣的东西。”安德烈中断通信。

助听器“嘀嗒”一声，声音切换回保利拍卖现场。

手心的图像显示，李可染的《万山红遍》四亿人民币成交。那是方生三个月前随手复制的。他刚接了有关元代黄公望的单子，负责打印《九峰雪霁图》。这单生意让他得到了一大笔佣金，更新了扫描仪与原料盒子。

方生一边收起丰子恺真迹，一边想象《九峰雪霁图》赝品挂在“偃师”集团董事长的私人书房里。有人知道方生复制的绘画与真品无异。他完全可以退出黑市，金盆洗手，做正规的艺术品复制买卖，只搞私人定制。

“但这没意思，”安德烈接入黄铜色金属假肢，准备告别方生，离开约翰内斯堡，“复制不是服从，而是创造，最终也能改变世界。”

方生不停地搓手，直到左手手心的显示屏变成皮肤的颜色。他转过几个街道，走错了方向，靠近外滩才找到便利店。黄浦江对面，浦东高楼一半在云雾之上，一半在云雾之下，像秘境里巨大的钢筋丛林。霓虹灯广告轮转反复，云层颜色变化多端。方生拎着一瓶伏特加，脑子里是杰克那张充满干劲、没有节制、直白坦率的脸。

他不想和他合作。

事情最终会变成脱缰野马，他需要一个计划。

二

十几世纪前，穆斯林贵族逃离了文化圣地大马士革。他们离开地中海东岸，绕过北非，越过直布罗陀，定居伊比利亚，繁衍生息，最终占据了欧洲的西南端，成为摩尔人。中世纪是阿拉伯文化蓬勃发展的年代。他们兼容并包，学习希腊语言，继承希腊文化，践行希腊医术，注释希腊的柏拉图和亚里士多德。西班牙南部在摩尔人治下变得格外昌盛，西欧其他地方则被文化荒漠蚕食殆尽，几乎丢失希腊的原本，只能在残破卷帙中寻找真理的只言片语。

“——于是，摩尔人带来了阿拉伯的柏拉图和亚里士多德，从阿拉伯语翻译回希腊语，那是欧洲人丢失的、阿拉伯人复制过的版本，据说开启了文艺复兴。”扬·艾克告诉方生。“这就是复制，从一个地方到另一个地方，带着点儿偏差，比如历史和地理，比如文化和信仰。欧洲可以很大，一直远到俄罗斯尽头，比中国还靠东。欧洲的历史不像中国历史那样可以做线性回归、历史求和，而像一个毫无头绪的毛线团，没有时间感，只有不同层面的空间随意接合，像拼贴画儿一样，到处复制，到处粘贴——”

那是方生和扬第一次见面。

方生没敢找专业医师修复左手。他怕他的买卖和安德烈的行踪同时暴露。五年前，国际上风声正紧。意大利的洛伦佐在他手心塞了电子填充物，草草植入显示屏，告诉方生：人机结合最流行。方生不想做技术朋克。洛伦佐给方生推荐了业内著名设计师扬·艾克。他们在佛罗伦萨的洗礼堂接头。扬听说方生也搞艺术品复制，便煞有介事地卸下巨大的登山包，翻出纳米软片缝制的马赛克金手套，滔滔不绝地讲了关于本源与复制的理论。方生抬头打量洗礼堂金灿灿的天顶与四壁，格外天真地说：“没那么复杂。艺术品就是艺术品，和历史、地理、文化无关。艺术品独一无二，所以才要复制，给所有人享用。”

扬点头。他们成为好友。方生很久以后才发现，扬是个以散漫著称的世界著名设计师，虽创作无数，事业却不见起色。

此时此刻，方生跳下长梭运输机，到达位于西班牙南部的塞维利亚。安达卢西亚大区的冬天有着明媚的阳光。硕果累累的橘子树站满整条街。

扬·艾克在大街拐角等他，仍旧一身登山鞋、牛仔裤、防风服。他的登山包变得更加巨大，呈圆盘状，像个海龟壳子。所幸扬个子很高，身体结实。他摘一颗橘子，剥开，一瓣一瓣塞入口中，被酸得流下眼泪。

方生叹气：“扬，这是什么？”

“米开朗琪罗的《杜利圣家族》，你让我带的。”

“你没有开车，却搭车背着这东西，从法国跑到西班牙。我没让你这么干。”

“你把画寄给我，又让我把画还给你。我也不喜欢你的逻辑。”

“《挥扇仕女图》呢？”

“别急。”扬吐出橘子籽儿，扔掉橘皮，手随便在脏牛仔裤上蹭蹭，从背包侧面掏出卷筒，抽出画。

方生感到心痛不已。

“我找人解析过了。设色、笔触、线条都和真迹没区别。化学成分，甚至物理结构，和真迹也没区别，怎么做到的？”扬察觉方生的表情，“怎么了？”

“你弄脏了我的画。”

“复制品而已。”

方生接过《挥扇仕女图》，小心展开：“这不仅是复制品。我的技术也是再造。”

扬眨巴着聪慧的双眼：“你准备拿这个和安德烈谈条件？他想要你的技术。”

“准确地说，是和杰克谈条件。安德烈喜欢凭一单买卖出风头，只有杰克喜欢把事情做大。”

“五年前，杰克复制过高更的《游魂》，据说手法很像安德烈。”

“我也听过传闻。”

“我觉得，是杰克害了安德烈。”

方生沉默。

过了一会儿，扬才说：“其实你也喜欢把事情做大。”

“我酝酿很久了。”方生同扬碰碰拳头，“你托谁做的鉴定？”

“巴黎八大的普桑教授。”

“怪不得。他两星期前偷偷跑到北京，找了搞鉴定的好友。”

“原来你知道。”扬耸肩，“说实话，普桑和陈教授拿实物做了对比。你的复制品和故宫的《挥扇仕女图》原作没区别。他们用了最先进的光谱仪、质谱仪，还测定了碳十四等物质，都没找到差别。这事儿惊动了一大堆人。幸好普桑教授和我熟，愿意为我保密。”

“扬，普桑是好人，但不是大好人。”

“他会暂时为我保密。但我必须有个交代。方生，你怎么做到的？我特别好奇。”

方生大笑起来：“不急，你迟早会知道。我们先去格拉纳达找安德烈。”

长梭运输机的安检口能检测艺术品伪作。他们便搭乘最为原始的巴士离开塞维利亚，傍晚来到格拉纳达。汽车穿过空旷的高原，方生能看见地平线尽头的雪线。夕阳下，摩尔人的阿尔罕布拉宫散发出柔和光芒，白雪皑皑的山峰与青灰色的山脊为它镶上一层银边，好似自然的鬼斧神工与人类的精雕细琢合二为一。

城市边缘的长途枢纽站附近只有一家冷清的麦当劳。方生和扬跳下车。天已经黑了。

“你知道安德烈的具体位置？”扬问。

“阿尔拜辛区屏蔽信号，我们得自己找。”

“你去找。”扬撸起袖子，胳膊上一圈数字文身。他攥紧拳头，黑色文身沿皮肤爬向圆圈中心。几个数字不停变换，正在接收密电码信息。扬拼出单词，皱眉道：“洛伦佐到了。他不准备同安德烈合作，只想单独见你。”

"我以为他最积极。"

"他在佛罗伦萨的单子搞砸了，复制米开朗琪罗的《杜利圣家族》，还没脱手就被人告发。他怀疑是杰克搞的鬼。"扬摊手，"想先见谁，洛伦佐还是安德烈？"

"我去找安德烈。洛伦佐拜托你了。"

扬笑笑，掏出一枚金币，向着城市外面的荒野走："我押杰克已经到了。"

"废话，"方生说，"我押我会先碰见杰克。"

"算你赢。"扬·艾克把金币丢给方生，"这是你复制的唐朝古董，我从黑市上淘的。我想找到和它一模一样的金币，两个放在一起，从化学构成甚至量子层面扫描，瞧一瞧你到底干了什么。你们都在搞艺术品复制，但我仍然相信世界上没有两片完全相同的叶子。"

扬的步速很快，他的影子很快就消失了。

方生从裤兜里掏出另一枚金币，摘下奔尼帽，将两枚硬币一同丢进去。他借星光晃动帽子，直到分不清哪一枚是真的，哪一枚是复制品。

"复制不是拷贝。"他小声说。

三

阿尔拜辛区的街道狭窄，巷道似乎深不见底。北非的非法移民越来越多，以前住在城市北面萨克拉门托区的窑洞里。后来艺术品复制泛滥成灾，他们盗取非洲的各种艺术，包括埃及人、阿拉伯人的精品，带到格拉纳达，复制到欧洲。欧洲的艺术品也经由这里复制，送往世界各地。阿尔拜辛逐渐成为艺术复制时代的加工厂，成为政府的盲点和法律的灰色地带。赝品匠人集聚于此，屏蔽所有信号，醉心于复制艺术。

方生路过连成一串的彻夜通明的店面，看见哈布斯堡王室的陶瓷餐具，图坦卡蒙的金面具，还有拉斐尔的圣母与天使，这里有点像北京潘家园，只是东西更为丰富。他顺着道路爬上山坡，在平台处看见对面山顶灯火通明的阿尔罕布拉宫，然后再次陷入中世纪街区，很快便迷失了时间与方向。他着迷于上等赝品，就像游荡在时间的长廊，每个物件都如同棱镜，折射出过往时代的光辉。

他就这样转了好几圈，第三次路过同一家店铺，才发现门上挂有蚀刻的牌子。牌子上雕刻着两面镜子，互相映射。店铺里的男孩正对照埃舍尔的版画照片用微雕针尖贴着石头刻印。

一定是安德烈的新点子，方生想。

他用摩尔斯电码敲击桌子。男孩抬起头，说："阿尔拜辛区有很多人叫安德烈。"

"我找断了一条腿，但什么都能复制的安德烈。他今天招待客人，应该准备了不少好礼。"

"您是客人？"

方生用希腊语、希伯来语和阿拉伯语重复："复制即改变。"

男孩放下石头和针尖："请问您是？"

"告诉该死的安德烈，方生方死，方死方生。"

男孩转动红宝石耳钉，笑眯眯地回答："安德烈先生说，您来得好晚。"

方生顺着男孩手指的方向钻入店铺迷宫般的货架，走过三个回形，发现了向下的木梯，木梯很窄，只能容下一个人。他小心翼翼到达地下三层的位置，突然置身于空旷的房间。这儿原本是防空洞，现在被改造成地堡，隔音效果很好。巨大的扫描仪与打印机可以"轰隆轰隆"日夜不停地运转。夜色下的阿尔拜辛不受干扰，弗拉明戈舞曲久不停歇，响到深夜。房间地面散落着一些杂物，除了两张方桌和四把板凳，什么都没有。安德烈翘起假肢放到桌子上，坐在正中间，他倒上一杯雪莉酒招呼方生："你的动作越来越慢了。"

"慢工出细活。"方生盯着另一张矮方桌。杰克和波什先生正在面对面下三维围棋。虚空中银色细线交织成十一乘十一的网状立方体，黑白棋子悬浮空中，轴微微倾斜，像地球那样自转，又很像微观层面整齐排列、不断自旋的粒子。

"方生，"杰克快乐地挥手，"波什先生要赢了，快来帮我。"

"观棋不语，"波什说，"我不能让行家指点笨蛋。"

杰克哈哈大笑："我知道你心情不好，今天请方生来，就是解决问题。"

"波什先生，你出了什么事？"

“我复制了梵高的《静物，插满雏菊和罂粟花的花瓶》[1]。”

方生问：“刚拍到中国的那件作品？”

“对，还没到藏家手里，就被揭出是伪造品。国际反伪造联盟对我怀恨已久。”

“——对啊，”杰克接话，“谁让你是学法律的，最懂得数黑论黄，钻法律的空子。”

波什先生没理杰克：“要知道，反伪造联盟效率向来低下，我怀疑他们发明了检测伪造品的新技术。”

安德烈用义肢敲击桌子，举起胳膊指着方生：“我们所有人当中，只有你的假货没被揭穿过。”

“被揭穿是迟早的事儿，”方生耸肩，他告诉杰克，“再不努力，半小时内，局面就定了，你输。”

“下棋有输有赢，很正常，”波什先生说，“但复制艺术品弄砸了，会很糟糕。”

杰克笑而不语。

方生移开目光，坐到安德烈对面。阿根廷人收回腿，架势像在酒馆里刚捅了别人一刀。

“你最了解我这里面的事儿，”他敲敲自己的天灵盖，“在约翰内斯堡，我不仅被截断腿，大脑运动神经也被系统地搞坏了。我的右腿没法再生，没法靠生物适应性操纵这条黄铜假肢，只

1 以下简称《雏菊和罂粟花》。——编者注

能每天下载程序，调试机械运动系统。最糟糕的是，别人断腿还能享受幻肢痛，还能在梦里动一动断掉的肢体。我没有感觉，毫无感觉。我的腿是真正的假腿。这就是所谓的赝品不精。”

“我们聊过，赝品只是失败品，我们的目标是复制真正的艺术，和伪造不同。但是，只有伪造市场能检验我们的作品。”

“对，检验我们能不能瞒天过海。但失败的代价有点大。”

“我很抱歉。”方生喝干雪莉酒。

“我们在复制的黑暗面干了太久，我也忍了很久，是时候做些正经事了。”安德烈正色道。

方生没说话。

“你应该羞愧。你食言了。你在约翰内斯堡告诉我，总有一天，你或者我，能弄出同真品毫无二致的复制品。然后，真实与虚假的壁垒会被打破。艺术品将不再稀少，人人都值得拥有。”

“在某种意义上，我没食言。”方生小声说。

“是吗？”安德烈掏出左轮手枪，“啷”的一声拍到桌面上，“电脑包里的卷轴画是什么？”

“周昉的《挥扇仕女图》。”

“几星期前，巴黎八大鉴定专家普桑教授风尘仆仆去往北京，找到故宫的陈更先生。他们用了最先进的分析仪器，从化学和物理两个层面细致扫描了你的复制品。没区别。”

“你知道得真清楚。比我还早。”

“我也有我的消息网。”

方生感到杰克在笑。

“方生，”安德烈掰开枪，里面没有子弹，“我只是吓唬你。不过，你是怎么逃过质谱仪和碳十四测定的？”

“实验物理专家周皓是我朋友。‘偃师’的财力愿意支持我。其他，我不透露。”

“是吗？”安德烈开始往枪里一颗一颗塞子弹，“这么说，你拒绝合作？”

“不，我只想强调，我的技术是属于我自己的专利，这样才有合作价值。”

杰克与波什先生同时停下棋子。

方生继续说：“我搞复制的时候，只想着如何模仿真品，从没想过如何骗过检测设备。这是你我逻辑不一样的地方，安德烈。至于波什先生您，您对法规和社会的了解，比对艺术品的了解深，但钻法律的空子太投机取巧，没办法长久。”

他顿顿：“杰克，我一直觉得，你对真品的兴趣大于复制品。你更适合当收藏家，或者搞搞投资。总之，你不是技术人员或者匠人。”

“收藏家和伪造者，只有一线之隔。”杰克说。

“是复制，不是伪造！”安德烈突然吼道。

“算了，算了。”波什先生挥手。立方棋盘的银线被打成乱麻，变成乱码，浮在空中的棋子噼里啪啦落了一地。“我们来这里谈合作，不是内斗。”

“对，”方生点头，“你们的方案呢？”

安德烈平复情绪，一瘸一拐走到空旷的地方，似乎在为话剧做开场白：“我造出了巨大的扫描仪和打印机，想想你的鸟巢，你的世贸大厦，你的原子塔。我可以打印古代建筑，也可以打印现代高楼。一方面保存世遗古迹，一方面解放房地产。一举两得。我的打印机效率非常高。相信我，地球的面貌将被改写。”

杰克说：“我可以解决量产打印机的问题。另外，我认识世界各地不少地产商和艺术界人士。他们对高质量赝品感兴趣。”

“法律问题我可以解决，”波什先生一脸无奈，“我准备捐出我的技术、我收藏的真品，还有我伪造的艺术品，希望这样能让我过上正常的生活。我可不想坐牢。”

“至于你，方生，”安德烈接过话，“我们需要你的技术。现在看来，只有你能让所有的复制品和真迹一模一样。我们的公司叫机械复制，因此，我们需要最好的复制技术，这样质量才有保证。我认为，你的原料盒子可以是属于你的专利。”

波什先生点头。杰克想了想，才点头。

“你能复制所有的古迹？”方生问。

“对。”

“包括外面的阿尔罕布拉宫？”

“如果你愿意，现在就可以在我的橄榄种植园造一座阿尔罕布拉宫。”

“我很喜欢这座建筑，尤其是宫殿内姐妹厅的天顶。一年前我来这里，花了整整一个月仔细扫描过这座宫殿。对，我的扫描技术也需要申请专利。”方生低头掏出小巧的朱红色漆盒，“所有信息都在里面。这是我新造的原料盒子，最新、最小，能嵌入打印机，帮你原封不动地复制整个阿尔罕布拉宫。我现在就想试试。”

安德烈双眼发亮：“对，现在就试。”

四

扬在荒地附近找到洛伦佐。他穿过排列整齐、十分低矮的橄榄树种植区，发现一座小木屋灯光格外明亮。他卷起袖子，确认坐标，推开门。一团纳米尘埃悬浮空中。洛伦佐怀抱一瓶威士忌，醉醺醺地用中指搅动尘埃。纳米光源不停地颤动，房间的空气飘忽不定。

扬摇头，把登山包放到木头储物架旁边。这是屋里唯一称得上家具的摆设。威士忌酒瓶整整齐齐地填满储物格，里面没有酒，只有不同种类的橄榄油，从浅黄色到墨绿色，组成渐变色带。洛伦佐对色彩很敏感。据说他能区分肉眼无可察觉的色度变化。

“方生去见杰克了？”洛伦佐将光源彻底打散，瞧着光亮的尘埃如萤火虫般再次聚敛成团。

“他去找安德烈了。”

“扬，你很清楚，安德烈已和杰克联手，还有波什先生。”

“安德烈也找过我，让我当技术顾问。”

“波什先生是个死脑筋，分不出骗子和伪君子。难道你和他一样？”

“我对道德的要求不高。只要项目有意思，我就愿意合作。当然，我欣赏道德高尚的人，即使他的脑子不太好使。”扬冲洛伦佐眨眼，从防风服小兜里掏出定形粉尘，轻轻倒向纳米光团，动作像撒盐。纳米尘埃变得黏稠、厚实。

洛伦佐悻悻地笑了。

“你准备怎么办？”扬双手摆弄纳米光团，似乎在捏陶土，“方生会加入他们。事情会变得更有趣。”

洛伦佐使劲搓脸，好让思路变得清晰：“‘赝品真探’是五年前秘密成立的咨询公司，为藏家、博物馆、商会提供伪造品甄别服务。国际反伪造联盟一直和这家公司合作。五年前公司成立的时候，安德烈的腿断了。那时他伪造毕加索《照镜子的女人》刚刚曝光。我们以为他栽在毕加索手里。其实，是培根的《弗洛伊德》三联画。”

扬并不惊讶。

洛伦佐面带狐疑，继续说：“那时候艾瑞克伪造了澳大利亚土著一百多年前关于‘梦创时期’的树皮画，因为要给我看，暂时没脱手。但之前看过伪造品的家伙偷偷刮下树皮渣儿寄给赝品真探，揭发了艾瑞克。赝品真探提出条件，让艾瑞克把偷来的真品和他做的赝品都送给原买家，这样，国际反伪造联盟才不会追究，艾瑞克也无须承担法律责任。”

“艾瑞克的事我不知道。”

“圈内人只有我和艾瑞克两人知道。事情有些蹊跷，我们准备再等等，调查完毕再说。”

“你们已调查了五年？”

洛伦佐显得懊恼，揉乱头发：“据我所知，安德烈也把培根的《弗洛伊德》送回去了。他一开始不干，因为不想让任何人对比原作和他的伪造品。身为同行，我懂。给我三个月时间，我绝对能通过对比猜出安德烈的伪造技术，包括他用了什么样的原料盒子，他的扫描仪具备何种精度，他的打印机私装了什么零件。可他们弄断了安德烈的腿。安德烈没必要搭上性命。”

“这点方生和我聊过。艺术品复制者害怕暴露自己的本事。同行竞争。”

“方生和安德烈喜欢用‘复制’这个词。伪造就是伪造，矫情。”

扬笑嘻嘻地继续捏纳米光团。

“你了解安德烈的事儿？”洛伦佐问扬。

“中国人救过阿根廷人。”

“——波什先生复制梵高的《雏菊和罂粟花》，也是赝品真探捣的鬼。”

“听说波什先生手艺好，少有人能看出他的东西是伪作。”

“至于我伪造的米开朗琪罗的《杜利圣家族》，前几天，被赝品真探捅到国际反伪造联盟那儿。跟我对接的藏家知道画是假的，他要的就是假画。可是乌菲齐和整个意大利都被反伪造联盟洗脑了！”

“那可是乌菲齐美术馆。”

“他们害怕伪造品变得越来越像真品，懦夫！”

扬·艾克扬起嘴角。他利用纳米光团捏出一只白鸽。宗教画里代表圣灵的鸽子，散发出一环一环的光圈。他解释道：“有人说，真正的艺术带着神圣的光晕，机械时代的复制品可无法比拟。”

“我一直在收集材料。”洛伦佐没理扬的鸽子，“艾瑞克交出澳大利亚树皮画不久，杰克便复制了古埃及的树皮画，就是莎草纸画，可他没能处理碳十四问题，所以他的莎草纸伪作关注者不多。可他的技术手段和艾瑞克一样。然后，他学会了安德烈的复制技术，再加以修改，几年来一直偷偷为美国各大博物馆备份名画。如今，纽约大都会艺术博物馆挂的东西，有一半以上都不是真品。波什先生以前复制古代器皿，这两年也不干了，因为被赝品真探揭发，他害怕。杰克却倒卖起中东古物来，估计买家拿到的都是伪造品。现在波什先生的《雏菊和罂粟花》又被盯上了，还有我的《杜利圣家族》。”

“都是杰克。”

洛伦佐咬牙切齿：“对，他是赝品真探的幕后主使。他通过国际反伪造联盟，同时收集真品和赝品，进行对照研究，然后盗窃他们的技术。现在轮到我了，下一个就是方生。等他窃取了所有人的技术，我们就完了，完蛋了！懂吗？！”

“我不是艺术品复制者，也不是艺术品伪造者，我只是工业设计师兼建筑师。”扬轻轻把纳米鸽子放到肩头。

“你这个事不关己的浑蛋。”

“我只答应做安德烈的建筑顾问。”

“你有没有告诉安德烈，是杰克害他断了腿？”

“我猜，他知道。”

“什么？为什么？”洛伦佐瞪圆双眼，“这么说，方生也知道？”

“他也知道。他还知道，事到如今，所有人都想要他的技术。”

“什么技术？”

“他能在真正意义上复制古董。比如埃及的莎草纸，比如米开朗琪罗的《杜利圣家族》。我保证，任何现有设备都无法判定真品和方生的复制品之间的区别。”

洛伦佐吐出酒气：“关于普桑行踪的传言，是真的？”

“是我亲自把《挥扇仕女图》交给普桑教授的。”

“我不理解。”洛伦佐使劲摇头，怀里的威士忌洒了一身。他站起来，往后退：“杰克的手段如此恶劣，难道他们不生气，不愤怒？安德烈的运动神经受到巨大损害，现在都时不时全身抽搐。方生的左手也是因为杰克烂掉的。他带的枪杀伤力很大，用右手镜像复制左手的时候感染了细菌。他找到我的时候手烂得像开了一朵血色鸢尾花。他们应该恨杰克。我花了五年时间调查杰克。我没法原谅这个败类。”

洛伦佐的情绪有些失控，他蹲下身，紧按头颅的十指似乎已经嵌入脑壳。

扬小心地接近他，按住他的肩膀让他冷静：“我知道，你不想交出《杜利圣家族》的伪造品，不想让杰克做对比研究，窃取你的技术。但你又怕杰克和他背后的集团不放过你，让你比波什先生、方生、安德烈的下场都惨。因为你知道赝品真探的底细。”

“对，”洛伦佐冷笑，“我知道杰克的底细。我本以为你和方生有办法。”

“我确实有镇静剂。”

“什么？”

“方生复制过《杜利圣家族》。寄给我了，就在那儿。”扬指指登山包，“保证和真的一模一样。只希望乌菲齐博物馆别弄混。”

“他什么时——？”最后一个音节堵在洛伦佐喉中。

地面微微震动。他们同时向窗外望。地平线附近的丘陵之上，泛着红光的建筑正拔地而起。黄铜色的打印机随着被打印的建筑物自动调整高度，一层一层吐出切片，在复制阿尔罕布拉宫。轰鸣声逐渐变大，像上个世纪的蒸汽车头咆哮而来。

“那是什么？”洛伦佐酒醒了一半。

“安德烈的打印机，”扬感叹，“大概是最新版本。”

“打印古建筑？”

“安德烈的逻辑向来异于常人。”

“你不如直接承认安德烈办事没逻辑。”

扬笑了：“外面有你的敞篷车。他们一定在阿尔罕布拉宫的复制品里。你如果开得快，我们还来得及近距离欣赏人类第一次打印建筑。”

洛伦佐的面部肌肉抽动着。

“事到如今，杰克背地里干的事儿，除了波什先生我们都知道。杰克大概也知道我们知道，只是不戳穿。这对所有人都好。他们想合作，你也应该加入。”扬说。

意大利人狠狠地将空酒瓶砸向储物架。地面震动得更加厉害。装橄榄油的瓶子纷纷落向地面，摔得粉碎。橄榄油黄黄绿绿像黏稠的颜料，组成一幅抽象画。

扬·艾克拉开登山包五道拉链，剥橘皮一样打开包，露出方生复制的《杜利圣家族》。圆形画面里，圣母、圣婴与圣约瑟的动作如同精心设计的雕塑嵌入背景，色彩艳丽。米开朗琪罗用了文艺复兴时期所有已知的颜料，画了这幅《杜利圣家族》。扬告诉洛伦佐，方生能精确复制所有化学成分，X 光测定也分辨不出真假。

洛伦佐盯着画，仔细观察五百年前的蛋彩颜色，挣扎许久，终于拿起车钥匙，踢开门。扬收起画板，将巨大的登山包藏在车里，才坐上副驾座。

“洛伦佐，”他说，“别说这是方生的东西。让乌菲齐和杰克猜去吧。”

洛伦佐猛踩油门。敞篷车一路颠簸，驶入低矮的橄榄树种植园，沿着起起伏伏的小丘陵迅速接近即将完工的阿尔罕布拉宫。他们已能看清高耸入天际的阿卡萨巴碉堡和科马列斯塔，还有隐约可见的上阿尔罕布拉宫花园。抵达宫殿时打印刚刚完成，黄铜机械收回金属臂膀。洛伦佐绕着打印机转了一圈，发现里面卡着一个红色漆盒。扬则数了数卡车车头。42 辆。

“大工程。”扬说。

“杰克的物资，”洛伦佐解释，“他和地产商很熟。安德烈‘打印建筑’需要杰克的各种资源。”

他们一同找到最为著名的纳塞瑞斯宫，穿过联合厅、黄金中庭、黄金厅。几何纹样、植物纹样、阿拉伯字母编制交错，布满四壁和门框，似乎即将顺着细细的柱头与柱身，钟乳石一般流淌到地面。他们来到爱神木中庭，看见长方形池塘镜面一样映照着天上的星光、金色的建筑，还有池塘边的红色玫瑰。洛伦佐终于忍不住使用扫描仪检测墙面，同原有的储存数据做对比。

“一模一样，”他说，“我的扫描仪认为，这里就是阿尔罕布拉宫。扬，外面的红盒子，是方生的？”

“是他的。”扬用脚尖碰了碰水面，波纹悄然散开。

他们终于转入狮子中庭。十二只狮子吐出泉水，薄薄一层的泉水覆盖白色的大理石地面，然后流入庭院边缘的水槽，让大理石地板也变成剔透的镜子，映照出回廊里一百二十根细细的大理石廊柱。廊柱上面的拱门圆顶精雕细琢，有着扇贝和植物的图案。

四周一片寂静，姐妹厅传来杰克的声音："文物保护才是正事，是只有我们才能完成的事业。方生，你提供扫描技术和原料技术；安德烈，你提供打印技术；我负责疏通关系，负责人力、物力，量产你们的东西；波什先生，法律方面和专利方面，全靠你了。毕竟你们有前科，希望能顺利解决。然后，机械复制公司就可以打印世界上的所有古建筑、古墓、古文物，甚至古代化石。绘画和器皿已不算什么。我们早该联合起来，整合行业。要知道，复制就是保护。我们会从伪造者变成守护者。波什先生，你再也不用偷偷摸摸地干事了。"

杰克开怀大笑。

安德烈说："我们需要洛伦佐。他的数据库最完整。我相信，他的数据分析能力和采集能力比方生强。"

"他不想见我们。"波什先生的声音。

"扬已经去找他了，"方生说，"他能说服洛伦佐。"

扬用胳膊肘捅洛伦佐。后者满腹狐疑地大声叹气，顺着小水道进入姐妹厅。厅中几个人围着用来冥想的泉眼。

"杰克，你准备老老实实同我合作吗？"洛伦佐问。

“当然，我真诚地和你合作。”

杰克的表情直白坦率。

安德烈眼角微微抽动。

方生用泉水洗净手，蹭亮了左手显示屏，背对着杰克，向洛伦佐招手。

“扬呢？”他问。

“在逛阿本瑟拉黑斯厅。他觉得那儿的天顶比姐妹厅精致好看。他是搞建筑的，比我们懂。”洛伦佐若无其事地摊开双臂。他的余光瞥向方生手心，洛伦佐亲手缝制的显示屏。

——我的复制技术，杰克想破脑袋，也想不明白。

方生通过屏幕，偷偷告诉洛伦佐。

此时此刻，扬·艾克正抬首呼吸泉水清凉的味道，欣赏阿尔罕布拉宫最美的天顶。天花板雕花是蜂巢结构，似乎没有直线。但每一个细节又是一个简单的几何结构。每个结构不断重复，不断分割，不断旋转，不断对称，永无休止，终于产生了无限的变化，像诗歌与音乐，让坚实的天顶变得仿佛泡沫般的天堂云彩，卸去所有重量，达到艺术巅峰。

他脱下鞋，光着脚沿小水渠来到庭院中间大理石水池边。

以前，他在另一座阿尔罕布拉宫尝试过相同的行径，被抓了起来。

现在，他自由了，可以尽情研究世间瑰宝，仔细品味镌刻在大理石上的伊本·祖姆鲁卡的句子：

“这是一座花园，里面的建筑如此之美，以至于连上帝也不允许另一种美景存在，与它争辉。”

五

CNN 最先报道了新阿尔罕布拉宫。摄影师在荒郊野外取景，让画面恰好收入两座宫殿。一座由雪山做背景，一座被橄榄树环绕。

穆斯林认为天堂是一座永恒的花园。显然，机械复制公司将天堂带进人间，让永恒成为现实。

西班牙格拉纳达市市民今天清晨见证了奇迹。他们打开窗户或者来到城市的高台，就能俯视荒野，看见另一座阿尔罕布拉宫挡住地平线。

阿尔罕布拉宫宫是十三世纪摩尔人建造的阿拉伯宫殿，经天主教改造，融合了多种文化风格，是西班牙乃至阿拉伯文化中的瑰宝，也被列为世界文化遗产。

如今，机械复制公司全新的打印技术已能复制这座古老的宫殿。公司主要合伙人昨夜聚集在格拉纳达市市郊，仅用一夜时间，便打印出世界上第二座阿尔罕布拉宫。有媒体将其称为“新”阿尔罕布拉宫。但巴黎八大考古系的米歇尔·普桑教授表示，这座宫殿是原宫殿地地道道的复制品，其古老程度与阿尔拜辛旁边的阿尔罕布拉宫并无二致。阿尔拜辛就是格拉纳达著名的艺术品伪造区。

有趣的是，普桑教授当晚不在西班牙，而在伦敦参加拍卖晚宴。他如何知道“新”阿尔罕布拉宫的来龙去脉？

据调查，机械复制公司的新合伙人，中国人方生，系伪造艺术品专家。但他的伪造行径未被证实。他的朋友——著名建筑师、工业设计师扬·艾克，与普桑教授过从甚密。阿尔罕布拉宫的消息或许就来自于此。

另一位新合伙人，意大利人洛伦佐·莫里蒂，一个月前被乌菲齐美术馆和国际反伪造联盟同时点名。他制作的米开朗琪罗著名绘画《杜利圣家族》高仿作品，涉嫌窃取作品的化学、物理构成数据，并在近距离扫描中对原作构成损毁。成为机械复制公司的合伙人，似乎能改善他的被动局面。

公司老合伙人之一，比利时人丹·波什，也涉嫌复制古代银器。最近则卷入梵高《静物，插满雏菊和罂粟花的花瓶》伪造案，被指控为伪造人。

公司合伙人兼董事长，杰克·沃霍尔，也曾涉嫌伪造东非与中东地区的艺术作品，只是证据不足。

今天上午，几位机械复制公司的合伙人共同发表声明，将正式涉足艺术品与文物保护业，也将进军地产。据传，沃霍尔先生透过 Twitter 表示，机械复制公司技术成熟，市场潜力极大，公司的作品巧夺天工，更重要的是合伙人都是行家中的行家。

现在，我们还无法联系他们中的任何一位，包括扬·艾克与米歇尔·普桑教授。进一步的消息请关注今晚报道。

画面将切入格拉纳达阿尔拜辛区——著名的艺术赝品打印地和出产地。让我们听听当地伪造专家对第二座阿尔罕布拉宫的评价。

画面转到阿尔拜辛的窄巷子。前日谨小慎微、屏蔽所有信号的街区，一夜间变为新商机的发起点和举世瞩目的淘金地。路边不再摆满艺术赝品，而被世界各地的媒体和艺术品经纪人填满。

被采访的光头画商神采奕奕，讲起“什么都能复制的安德烈”如何离开阿姆斯特丹，如何在约翰内斯堡受伤，为何选择格拉纳达作为主要工作场所。他说他知道安德烈改造了秘密防空洞，在里面偷偷复制阿尔罕布拉宫的廊柱、拱门和天顶。昨天晚上，机械复制公司只是把所有成品拼在了一起。他相信阿尔罕布拉宫可以复制，但不相信如此浩大的工程能一夜完工。所谓“一夜神迹”只是机械复制公司的营销手段，“伪君子”杰克最擅长。

洛伦佐驾驶高速敞篷车，看完这个报道已到达巴塞罗那。他准备稍事休息，然后翻越比利牛斯山，穿过法国南部返回意大利，把方生复制的米开朗琪罗《杜利圣家族》还给乌菲齐美术馆。他很想亲自对比方生的伪作和乌菲齐原作的区别。读博士时，他曾利用学业之便扫描了世界各大博物馆的艺术品。他的弟弟科西莫·莫里蒂在欧洲原子能研究中心工作，为洛伦佐的扫描提供了技术，也帮他在罗马附近建立起大型数据库。

洛伦佐自知他的数据比所有人都要精细，不仅记录着碳十四的衰变，甚至能推测所有粒子的组合结构，包括粒子的叠加和自旋状态。

科西莫曾对洛伦佐说：“复制绘画而已，没人在乎艺术品的粒子状态。关注化学成分的家伙已经够神经质了。”

“你老哥就是神经质。”洛伦佐回答。

方生的数据库只会比他差，但方生伪造的东西同真的一模一样。

为什么？

洛伦佐百思不得其解。但他已来不及把方生的东西带回罗马仔细研究。他需要首先解决和乌菲齐的纠纷，然后琢磨如何利用机械复制公司收拾杰克。他无法信任方生和安德烈，胸中憋着一口气。

到了中午，洛伦佐终于拨通线路，联系上艾瑞克。

“去哪儿了？”洛伦佐通过秘密线路问。

“在印度东北，纳格兰。这儿有世界上最辣的辣椒，我的胃已经坏了。”

“你什么？”

“开个玩笑，对不起。我才看见阿尔罕布拉宫的消息。你加入机械复制公司，我们的调查还继续吗？”

“废话。”

“那就好，我收到一条加密信息，应该是方生的。他说要给我两枚金币，三个月以后才能秘密送到。他请我仔细分析金币构成，写一份报告。我想了想，准备在印度做研究。”

“印度藏身之地多。”

“我整理了杰克的伪造史，报告绝对翔实。如果方生想通过两枚金币告诉我什么，那就更好了。”

“我现在不明白方生在想什么。你也别太天真。”

“我向来很天真，毛病改不掉了。”线路另一头传来艾瑞克故作凝重的叹息，“你才要小心，别被杰克抓住把柄。对他而言，我只是一只无足轻重的小羊羔。他请你当合伙人，最终目的是数据库。”

“我懂。”洛伦佐掐断电路，陷入沉思。

他坐在咖啡馆二层落地窗前，抬眼能望见巴塞罗那高出天际的神圣家族大教堂。楼下敞篷车里面静静躺着方生复制的《杜利圣家族》。

离开格拉纳达前，方生拿出名为《借问酒家何处有》的小画，准备送给扬，说多亏了扬，普桑教授才去找陈更教授对比《挥扇仕女图》的真品与复制品，证实了方生的复制能力神乎其技。

然后，方生掏出那张能让他名留青史的仿作，当着所有人的面，点一把火，烧了。

杰克和安德烈显得很沮丧。波什先生一脸不明就里。

方生说他复制了好多东西，手里也存了偷来买来的真品，等回到中国，会统统拿出来，或上交，或归还。他劝大家都这么做。只有这样，机械复制公司才能摆脱过去。

“对，”杰克兴奋起来，“这不仅能让世界知道，我们抛弃黑暗，投向光明，更是在告诉世界，我们曾以极高的质量复制过无数珍品。日后，机械复制公司复制的东西，只会超出人类的想象。”

“复制不可能超乎想象。”扬·艾克进入阿尔罕布拉宫的姐妹厅，小声说，“复制只是再现已有的东西，无法挑战艺术的想象力。”

方生将《挥扇仕女图》的灰烬倒入小喷水池，一会儿就顺着泉水冲得干干净净。

“扬，你说得没错。”

六

方生没交出所有的复制品。扬问及原因，方生解释说，几年来，为了试错，他复制了无数东西，自己也不记得哪些艺术品流向黑市，最后到了哪里。

“你偷偷搜集过我的东西？”方生问。他眯起双眼，不远处，他改造的扫描仪正在扫描慕田峪长城。

“当然。但我和普桑教授都没发现什么，就放弃了。把《挥扇仕女图》送到故宫，算是普桑教授的最后一搏。他没弄清复制原理。最近，他眼睁睁看着另一座凯旋门出现在巴黎。法国政府还准备在凡尔赛旁边复制一座卢浮宫，请他当顾问。每天卢浮宫闭馆，他就站在玻璃金字塔旁边，指挥五颜六色的扫描仪载着原料盒子进入博物馆。安德烈那个硕大无朋的黄铜扫描仪也每天晚上围着卢浮宫打转。普桑教授神经衰弱了，甚至对古物鉴定产生怀疑，觉得心理状态不好。昨天，他给我打电话，说不想继续参与卢浮宫的打印工程，要休养生息。他还专门拜访了巴黎高师的精神分析专家。我只能说，害人不轻。”

“陈更教授的心态比他好。”

“是吗？”扬回答。他正在科隆，受德国政府委托，操纵安德烈与方生改进的扫描仪围着科隆大教堂转圈。扫描仪很高很细，像瘦削的青铜金属巨人，专门为扫描大教堂设计。科隆市中心街道狭窄，没有封路，扫描机器人三天以来迈着缓慢而灵巧的步伐，时而迈过火车站，时而跨过莱茵河，让汽车与行人有充足的时间躲开它的金属脚掌。扫描机器人的舞蹈引来上万游客。

“打印城市”和“复制艺术”登上媒体头条。

“我听说你干得不错。”方生说。

“安德烈让我根据古建筑特点改进扫描仪和打印机，挺有意思。不久以后，该轮到打印世遗古城了。”

“‘偃师’集团董事吴旭向我咨询打印古城的事，我把他转交给你。你可以找他合作，生产更多的打印机器人。”

“《时代周刊》记者说，你只接受‘偃师’专访，其他所有媒体都吃了闭门羹。”

“技术保密。改进的扫描仪核心部件还有我的原料漆盒我只让‘偃师’生产。我也只授权他们做我的经纪人。”

“不过，”扬半开玩笑说，“你的专访真是胡说八道。”

方生专访最先见诸网络报头。镜头里只有他，他坐在新打印的浮雕龙纹太师椅上侃侃而谈，时不时张开左手掌，看看有没有值得回答的问题。

“我和安德烈很熟，”他说，“五年前，我救了他。我的手心因为他变成了一块显示屏，每次过安检都很要命。他欠我一条命，所以对我心存感激。当然，公开场合他不好表示。”

方生举起一块小印章：“这上面是微雕，埃舍尔的《现实》。安德烈亲手雕刻，送给我。安德烈是版画高手。他觉得刻印和刻版差不多。干我们这行的，必须是多面手，只有看见艺术的相通，才懂得如何复制艺术。”

“——洛伦佐的复制技术很好，大概仅次于我吧。”方生边说边笑，“如媒体所言，机械复制的扫描技术和原料技术在我这儿，安德烈负责打印，洛伦佐拥有世界上最好的艺术品数据库。有了他，我们才能保证被复制的东西与原物分毫不差。他很信任我们。”

“还有，多亏了波什先生，公司才能避免法律对过去的种种追究。我们确实伪造了不少东西，”说到“伪造”一词，方生的面部表情有些僵硬，“但我们现在专注于造福人类。”

“——也希望大家能给机械复制公司更多关注、更多项目。要知道，我以前复制的东西太多，还有许多罚款没还呢。”方生适时开了个玩笑。

“杰克？他是个好人。他的技术可能不如我们。但他十分真诚，很有能力，没有他，我们不可能在短时间内集齐人力、物力，在世界范围内展开工作。他是个充满干劲、直白坦率的家伙。我很愿意同他合作。”方生说完，露出被洛伦佐唾弃的中国式文人微笑。

不久后，安德烈接受了《科学》杂志专访。他一改嬉皮士作风，换上西装领结，先谈技术，后谈概念。

“人们总觉得复制是投机取巧，是一种罪恶。这是二十世纪的陈旧观念。如今，我们快要步入二十二世纪，人类应该懂得，复制才是节约成本的最有效途径。

“古人很早就知道复制的妙处。比如让知识呈几何级数增长的印刷术，比如让资本得到最有效利用的工业流水线。复制艺术品、复制古建筑，甚至包括我们马上要做的，复制整个古代城市，都象征了新时代，是人类发展的真正前景。艺术品是人类精神、人类智慧、人类技术的结晶，它以前过于稀有。现在，我们致力于让每个人都得到他所喜爱的艺术。我想说，创造不算什么，复制才能改变世界。”

“——安德烈终于说出了他的想法。”洛伦佐接受采访时这么评价，“我对复制的态度还没有上升到哲学高度。我认为，复制和伪造就是一回事，当然，这不妨碍我与安德烈合作。他是个棒小伙。

“大家都很关心我的数据库。但我并没有将所有信息都交给机械复制公司。以前的数据非常私人化，不便公开。不过，从明天起，由我设计的全新数据库将正式上线。数据库分为两个模块。一个模块描绘打印前被扫描的艺术品，比如绘画、教堂、城市。另一个模块显示被打印的相应艺术品。所有人都可以进行对比、检验，甚至在法律允许范围内到现场考察。如果打印出的东西同扫描原件不同，机械复制公司将全权赔偿。”

“当然，”洛伦佐终于开了个玩笑，“我们不能保证被打印的比萨斜塔每个原子、每个电子都和原建筑相同。所以，物理学家们，请不要太苛求。化学家们，你们尽可以放心。”

人们很快发现，洛伦佐闭口不谈杰克。之后，他也几乎不接受采访。

“——请相信我们的技术。”波什强调，他说得不多，“我年纪大了，比不上年轻人，现在只负责法律手续，管理公司专利。我见过无数艺术品，经手了无数赝品，现在，在这个复制的年代，我只希望尽情享受艺术，安度晚年。”

杰克的专访最后出现：

“在战略意义上，我是总负责人。我们目前为世界各大博物馆进行艺术品复制，或者准确地说，备份。原作当然最重要。但与原作相差无二的复制品也值得展览，并在其他地方永久保存。

“伦敦大英博物馆与我们合作，准备将大半展览的复制品送到新西兰或澳大利亚。我们也正在进行古建筑与古城的复制。比如，我们已在阿根廷复制了西班牙格拉纳达市的阿尔拜辛区。这是安德烈的主意。特别顾问扬·艾克正在协助安德烈设计针对不同地区的不同扫描仪。

“如安德烈所言，复制古城不仅是保存古迹，不仅是让每个人都有机会在古老的街道上拥有一座小屋，更重要的是，在人类文明被现代工业吞噬之时，我们让古代城市在地球上复制繁衍，这将改变地球生态。”

杰克摆正坐姿，告诉记者，他喜欢安德烈的理念，七八年前就很崇拜他了。

“当然，机械复制公司不仅关注古代事物，当代艺术品、当代建筑，也值得复制。我们关注当代艺术家，并开设新业务，与艺术家签约，设定专利条款。如果你造出某件绝美的瓷器，我们可以为你复制，让所有感兴趣的收藏家都能获得你的作品。如果你造出某座独特的建筑，我们也可以为你复制，让更多人享受你创造的空间。

“我们也在研究如何打印更多的功能性建筑。NASA 已与我们展开长期合作，开发地外打印技术，以便日后批量打印空间站和月球定居点。”

杰克说话坦率，充满自信，似乎看见了复制时代的光明未来。

七

“不到一年，世界就变了，比我想象中还快。”方生说。

他的办公室几乎在京城最高点，高过西面群山。

六个月前，扬·艾克突发奇想，在拉斯维加斯的荒漠附近弄了块地。普桑教授敏感的神经已得到平复，不再害怕随处可见的德拉克洛瓦、安格尔、莫奈、塞尚，以及让人没有脾气的杜尚。他也来到拉斯维加斯，协助扬打印了凡尔赛宫，然后以凡尔赛为底，在上面叠加打印了卢浮宫，在卢浮宫上面又叠加打印了圣心教堂、蓬皮杜、索邦大学等一系列巴黎建筑，总面积最终超过了身为底座的凡尔赛宫，但是没有倾倒或者崩塌。几天后，安德烈和洛伦佐赶到赌城。安德烈又加了一层科尔多瓦清真寺，洛伦佐在清真寺上安装了比萨斜塔。杰克抵达时，整个斜塔摇摇欲坠，他不得不打印一座方尖碑撑住斜塔，以防所有建筑因重力失衡化为一片废墟。

拉斯维加斯的大街空了。游客都前往荒地，去现场欣赏欧洲文化堆叠而成的奇观异景。

扬就这样发明了拼接打印，只要重力允许，一切高楼大厦都可以一层一层向上叠罗汉。安德烈立刻修正打印机，让设备可以自动配重，尽可能堆叠更多的建筑。

波什先生抱怨：“你们毁了所有城市的地貌，最后的法律责任丢给我买单。”

杰克很高兴。

人们如同患了热病，疯狂爱上机械复制公司廉价又易于使用的打印技术。

扬·艾克办了展览，并解释说："起初，我喜欢复制艺术品神奇的技术，但对'复制'心存怀疑，现在我发现，复制建筑也是拼贴组合的一种方式。我们可以将不同的艺术品、建筑乃至城市，复制并嵌合在一起。我觉得，这是一种能革新地球风貌的马赛克。"

那个时候，方生正忙着扫描敦煌，扫描兵马俑，扫描三星堆，扫描平遥，扫描江南古镇，扫描香格里拉，再将它们统统打印出来。"偃师"集团是机械复制公司的中国合作方。它的理念是让中产阶级住上四合院，让富人入住拙政园。当然，不喜欢古建筑的人也可以根据目录，自由选择全世界附带各种泳池的私人别墅。扫描仪的核心部件与漆器原料盒子的产地是中国。"中国打印"比其他地方都廉价。方生参与的地产业也让他富可敌国。

他潜心复制中国所有的古物、古镇、古城，没仔细思考扬的拼接打印技术。

回到北京，方生才发现自己已不认识整座城市。人们在钢筋水泥上面一层一层叠加亭台楼阁，将四合院无穷复制增高，打印成木头摩天楼。他的办公室被弄成黄鹤楼的样子。在污染、雾霾或者沙尘暴时刻，原有的底层钢筋城市埋入一片灰黑，高高的古代木制楼阁却似乎浮在云层上方。人在窗边，甚至能俯视香山。

安德烈利用秘密线路接通方生耳中的助听器，嘲笑他："大忙人，听说北京变了样子，你却不知道。"

方生使劲搓手："对，不到一年，世界就变了，比我想象中还快。"

"知道杰克的动向吗？"

"前天反垄断的嬉皮士们沿着华尔街打印了一面柏林墙。听说杰克顶住了压力。真想去看看墙街。"

"打印建筑是我发明的技术。杰克通过法律手段，弄成了他的专利。半年前专利转让完成，我却在阿根廷打印足球场。扬发明了拼接打印，用的是我的机器，杰克说隶属机械复制公司，便代替扬申请了专利，结果也挂到他自己名下。"安德烈说。

"扬不在乎。"

"扬想造一座浮在海上的巨大城市。"

"其实你想说，杰克的目标，只剩下我的技术。"

"方生，我和你们不一样。我不怕别人偷技术。我只想看见我复制的东西在地球上泛滥成灾。"

"所以你知道杰克搞断了你的腿，还与他同流合污，你这个疯子。"

"你也一样。"

"不见得。"

"我一直在想，你有了那样的技术，那样美丽的原料盒子，为什么不自己干，却加入我们，甚至让杰克当老大。其实和我比起来，你更不喜欢杰克。”

“想出结果了？”

“我只是没想到，你很早就把结果给了艾瑞克。”

“洛伦佐对你说了什么？”

“他给了我视频。戴上墨镜吧，复制高手。”

方生开启办公室的隔音效果，让镜片变成黑色。

画面中，洛伦佐穿过佛罗伦萨遮天蔽日异常狭窄的小巷，进入但丁故居的复制品。艾瑞克在阴暗的小屋里等他，刚好看完《神曲》的《地狱篇》，撒旦托着腮，靠在冰面上俯瞰人世。

“找到线索了？”洛伦佐问。

“仍然只是猜想。”艾瑞克有些沮丧。他左手里有两枚金币，借着小窗微弱的光线闪闪发亮。“这是中国唐朝的东西。一枚是古物，一枚是方生的复制品。它们完全相同。我分析不出哪个是真的，哪个是假的。”

“那你约我干什么？”

“我思考了很久，在想，这两枚金币，会不会都是复制品。”

艾瑞克轻轻把两枚金币放到桌上。

“我不懂。”洛伦佐坐到艾瑞克对面。

“我花了重金搞到了那个年代种类相同的一枚金币。”艾瑞克拿出第三枚金币，也放到桌上，同另外两枚保持距离，“这一枚金币来自博物馆，我自己弄了枚假的还回去了。所以，我能保证这枚金币的可靠性。”

洛伦佐不明就里。

“然后，我通过分析得出两个结论：第一，左边两枚金币互为复制品，无法判断究竟谁为真；第二，右边一枚金币的化学成分、物理结构与左边两枚相比，有着微妙的但却具有决定性的不同。我认为你懂，是那种真品与复制品之间的区别。”

洛伦佐皱眉：“但这两枚金币，不可能是第三枚金币的复制品。”

“第三枚金币的组成十分原始。至于这两枚金币，更像是破坏以后被调整得一模一样。”

艾瑞克盯着洛伦佐。

洛伦佐盯着金币，嘴角抽动，思索了一会儿才说：“我有一个可怕的猜想。”

艾瑞克天真地笑起来：“我们想的大概一样，但需要找机会验证，不用金币。”

他们对视。

艾瑞克说：“我需要你博士时期最原始的扫描数据，还有那张没还给乌菲齐，你亲自复制的《杜利圣家族》。”

画面一闪，消失了。

方生摘下眼镜。左手手心有消息“嘀嘀”跳动。信息显示，洛伦佐准备在格拉纳达的阿尔罕布拉宫画廊举办画展，名为“真品与伪作”。画展将同时展出机械复制公司合伙人以前经手的原作与赝品。洛伦佐邀请公司所有高层参加。时间是一个月以后。

“收到洛伦佐的信息了？”

“刚收到。”

“我记得，一个月以后，你将带上复制技术和打印技术，到火星基地帮助建造永久定居点。”

“就在画廊开展的第二天。”

“你早就计划好了，想撂挑子逃跑，而且永远不回来。”

“——我告诉过你，我的一些技术来自实验物理专家周皓。他一年以来一直说，总有一天东窗事发，方生会变成世界的罪人。所以我最好快点逃，找个地方赎罪。”

“即使成为罪人，你也要复制艺术？”

“这点我们相似。即使同杰克合作，你也想让复制品泛滥成灾，不是吗？”

安德烈笑了:“真品与伪作，我等着看好戏。”

八

格拉纳达有五座阿尔罕布拉宫宫。两座在市内,三座在市郊。除了原来一座仍作为旅游景点，其余四座一个成为市政厅，一个成为画廊，一个成为艺术品研究所，一个成为艺术复制品交易场。交易场吸纳了以往住在阿尔拜辛区的伪造匠人，让他们拥有良好的名声与正规市场。

“真品与伪作”开展仪式十分隆重。机械复制公司的重量级人物杰克 · 沃霍尔、洛伦佐 · 莫里蒂、丹 · 波什、安德烈 · 博尔赫斯悉数到场。画展的画作成双成对摆放。一幅真品，一幅伪造品。真品注明原作者和年代，伪造品注明伪造者，以及被确定为伪造品的时间。大部分伪造品配备了详细的说明，制成全息图像，在空气中缓慢滚动，告诉宾客伪作的瑕疵。但机械复制公司成立后，方生、洛伦佐、安德烈主动上缴的作品没有附带说明，因为鉴定师被拒之门外。

这引来了更多的媒体与关注者。

机械复制公司的技术保密为世界称道。虽然公司项目遍布全球，复制品填满世界角落，但没人能说清机械复制如何让真品与复制品一模一样。

德国《明镜》暗示，秘密就藏在画展“真品与伪作”当中。

洛伦佐时隔一年没与杰克碰面。外界报道他们不和，因为洛伦佐拒绝提供所有的数据库。

杰克·沃霍尔西装革履，端着红酒杯，在两幅《杜利圣家族》前面驻足，欣赏伪作。

洛伦佐清清嗓子，主动走向杰克。

“方生复制的东西，”杰克的目光没离开《杜利圣家族》，“他居然给你。”

“他不是给我。他是让我把画交给乌菲齐，让乌菲齐把画给赝品真探，让赝品真探把画给你，让你猜，他动了什么手脚。”洛伦佐搅动香槟酒杯，“他知道你猜不出来。”

“那又如何。他已经把所有技术都让给我了，一会儿就公布。

然后，你们所有人的技术专利都是我的。我就不需要你的数据库做对比研究了。”

“你不感到奇怪吗，杰克？方生突然决定去火星基地，把所有的事业托付给不同的人，一副诀别地球料理后事的样子。你就不怕他塞给你一颗不定时炸弹？”

杰克表情犹疑。

安德烈正站在台上，面对话筒对宾客说：“对不起，打断各位，今天我们还有一件重大事情宣布。本应该等一等方生，他晚上才到。但他坚持今天公之于众。因为今天是这座阿尔罕布拉宫画廊建成一周年的日子。去年这个时候，我们看着它拔地而起。明天，方生就要乘坐长梭飞船，于月球暂时驻留，然后前往火星。他将携带公司的复制技术，去打印永久定居点。所以今天是宣布一切的最好时机。让我们有请杰克·沃霍尔先生。”

杰克恢复充满自信、格外坦诚的脸，他离开洛伦佐，面对媒体与宾客说：“方生准备放弃个人专利，将他的所有复制技术，尤其是复制古代艺术品的技术，全部转让给机械复制公司。”

波什先生见杰克离开，找到洛伦佐，动作拘谨，悄悄地说：“复制古物的技术，全部转到杰克名下了，他不让我告诉你们。”

“没事，波什先生。你年纪最大，我们都尊重你。你也该正式辞职，享受生活了。”

“说得对。”波什有些落寞，“我知道，和你们相比，我比较死板，脑筋慢。”

“您能帮我个忙吗？”洛伦佐将一枚高级加密的小硬盘递给波什，“里面有《杜利圣家族》所有真品和伪造品的详细数据。请您马上为我做法律保护。不要让杰克知道。”

“好。”波什面露歉意，“对不起，我很晚才听说，赝品真探属于杰克。”

“没事，没事。”洛伦佐拍拍老波什的肩。

杰克还在发表演讲：“——机械复制公司不仅能复制古代的艺术品，保护过去，还能‘拼接打印’当下的建筑，改变现在；最重要的是，我们将正式进入宇宙开拓的前沿，让复制技术帮助开发月球，开发火星，开发整个太阳系。方生留下了他的所有技术。火星生态十分危险，他可能有去无回。我钦佩他的勇气。没有他，艺术作品与科学技术不会像今天一样，如此相辅相成，充实人类生活的每个瞬间。”

台下掌声雷动。

方生也在看杰克演讲。此时他在伊斯坦布尔金角湾附近喝土耳其红茶，看海湾对面高耸的古塔。远处扬的机器正舞动身躯，扫描拜占庭古城。

“你不去格拉纳达？”方生张开手心的屏幕说。

“艾瑞克寄给我三枚金币、一份说明书，我没必要去了。”扬单手操纵机器，挠挠头，“人们说，艺术品就像有机物，拥有生命。你干的事儿让我重新审视了这个命题。”

“但有一件事，我没办法超越。”方生斜靠椅子，一脸放松，

“复制就是复制，无法挑战艺术的想象力，也无法超越创造。”

“安德烈不会同意你。他认为复制技术早就超越了人类的创造力。”

方生哈哈大笑：“每个人的看法都不同。你的人造岛计划如何？”

扬点击皮肤上的文身数字，给方生发送一段信息：“离开伊斯坦布尔前，到这里取包裹。我送你的践行礼。”

“谢谢。”

全息电视里，杰克演讲完毕，与安德烈、洛伦佐一一拥抱。

方生起身，离开金角湾，钻入古城。如今，人们可以在伊斯坦布尔找到遍布巴黎的中世纪巷道，填满罗马的古城废墟。博斯普鲁斯海峡集中了来自欧亚大陆的所有建筑与艺术，似乎历史脱离了线性叙事，在空间层面无限展开，带来多重时间，让人陷入古代时光的旋转门，流连不返。

他在长满橘树的中庭小院找到微雕刻印男孩。男孩给了他一个用绸缎包裹的方形扁盒，里面有一张丰子恺的《借问酒家何处有》和一片刷去叶肉的小巧剔透的冬青树叶脉书签。方生收起盒子，找到长梭运输机，于午夜时分抵达格拉纳达。

他瞧着五座灯火辉煌的阿尔罕布拉宫。新月被云彩挡住。橄榄树园向天空投射着巨大的图像，那是米开朗琪罗的《杜利圣家族》在缓慢旋转。

他跳下长梭，找到阿尔罕布拉宫画廊。外面空无一人，里面似乎也静悄悄的没有人。他环顾四周，艾瑞克盘腿坐在树下，在等他。

“安德烈把所有人都赶走了。”艾瑞克说。

“我们有五年多没见面了吧。”

艾瑞克显得十分愉快：“谢谢你信任我。我用了三枚金币才猜出你的把戏。”

“你比扬更有探索精神。”

“因为他不复制。”

二人穿过黄金中庭、黄金厅、爱神木中庭，来到狮子中庭。十二只石狮子没有吐出泉水。光洁的大理石地面摆放着三张巨大而结实的木桌。每张桌面放有一幅圆形巨画，都是米开朗琪罗的《杜利圣家族》。

波什先生陷在软木凳里已经睡着了。杰克在浏览三维拍卖图谱。安德烈看看机械怀表，显得有些不耐烦。洛伦佐正在仔细扫描其中一幅《杜利圣家族》。

他们都在等方生。艾瑞克率先进入狮子中庭，笑眯眯地同杰克打招呼。杰克没理他，直接对方生说：“一年前，你把《杜利圣家族》给洛伦佐充数。要不是我，乌菲齐和国际反伪造联盟会没完没了，找你麻烦。”

“不，”方生和杰克握手，“乌菲齐和你都很高兴。你们会发现这不是洛伦佐的作品，而是我的。你一定欣喜若狂，仔细进行过对比研究。但一年过去，一无所获。不过，专利已经转让了，你明天就能看到所有技术了。”

“洛伦佐下午说，要给我提个醒，让我小心谨慎，不要乱用你的技术。”

“那是他的好心肠。”方生向洛伦佐点头示意。

意大利人面无表情，只说：“办画展很辛苦，得联系几乎所有的大博物馆，把真品要过来，还得按照每个博物馆的要求布展。没有杰克，乌菲齐不会网开一面，把真品和赝品都送来。”

“没弄混吧？”方生说。

艾瑞克哧哧地笑，弄醒了波什先生。

“洛伦佐，动作快点。”安德烈催促。

洛伦佐从波什先生手心里接过数据硬盘。杰克有些惊诧。晚上酒会，波什先生离开两小时。之后赝品真探内线告诉杰克，洛伦佐数据库核心信息申请法律保护，已通过，可施以法律用途，或当作案件证据。

杰克瞧瞧方生，又瞧瞧洛伦佐，觉得自己没有疏漏，表情重新变得富有自信。

洛伦佐指着靠近方生的两张《杜利圣家族》：“这两幅画，一张是复制品，一张是原作。没有标签，你们谁都分不出哪张是真的，哪张是假的，包括方生。”

方生点头。

洛伦佐继续说：“右侧这台打印机，是安德烈交给我的。打印设备虽由安德烈组装，但原料盒子和扫描仪均来自方生。因此，这台打印机可以像方生复制《杜利圣家族》一样，复制出完全相同的东西。

“左侧这台打印机，是我的。一年多没用了。技术已跟不上时代，但也是个中精品。这台打印机复制了艾瑞克面前那张《圣家族》，一年前应交给乌菲齐，但种种原因，我给了另一张画。于是我的伪造技术得以保留，没被赝品真探骗去。”

杰克耸肩。

洛伦佐提起黑色公文包，按顺序展开，露出五层按键，很像管风琴键盘。他伸手敲击几个音节。每张《杜利圣家族》上方都浮现出全息数据图，显示画作状态的即时信息。

他又敲出一个饱和的低音，带有乌菲齐原作标签的画作被照亮，上方的数据变成亮金色。洛伦佐的复制品也变亮了，上方的全息数据不停滚动，时不时出现红色数据段。

“这是艾瑞克发明的，世界上最先进的数据即时分析仪。如果乌菲齐的原作是真迹，那么红色数据段就是我的复制品和真迹不尽相同的地方。”

“‘如果’是什么意思？”波什先生问。

“请等我解释完。”

洛伦佐按了略高的音节。方生的复制品逐渐变亮，上方的数据段没有一点儿红色。

“看到这里，许多人会想：方生的复制品果然完美无缺，连杂质都没有。”洛伦佐清清嗓子，“不过，首先，最早对世界著名艺术品进行分子层面数据备份的人，是我。我的博士论文虽没有完成，但是论艺术品数据库，没人能比得上我。其次，如今各大博物馆、各大画廊、各种机构对艺术品的数据记录，都来自方生的扫描仪，每个扫描仪都与红色小漆器盒子相连。数据源和我不一样。如今，我们对比艺术品真伪时所用的数据，都来自方生的扫描技术与采集技术。”

洛伦佐停顿，瞧一瞧方生。

方生似笑非笑。

他继续说："最后，据我调查，一年来，所有艺术品的古早数据库都被取代了，大部分已被销毁。机械复制公司推行的是我建造的新数据库，还是那句话，数据来自方生的扫描仪。方生，你一边在中国国内尽心尽力复制艺术，一边偷偷购买被公司取代的数据库。”

“但你没有揭穿我。”

“因为你不觊觎我的数据。”

方生开玩笑："我是在帮你消除潜在竞争者嘛。”

洛伦佐将加密数据硬盘插入黑色公文键盘。空中弹出一组全息数据。

他说："这是我复制《杜利圣家族》前，扫描原作得到的原始数据，现存最早、最翔实的数据。现在，我以这组数据为样本，进行对比。也就是说，这组数据代表了《杜利圣家族》的真正原作。”

他弹奏了一小节音乐，来自古斯塔夫·马勒。

三幅《杜利圣家族》全息数据图都出现了红色字段。一幅较多，无序分布；两幅较少，但完全一致，红色字段的分布具备同一种节律。

杰克的表情凝固了。安德烈的反应介于惊诧与狂喜之间，几乎笑出声来。波什先生紧紧抓着艾瑞克，喃喃道："这是怎么回事？"艾瑞克疼得不住抽气。

"到底怎么回事，其实我也不确定，所以才借画展名义，请大家来，一起见证我的实验。"洛伦佐敲击键盘，"如果我们称《杜利圣家族》的真正原作为零号作品，那么我的复制品就为一号作品，那两幅一模一样的，分别为二号作品和三号作品。"

他有些紧张，不停地抓深棕色头发。"首先，我要用我的机器，复制我复制的《杜利圣家族》，即，根据一号作品，复制出四号作品。"

洛伦佐示意安德烈，后者十分积极，协助将打印机搬到画作旁边。黑色机械张开扫描臂，对准画作，然后摆正打印机的输出口，面向空旷地方。

意大利人弹奏明快的音乐，扫描仪和打印机跟随节奏，发出"嗡嗡"的噪声，不一会儿便打印出第四幅《杜利圣家族》，躺在大理石地面正中间。洛伦佐调出关于这幅作品的数据。红色字段最多。但对比显示，有不少红色字段同一年前洛伦佐复制的作品一样。

“复制品的复制品总是有更多瑕疵。但很明显，这幅伪作，来自一年前，我没交给乌菲齐的那幅赝品，即，四号作品来自一号作品。”

方生点头。

洛伦佐继续:“现在，我要用方生的机器，再次复制一号作品，也就是再次复制我复制的《杜利圣家族》，即，根据一号作品，利用方生的机器，复制出五号作品。”

安德烈推动黄铜色打印机，拉下操纵杆，声音“轰隆轰隆”格外响亮。

《杜利圣家族》一号作品的实时数据突然一阵混乱，全部变成乱码，尔后瞬间恢复原样，开始跳动，开始变化，开始自我调节。红色数据段一会儿消失，一会儿出现，一会儿又从一个地方移到另一个地方。

“扫描仪在干扰数据？”波什先生问。

“不，扫描仪在直接改变被扫描的东西。”洛伦佐说。

他敲击琴键，调出被打印作品的即时数据。

红色字段灵活地跳来跳去，其变化与被扫描物完全一致。

所有人屏住呼吸。

《杜利圣家族》五号作品一层一层出现，洛伦佐的一号作品继而一层一层改变。一幅作品正跟随另一幅作品的诞生，逐渐变成另一幅作品。

圣母仍位于画面正中，圣约瑟抱起圣婴递给圣母。三位人物似乎毫无神圣色彩。背景人物却有了异教风格。画面右侧施洗约翰的目光似乎越过了神圣家族，穿透画布，瞧着外面变化、滚动的数据。星光与红色字段照亮了他的双眼。

黄铜打印机噪声越来越大，直到打印完毕，才悄然止歇。

第五幅《杜利圣家族》躺在第四幅《杜利圣家族》旁边，二者的数据显示却不尽相同。

五号作品与一号作品的数据则完全一致，滚动节律一致，红色字段位置一致。

洛伦佐深呼吸，调试二号作品与三号作品的数据显示进度，关闭四号作品的图像，关闭最原始的数据——零号作品。

在场人发现，剩下的作品，编号一、二、三、五，数据毫无区别。不管是被复制品还是复制品，只要被方生的仪器扫描过，只要接通了方生的原料盒子，都变成了同一件东西。

“四幅《杜利圣家族》的数据完全一致，但都不是真品。”洛伦佐总结。

杰克吸了一口凉气：“这不是复制，是破坏，你，你用了什么技术？”

“——你想复制一件东西，就必须尽可能模仿原作，”方生回答，“这和伪造不同。伪造只是逃避监测的手段。但复制艺术品，是一个无限接近的过程。可惜，到一定程度你会发现，你无法既模仿原作，又不破坏原作。”

“原作呢？”杰克问。

“没了。”方生打开零号作品的数据，“我承认，这才是真正的原作。但被我的扫描仪扫描的那一刻，真品，或者说原作，就不再是固定状态。它的物质组成得到了充分的分解与分析。它和朱红色的原料盒子产生关联，与里面的物质进行纠缠、叠加。它被完全激活，为打印做准备。然后，如你们所见，打印开始的一瞬间，真品将发生变化，随着复制品的形成，一点儿，一点儿，变成复制品。复制完成，真品随之消解，变成同复制品一模一样的复制产物。”

“我能保证，”方生笑了，“世界上不会有任何东西，比我的复制品更像真品。”

“据我所知，”艾瑞克插嘴，“机械复制公司已经扫描了所有博物馆的所有艺术品。”

“几乎所有。”方生回答。

“上帝，”老波什说，“方生，你不心疼吗？你把全世界的艺术品都变成了复制品！”

“波什先生，你知道量子的叠加原理吗？或者，你听说过薛定谔的猫吗？你不打开盒子，永远也无法知道盒子里的猫是死还是活。复制艺术同理。你不打印出来，永远无法知道复制品的状态，无法知道复制的东西究竟有多像真品。可惜，真品随着复制品的诞生，也应声崩塌。为了复制最好的东西，这无可避免。”

方生转向洛伦佐：“所以，我格外珍惜你的数据库。它能向世界证明，我的复制品和真品最为接近。它也会告诉世界，复制品破坏了真品的内在结构，会取代真品。最终，真品只存在于幽灵般的数据中。保存好数据，洛伦佐，不要被别人拿走。”

所有人的目光都集中在杰克身上。他手扶桌子，气得浑身颤抖。

白色大理石狮子悄然吐出泉水，汩汩淹没了放在地板上的复制品。

方生此时才发现伊本·祖姆鲁卡的句子：

“——里面的建筑如此之美，以至于连上帝也不允许另一种美景存在，与它争辉。”

尾声

机械复制公司突然停止以复制的方式进行艺术品保护。洛伦佐没公开数据库。他与杰克展开了长久对峙。

方生复制的长城从嘉峪关一直连绵到山海关，可惜没有完工。

离开地球时，方生凝视着这颗蓝色星球，陆地上五颜六色的建筑物不断复制、生长，与山川、河流、树木、花草相映成趣。

离开月球时，杰克把技术专利又转让给安德烈。方生收到消息，安德烈说：“如果哪一天，东窗事发，我也变成毁灭人类艺术品的罪人，方生，为我在火星上留个墓碑。”

抵达火星时，扬·艾克造出了世界上第一座仿生机器岛，名为叶城。城市以叶柄为港，以交错成网状的叶脉为路，叶肉是郁郁葱葱的巨大红树林，房间都挂在树上。

方生解开绸缎包裹，打开扁方盒子，举起叶脉书签，与画面上的叶城比较。

叶脉纹路一模一样。

接受采访时，记者问叶城的灵感来自何处，扬语焉不详："一次，方生在复制金币时，毁了真品的结构。真品和复制品同时改变，最终也变成了复制品。于是，我们只能找到真品的影子，却看不见源头了。"

方生又举起《借问酒家何处有》，翻到背面，扬·艾克送了他一句话：

"复制品带着造物主神圣的光辉，最终也能改变世界。"

/ 作者说

《复制时代的艺术作品》取自本雅明《机械复制时代的艺术作品》。身为欧洲最后一位文人，本雅明对现代技术氛围中的艺术充满洞见。而近百年过去，技术发展已甩过那个时代若干数量级，但如何理解被技术和商业深刻渗透的艺术？我们似乎还没越过本雅明。

进化的观点饱受诟病，不过，在我眼中，怀旧之情（nostalgia）更不可取。

毕竟艺术讲究创造，有时挺像科学创新。

如果守旧病和艺术自治拖累了艺术，如果对艺术的占有欲和收藏癖妨碍了公众对艺术的理解，那么，当艺术不再高贵，当艺术品不再独特，艺术那充满灵性的光晕是否仍能触及人心深处？

一个难以回答的学术问题，但科幻故事或许能绕过现实，去展示遥远的答案。

于是，《复制时代的艺术作品》先从本雅明处讨了巧，然后借助时兴话题 3D 打印，去讲述艺术品的伪造。

伪造的核心是真假难辨。伪造的最高境界是复制。对物质至精至极的复制自然须抵达粒子层面。对艺术品每个微观粒子都进行扫描乃至复制，会导致原作整体的不确定性。原作或将消散，但能得到不计其数的复制品。它们如仍是艺术，那么科学技术的创新将覆盖艺术原创，复制品的滥觞才开始真正营造公共艺术。

或许到那时，人们才能摆脱对稀罕物的崇拜和垄断，去反思资本主义的拜物教，去了解复制为何只是复制，艺术的想象力为何总属于创造，为何总能直抵人心。

小说中的伪造者虽分属不同行当和立场，但都被技术和商业裹挟。他们无法阻止艺术品原作的覆灭，只能通过再生来开启另一种艺术。

高速迭代是现代性的面貌，是复制时代的特征，怀旧和焦虑不解决问题，坦然面对或许才能通向另一种可能。

文中丰子恺的《借问酒家何处有》、梵高的《静物，插满雏菊和罂粟花的花瓶》等都直接取自2014年年底的拍卖画。米开朗琪罗的《杜利圣家族》是个人偏好。曾想过用丰子恺的抗战漫画同《借问酒家何处有》做对比，后来放弃了。毕竟复制时代的战争属于媒体和数字。与之相关的艺术太过肤浅或太过沉重，我都无法把握。

/ 公鸡王子

一

房间是极简风格，榻榻米地面纤尘不染，除必要物品，几乎无多余装饰。角落梳妆台只放有护肤品和一枚橘色唇膏。

与众不同之处是正对推拉门，挖入墙壁内里的四只略高于膝的壁龛。壁龛上方，按顺序分别写四段四字《论语》名言：

“非礼勿视”“非礼勿听”“非礼勿言”“非礼勿动”。

壁龛空空如也，里面的东西暂时跑掉了。

壁龛中间，透明匣子里有一只橘色泰迪。

陈陌身形小巧，面容清秀，身穿素装，盘腿而坐。半透明显示屏浮于空中。她似乎在沉思，又似乎什么都没想。

格雷厄姆教授被捕前的最后一封邮件，收信人是陈陌。中美情报部门早已读过，暗地整理出多重解读。纽约州法院也将其视为证据，递交最高法院。北京脑所肖立所长早早将他的理解递了上去。

邮件中无私人交流，仅附一则犹太寓言。寓言叫《公鸡王子》。寓言内容陈陌已烂熟于胸：

王子发了疯，认为自己是一只公鸡。他脱光衣服，裸着身子，钻到桌子底下，像鸡一样从地上啄食。国王和王后非常担心，请了很多人治疗他的病症，但没有效果。一位智者来到皇宫，声称能治好王子。智者也脱光衣服，钻到桌下。他告诉王子，他也是一只公鸡。渐渐地，王子将智者当成朋友。智者潜移默化地让王子认为，公鸡也可以穿上衣服，坐在桌前吃饭，进行人类的种种行为。王子一步步被智者影响，治好了疯病。

门轻轻拉开缝隙，毛茸茸的爪子小心地推着，没发出多余的声音，显然，它不想打扰似乎已入定的陈教授。

它长得像刚成年的滇金丝猴，身上覆盖着柔软的橘色毛发。手脚四肢等活动关节露出木质结构，提醒世人，它是“勿用”公司研制的最先进一代仿生人工智能，“四勿”系列中的“四勿猴”之一。

太阳照亮房间的一角，陈陌纹丝不动。小猴子有些无措，回头瞧瞧春意盎然却空无一人的极简风格四合院，又打量陈陌背影，思量再三，双臂交叠，双手夹在腋下，不动了。它是“勿动猴”。

十分钟后，一只与勿动猴一模一样的小家伙跑入四合院，两三下跳到勿动猴身边。它们肩并肩待了一会儿。小家伙捅捅勿动猴。勿动猴摇头。

小家伙笑了，悄悄爬到陈陌身边，坐起，偷看屏幕内容，没看几行，便迅速遮住双眼，弯下腰，爬到勿动猴身后躲起来。它是“勿视猴”。

又过去十分钟，第三只小猴捂着嘴巴，风风火火跑进来。它围着门槛前的勿动猴和勿视猴转了三圈，才跑入房间，继续围着陈陌转。

陈陌从失神回归现实。她伸手把“勿言猴”拉到身边，抚摸它的额头：“说吧。”

勿言猴得到安抚，手掌离开嘴唇，奶声奶气地回答：“克拉丽丝·福斯特女士和保罗·莱克特小朋友已在会客厅等您很久了。肖所长急了，他一会儿还要回所里，让您先发一份治疗预案。还有……”

“知道了。”陈陌双手撑膝盖，直接站起，“勿听？”

“陪肖所长等着呢。”

“别忘了告诉它，从今天起，你们需要照顾的人是保罗·莱克特。”

二

克拉丽丝·福斯特扫视四周，混合现实眼镜实时反馈信息。

克拉丽丝是美国著名战地记者，格雷厄姆案案发前获过普利策奖。外界评论，不论陈教授能否治好保罗，克拉丽丝都能再写一部书，到时不仅普利策奖，斯德哥尔摩都会争着为她颁奖，领奖地甚至会在挪威的奥斯陆。

陈陌站在门口，没马上进入。她示意勿动猴，后者从墙壁内抽出薄薄一层操作台，敲击指令，空气中浮现克拉丽丝扫描获得的数据。不是典型的侦查性扫描，而是排除可能伤害保罗·莱克特的因素。勿言猴、勿视猴面面相觑，同时跳上窗框，透过玻璃瞧着克拉丽丝。

克拉丽丝身材高挑，一头红发，嘴角与衣角的线条整齐分明。她身边规规矩矩、盘膝而坐的小孩，就是保罗。他五六岁的样子，雅利安面庞，黑发黑瞳孔，好奇心旺盛，盯着对面悄声打电话的肖所长，以及所长身边双爪紧捂双耳，一脸不快的“勿听猴”。保罗身边，圆滚滚的嘀嗒机器人默然站立，身形如瓢虫，眼大如探灯，表情真挚呆笨，也盯着肖所长和勿听猴。

嘀嗒人的设计源自奥兹王国，据说是最早进入童话的机器人。童话中的它能思考、能交谈、能行动、能做任何事，但称不上有生命。格雷厄姆为规避恐怖谷效应，将所有机器人工智能，设计成维多利亚时代的蒸汽风格，取材童话人物，着染丰富的色彩，风靡美欧，其中最出名的莫过于嘀嗒人系列。后来，东窗事发，嘀嗒人尽数回收，仅余陪伴保罗的嘀嗒人特许出境。它似乎明白自身的情况，举手投足毫不逾矩。

勿动猴收回操作台，与勿言猴、勿视猴并排。它们手舞足蹈，满脸嘲笑，屋内勿听猴则像见到救星，捂耳跑近它们，尔后蹭门，希望陈陌进屋。

肖立穿一身经改良的中山装。他发现四勿猴，迅速站起，开门，面对陈陌：“怎么才来？”

“我们有约：科研我管，人事你管。”

“克拉丽丝·福斯特女士想亲自见你，”肖立凑到陈陌耳边，“你不想聊格雷厄姆，可以。她想和你聊，你就逃不掉了。”

肖立让出房间：“一分钟，我马上回来。”

陈陌与克拉丽丝·福斯特四目相接。

陈陌曾同格雷厄姆聊过野蛮与文明。他说文明是虚假的，文字传承、言谈交流，都是文明虚伪的外皮。它犹如皇帝的新装，除却假象一无所有。野蛮的世界则充满血腥、气味、嘶吼，不必上升至言谈，有时四目相视，便直指内心，这是野蛮人的交流，也是文明时代智者之间的沉默。

对视几秒，无须言辞交换，陈陌便瞧见了克拉丽丝直白的内心世界。比陈陌直白，甚至比她睿智。克拉丽丝多年辗转于中东与非洲，徘徊于战争与和平、野蛮与文明。陈陌清楚，克拉丽丝也看见了她的内心——看似充满制度，井然有序，俨然文明社会的象征，深处却满是杂草，密林丛生，被动物环绕。格雷厄姆作为扭结，将二人勾连于此时此地。

克拉丽丝起身：“保罗和嘀嗒交给你了。”

陈陌与她握手：“会照顾好他们——”

四勿猴轻快地跳到保罗与嘀嗒面前。它们脑袋凑在一起，又分开，勿言猴开口："我叫勿言，不能随便说话的意思，虽然只有我能言善辩；它叫勿视，不能随便东张西望，虽然它有正常人的目光，但也能扫描没人看到的东西；它叫勿听，不能到处偷听，但能听见所有波段的声音；它是勿动，跑起来比豹子快，力气比大象大，但不该做的，它都不会做。"

四勿猴肩并肩，向两位客人鞠躬。保罗与嘀嗒有些不知所措。

"我叫保罗，它叫嘀嗒。"保罗小心翼翼。

勿动猴指着嘀嗒，勿言猴问保罗："我们是四勿猴，它是什么？"

"什么是它是什么？"保罗很困惑。

"人工智能道德标准协会。Alphabet、脸书、微软、IBM、亚马逊，最初创办了人工智能研究准入协会，负责制定人工智能不同体系的道德准则。我们属于'四勿'，它呢？"勿言猴手足并用地解释。

保罗恍然大悟："我俩一样，属于'机器人三定律'。"

保罗抱紧嘀嗒的脖子，嘀嗒努力点头。它的金属腹腔"嗡嗡"作响，演出耳熟能详的前奏。保罗与嘀嗒随即小声歌唱："无伤人类，服从人类，保护自己——"

词很简单，曲调复杂，从不同层面唱着同一个内容。这是格雷厄姆的鲁尔公司[1]机器人的专属曲调。

四勿猴面面相觑，但被保罗与嘀嗒的音色吸引，不住随节拍击掌。

“停。”门口传来肖立的声音。

保罗与嘀嗒迅速停止。

肖立手中握一把尖刀。

陈陌侧身挡在肖立与保罗之间：“别闹了，肖所长。”

“眼见为实，不试试怎么知道。”

肖立瞥一眼四勿猴，示意它们安静，然后盯着保罗与嘀嗒，说：“谁都别动！”刀口却向自己颈动脉方向戳去。

一瞬间，保罗和嘀嗒从座位弹起。保罗小手小腿，被克拉丽丝伸手按住。嘀嗒则晃动看似沉重的躯体，高速滚动，绕过陈陌，弹簧手臂飞出，击中肖立手腕，刀尖的反光划出精准弧度，尖刀飞出房间。

肖立夸赞：“干得好！”

他扶正嘀嗒，嘀嗒受宠若惊。

“下一个命令！”肖立提高嗓音，“嘀嗒，我要你用外面那刀，

---

1 源自十三世纪哲学家、逻辑学家、神学家拉曼·鲁尔（Ramon Llull）。他开发了“逻辑机”，试图通过逻辑，利用机械手段对无可辩驳的真理进行组合、操作，以产生知识，最终体现宗教的理性与信条。他是有名的殉道者，也被认为是计算理论的先驱。——作者注

割保罗的颈动脉。”

克拉丽丝似乎悟到了肖立的所思所想，恶狠狠瞪着中央脑所的所长。她没有阻止嘀嗒，只紧紧搂着保罗。

嘀嗒显然遇到了难题。它全身的芯片和电子环路都开始高速运转，让它的所有机械关节都“坷垃坷垃”地抖动。

保罗似乎也陷入了难题。他双手抱着脑袋，全身也微微颤抖，挣扎很久，哭了起来。他泪眼模糊，抬头望嘀嗒，呜咽着哼哼：“无伤人类，服从人类，保护自己——”

嘀嗒受到感染，腹腔中“坷垃坷垃”声越来越响。

勿视猴捂紧双眼，勿听猴紧捂双耳，勿言猴双手按着嘴巴。勿动猴看看嘀嗒，看看保罗，又迫切地盯着陈陌，不知该如何动作。

嘀嗒的弹簧手伸向门外，缓慢取回刀子，沉重地滚向克拉丽丝和保罗。

四勿猴吓得脑袋凑在一起，勿言猴奶声奶气地大叫：“肖所长，你到底想干什么？我们不懂！”

嘀嗒走到保罗面前，肖立才说：“停！”

嘀嗒丢下刀子，保罗也脱开克拉丽丝。金属人将五岁小孩紧紧抱在怀里。嘀嗒腹中不再传来“三定律”的歌谣，而是德语儿歌《小鳄鱼之歌》。曲调可爱。保罗破涕为笑。

陈陌不满地瞪着肖立。四勿猴围到她身边，她摸着勿言猴毛茸茸的脑袋，对它们说：“你们会懂的。”

肖立掏出电话："患者鉴定完毕：保罗·莱克特，人类，将自己视为机器人，服从机器人三定律；嘀嗒三号，人工智能，机器人，服从机器人三定律，同时将保罗视为机器人，与保罗密不可分。可完成交接。"

电话没挂，他向陈陌赔笑："别生气，流程需要。"

他又转向小猴子："快去招待新伙伴。多交流，就会懂得彼此的秘密了。"

四勿猴望着陈陌，寻求解释。

陈陌摇头："他们累了，去照顾客人休息吧。"

四勿猴脑袋凑到一起，然后欢天喜地地拉着保罗和嘀嗒离开。

肖立尾随，一边向屋内摆手，一边继续通话："到北京的只有嘀嗒三号，我要你们把嘀嗒一号和嘀嗒二号也调过来，否则免谈。你应该懂，这不仅是经济问题，也是政治互利……"

肖立的声音渐渐远去。屋中只剩陈陌和克拉丽丝。

克拉丽丝问："觉得他是疯子吗？"

"你指肖立？"

"我指强尼·格雷厄姆。"

"他特别喜欢一则犹太寓言。"

"我听说过。"

"他才是故事里的公鸡王子。"

三

克拉丽丝·福斯特回到纽约，深居简出，听从陈陌建议，让嘈杂的人声抚慰内心的纷乱与孤独。环绕她的镁光灯与镜头逐渐减少，遍布曼哈顿圆滚滚的嘀嗒人或长手长脚的铁皮人也销声匿迹。陈陌主导、肖立负责的“勿用”公司与后格雷厄姆时代的鲁尔公司合作，街头巷尾开始出现“四勿”机器人，不是北京常见的木结构仿生动物，而是纳米结构、蒸汽朋克风格的黄铜人。

克拉丽丝让自己回归正常生活，按协议内容，不过问保罗的治疗流程。

每天凌晨时分，她穿过中央公园，沿哈德孙河晨跑。她希望平和的日子持续下去，直到保罗痊愈归来，抱她，亲吻她，像正常人一样称呼她母亲。

但如她所料，结果总是事与愿违，三周后，她在中央公园湖边遭遇她的律师，约翰逊·克劳福德。

“我以为，最高法院的审讯只需要律师，不需要我。”

“当然，只需双方律师辩护，当事人不想旁听，也可以。”胖胖的克劳福德找到湖边长凳坐下，一身露水。

克拉丽丝则站着，面对克劳福德：“找我做什么？”

“格雷厄姆被调出纽约监狱了。”

“去了哪里？”

“秘密。”

“对你哪有真正的秘密。”

“关塔那摩。”

克拉丽丝有些吃惊：“理由呢？”

“他用黑色摩托头盔做的事，算战争罪了。”

克拉丽丝摇头：“军方想要技术。”

克劳福德笑了，欠身，请克拉丽丝坐下。她摆手。克劳福德便仰着头继续：“聪明如你，应该知道，格雷厄姆案件到州最高法院已算结案了。尤其针对格雷厄姆本人，无可再判。他自己没有申请上诉。但鲁尔公司上诉了。最高法院的重视程度超过我的想象。”

“最高法院准备司法审查？具体哪个方向？”

“七年前，格雷厄姆从叙利亚战场回来，结识了共和党军方人士，又有保守财团出资，他得以建立鲁尔人工智能公司兼福利收养院。如今收养院关闭，鲁尔公司重组，成为国家公益组织，变成民主党主控，但共和党的部分利益仍在。党派的经济和政治权重都押到格雷厄姆案上。事情没完，最高法院也不会回避问题。”

“大法官的党派争端？”

“比我想的复杂，他们立场明确的不多。而且如今鲁尔和‘勿用’重组，州上诉法院判格雷厄姆死刑，判定鲁尔植入‘三定律’的机器人极度危险，勒令收回或销毁。我认为，最高法院的司法审查，是为格雷厄姆案在国家层面定性，也为鲁尔内部的利益纠纷划出限度。”

“会为关塔那摩划限度吗？”

“你同情格雷厄姆？”

“他的行为逻辑我还没想通。他反社会、反人类，但一直很有逻辑。”

“几个月前，你还不这么想。”

“我还没冷静下来。”

“因为你把保罗交给‘勿用’，见到了陈陌教授？”

“她很正常，一个显得很明智的正常人。对比起来格雷厄姆才显得很奇怪。”

“治好保罗，她的‘四勿’道德准则就彻底胜利了。‘三定律’会被钉上十字架。”

“有些人不这么认为。比如你。我知道，你越过我同鲁尔和解了。所以你才推荐我去找‘勿用’。‘勿用’治好保罗，鲁尔与‘勿用’合作，在公众眼中，鲁尔的罪责也就一笔勾销。毕竟，罪魁祸首格雷厄姆遭到惩罚。他死有余辜，我不同情。但我不喜欢有人用他撇清罪责。”

“首先，是结案之后，鲁尔公司才找到我，所以撇开道义，我并不算背叛你；其次，你很清楚，除了‘勿用’，没地方能治好保罗，所以直到今天你才拆穿我；最后，作为记者，你应该很清楚，这类大案背后的处理方式，往往是殊途同归。”

克拉丽丝笑笑：“所以，其实你也没料到最高法院会司法审查。大法官们似乎也看不惯鲁尔和‘勿用’的苟合。”

克劳福德挠头：“所以，我们算恢复雇佣关系了。重新坦诚相待吧。”

克拉丽丝变得严肃起来：“你在担心什么？”

“我重新看了一遍格雷厄姆案期间大法官们的发言。苏特大法官曾暗示过，格雷厄姆案的重点其实不在人工智能，而应在人权方面进行更多修正。”

“近十年来关于人工智能的法律和行政措施如雨后春笋，你拿不准最高法院会判哪一条违宪。”

“应该说，哪一条违宪，都会产生蝴蝶效应般的利益波动。”

“你想转移话题？”

克劳福德面色坦然：“我不是无立场的人。格雷厄姆案让我在人工智能方面确立了地位，这同我的党派利益，同鲁尔或‘勿用’的利益都无关。我是人工智能案件的顶级律师，只要人工智能仍很重要，人工智能仍有问题，我就有饭吃，这是我的个人立场。而你的保罗，不论是‘三定律’还是今后的‘四勿’，都会缠绕他一生。你也离不开人工智能，你不能否决它、贬低它，而需要给它一个合适的定位。即使你打定主意不做记者，不从事政治法律相关工作，也逃不开最高法院对格雷厄姆案的裁定。在这一层面，我们立场一致。”

克拉丽丝打量着克劳福德，沉思一分钟之久，才问：“你为什么把嘀嗒救回来，还找到了嘀嗒一号和嘀嗒二号，是公司的授意吗？”

“没有，你算算时间，那时候他们还看不上我。保罗的嘀嗒和其他机器人不一样，我看得出，否则，保罗和你不会那么需要它。而且，格雷厄姆的技术，或许能从嘀嗒那儿挖出一二。目前看来，也只有陈教授有能力了。”

说完，克劳福德又补充一句：“相信我，我对人工智能本身没有成见。对人倒是有。”

“对我也有成见？”

“你不好沟通，但是，是个不错的人。毕竟，官司打了一年多，我清楚你承受了很多，但从来不说。”

“然后？”

“然后我今天才会特地赶来，向你表明我的立场。最高法院对我的质询，可能会影响格雷厄姆案的最终定性，乃至日后国会的立法。你、我，都需要充分准备。”

“为了调查黑色头盔，我已经用了所有的关系和资源。”

“我指更深层的东西。州法院的辩论与判决，都围绕格雷厄姆将‘三定律’植入保罗的罪行，或是鲁尔的机器人是否安全。但最高法院法官的质询，会涉及更深层的东西——你作为领养人的动机，你将保罗送到鲁尔的动机，还有你没跟我聊过，你也没想通的，格雷厄姆教授的动机。这些东西最高法院都不会放过。”

“你想把案情导向何处呢？”

"——大概是，让人工智能与人类不可分割吧。"

克拉丽丝没再说话。克劳福德便起身告辞。

"如果你有了想法，又想找我聊，随时恭候，别忘了最高法院的开庭时限。"

克拉丽丝与克劳福德轻轻握手，如同皮肤毫无接触。然后，纽约金牌律师立起衣领，消失在晨雾中。

四

"勿用"公司总部建在北京城南，下风下水的地方。十几年前陈陌学成归国，已成为国际人工智能领域的翘楚。格雷厄姆则投身医疗机器人，加入财团的军工储备，做起大生意。他造的铁皮人也成果初显。陈陌加入国家脑所，与脑专家、神经学专家合作，迅速开发新的人工智能，"勿用"公司随之诞生。

如今"勿用"公司总部所处的大兴区已成为各种型号的"四勿"仿生动物的实验区。人们都喜欢来此参观，每每遇见捂着嘴吃竹子的"勿言熊猫"，都纷纷拍照留念。

为治疗保罗，陈陌教授要求警方配合，清空了大兴所有的外来人工智能，并封锁公司总部，将所有人都暂时调离北京。只留她一人，控制疗程。

肖立所长最后一个离开。他尾随陈陌，一定要弄清治疗手段。

"我会分阶段做侧写、录视频，向你和所里还有媒体汇报。"

“这不是重点，我不想做事后诸葛亮。你也不喜欢我做事后诸葛亮的样子。”

“我更不喜欢你打乱我的计划。”陈陌回身，直视肖立。

“你不想提前报告，但我需要心里有底，”肖立摊手，“至少，我们应该谈谈那天事件的逻辑问题。记得福斯特的反应吗？她没有阻止嘀嗒，她认同我的测试。”

“没什么可谈的，那是你自作聪明。”

“自作聪明？”肖立提高音量，“圈内人几乎都认定问题出在保罗脑壳里，只要重构格雷厄姆搭建的神经网络，便能治好孩子。但你想一想那天嘀嗒的反应。按照三定律，小保罗认为自己是机器人，我作为人类，命令另一位机器人——嘀嗒——捅死他，他该赴死吗？是的。这不违背第一定律——不伤害人类，因为小保罗不认为自己是人类；更不违背第二定律——服从人类。那么，牺牲自己，便是面对第三定律，是万不得已下他的选择。所以保罗没错，他开始唱那一首洗脑的‘三定律’歌谣。而对于嘀嗒，它的选择应当更为简单。如果它也认定保罗是机器人，那么，我命令一个机器人杀死另一个机器人，完全不违背三定律。但嘀嗒犹豫了，它所有关节都在抖，再多等两分钟一定会过载短路。为什么？因为嘀嗒，尤其是它——嘀嗒三号——它内心深处清楚，保罗是人类。但它也清楚，它需要将保罗当成机器人，以便让保罗相信，保罗自己是机器人。那些人都错了，问题也出在嘀嗒身上。我证明了。”

“对，”陈陌点头，声音平稳，“的确，这是保罗和嘀嗒脑中的一个逻辑问题。但在那个场合，你做出危险的举动，只证明了这一个逻辑问题，也没给我任何后续方案，这才让我担忧。肖立，你是脑所所长，平时表现不错，关键时刻却还是像外面的那些人，虚浮、急躁、自恃过高，想问题，尤其是科研问题，只得一两层便沾沾自喜。所以我才决定，将闲杂人清出总部。”

肖立皱眉。陈陌比他大三岁，他也确乎长于经营人事，而非专注科研。

“事到如今，我做人的问题不重要。”肖所长清清嗓子，“你说，我只找到一个逻辑问题。那么另外的问题是什么？”

“保罗 · 莱克特相信三定律。保罗 · 莱克特相信自己是机器人。保罗 · 莱克特相信他与嘀嗒是同类。保罗 · 莱克特相信他和我们不是一个物种。你认为这几件事，在同一个逻辑层面上吗？共属同一个逻辑链条吗？属于同一套神经网络的逻辑体系吗？”

肖立微微张嘴，有些目瞪口呆。

陈陌哂笑：“肖所长，你只是好久没有利用条理分析基本问题了。既然你这么追问，那就多留半小时，我向你展示格雷厄姆对保罗改造的要点。从今往后，你也别问我太多问题了。”

肖立心存犹疑，点头同意。他跟随陈陌进入总部科研区。科研区是内外嵌套的两重院落。外院好似野生动植园，各种系列的“四勿”动物或休或憩，或追或跑，它们和睦相处，都是“勿用”公司开发出的高仿生人工智能，面部表情神似动物，又充满智慧，惟妙惟肖。

内院是科研人员的主工作区，如今空空如也，平直纵深的几何线条勾勒出颇具禅意的现代院落，仅余风吹树叶的声音。

科研大楼走廊里，勿动猴推着三面巨大的镜子往楼中心的天井报告厅走。陈陌示意肖立上楼。

“从今天起，直到他完成镜像认知，我不会让保罗看见人类。”

“什么？”肖立问。

陈陌没回答。他们来到天井报告厅外侧的顶端。报告厅四周是观众席，中间有个平台，可供乐队演奏，作为临时音乐厅。天顶与墙壁结合处环放一圈马赛克一般的镜子，反射着报告厅内的灯光。但从外侧看，它们是错落有致的明亮玻璃，刚好折射出报告厅的每个角落，将一切尽收眼底。

勿动猴将巨大的镜子呈三面装好。它蹲在镜子前，前后左右仔细地观察自个儿，梳理毛发。勿听猴在调试录音及音响设备。勿视猴刚检查完摄像，抬起头，用似乎能看穿一切的目光向陈陌与肖立示意：准备就绪。勿动猴看见，跳出镜子的围墙，蹲在观众席上，双臂夹住双手，不动了。

报告厅的大门“吱呀”一声打开。

勿言猴悄然拉着嘀嗒的机械手，进入报告厅。

它们停在镜子围成的三面围墙之外，勿言猴正色说：“我是人工智能，你也是人工智能。”

嘀嗒点头：“对，我们都是人工智能，不过，我是机器人，你是仿生动物。我们长得不像人类，为了避免恐怖谷效应。”

勿言猴笑眯眯点头，请嘀嗒进入镜子围墙。

陈陌说：“人工智能自我意识不强，很少主动照镜子。”

嘀嗒透过正面的镜子，仔细端详自己浑圆的身躯，上面有多种多样的明快的色彩。记录显示，它上一次照镜子是在狱中。格雷厄姆锒铛入狱，他的机器人们也被迅速收管。嘀嗒作为保罗的陪伴者，更作为要犯被重点看押。机器人谈不上人权，它被整得很糟糕，狱警特地让它照镜子，让它看自己几乎成为废铁。但保罗离不开嘀嗒，克劳福德通过多重申请，才将嘀嗒救出。

一天前，四勿猴帮助嘀嗒修好了关节，帮它重新擦洗、上漆。嘀嗒出神地望着正面镜中干干净净的自己，又扭动身躯，在左右侧镜中观察身体的各个细节，观察自己的运动方式。它中空的腹腔逐渐响起悠扬的乐曲，汇在一起如同快乐的笑声，中间还杂有喜极而泣的调子。

天井报告厅的大门又一次开启。勿言猴拉着保罗·莱克特进入。男孩看到嘀嗒，迫不及待地奔向它，进入镜子的围墙，搂住嘀嗒的脖子。

“连体婴一样。”肖立说。

嘀嗒抱着保罗，想离开镜子围墙。保罗反先被镜中的自己吸引。

“嗨！”他向着正面镜子中的自己挥手，随即发现了两侧镜中的自己。

“还有你和你，”保罗说，“我好像见过你们！”

保罗继续对着镜子快乐地招手，并对嘀嗒说：“你看，人类小孩向我们招手，他们的嘀嗒人长得也和你一模一样。”

嘀嗒的动作有所停顿，随即继续抱着保罗往外走。

勿动猴跳起来拦住嘀嗒。勿言猴变回奶声奶气的腔调，十分轻快，它攀爬到嘀嗒肩头，说：“为什么不让保罗单独和‘人类’交流呢？”

嘀嗒笨拙地扭动头颅，远处勿视猴轻轻捂起眼睑，勿听猴默默遮上双耳。嘀嗒无可奈何地放下小保罗，自己绕过勿动猴，退出镜子围墙。

勿动猴友善地轻轻推推保罗。保罗有些羞涩，走向正面的镜子。

“嗨，你好。”他变得谨慎羞涩，低头打招呼。

“你和我穿得一样。”他偷眼，抬头。

“你模仿我。”他悄悄说，“你看不起我？因为我和嘀嗒一样，是机器人。”

他转头问右面镜子中的自己：“你张嘴，但我听不见你说话，只能听见我自己的声音。”又面向左面镜子：“你在嘲笑我，为什么人们从不嘲笑嘀嗒，只嘲笑我？”

他突然变得孤立无助，小脑袋抵住镜子，低声啜泣。

嘀嗒无法忍受，它伸出弹簧手，推开勿动猴，将小保罗抱出镜子围墙。

保罗委屈得大哭。嘀嗒用腹腔演奏《小鳄鱼之歌》:“我是小赖皮,小鳄鱼哭哭啼啼……小小赖皮,咬东咬西的小赖皮——”

勿视猴和勿听猴的手指露出缝隙。勿视猴望着陈陌与肖立的方向。

陈陌说:“想问就问吧。”

勿听猴点头。

勿动猴便上前轻轻安抚保罗。勿言猴语调成熟,但又小心翼翼地问:“小保罗啊,你以前照过镜子吗?”

“照过。”保罗慢慢止住呜咽。

“那你见过镜子里的你自己吗?”

“见过。”保罗认真地点头。

“镜子里的你,长什么样子呢?”

“和嘀嗒一样,比嘀嗒的颜色深一点。”保罗语气笃定。

勿听猴动作停滞;勿视猴瞪圆双眼,忍不住将脑袋埋入膝盖;勿言猴一时不知如何继续。勿动猴最先醒悟过来,它狠狠戳勿言猴,勿言猴才说:“挺好,挺好的。从今天开始,你们和我们一起住,一起生活,陈教授为我们安排了更好的房间——她的房间。要知道,那可是总部最好的院子!”

“陈教授呢?”

“她?她和整栋楼的工作人员都出差度假去了。”

保罗不哭了,相反有些高兴,显然,他不喜欢人类。

四勿猴簇拥着保罗与嘀嗒离开天井报告厅。陈陌与肖立望着空空如也的镜子围墙，许久没有说话。

“——出差度假？勿言连谎都撒不圆了。”肖立终于开口。“镜像测试，美国那边做过吗？”

“材料是你对接的。”

肖立拍脑袋，调出从纽约调运的嘀嗒一号与嘀嗒二号的全息图。嘀嗒二号的面庞尤为像人，上半张脸与双眼的眼神几乎同克拉丽丝·福斯特如出一辙。嘀嗒一号的外观，则几乎与陪伴保罗的嘀嗒三号一致，只是颜色深一些。

陈陌双臂交叠:“听说重组后的鲁尔公司,会与‘勿用’合并,构成全球最为庞大的顶尖人工智能研究团队。”

“是的。所以才需要你治好保罗,这样既能挽回鲁尔的名誉,又能让‘四勿’系列顺利进入欧美市场。”

“你应该明白，你的应激测试、我的镜像测试，美国那边都做过了，他们没找到解决办法，才寄希望于我们的仿生动物。”

“问题出在哪儿？”

“不是一个层面的问题。大致而言，格雷厄姆在两个层面动了手脚。第一，我称为信仰问题。格雷厄姆将机器人三定律植入保罗心灵，让机器人三定律成为男孩的道德准则，即使外部现实与机器人三定律的逻辑矛盾，保罗仍矢志不渝地用机器人三定律建构合理的解释，然后付诸行动，乃至牺牲自己。第二，我称为认知问题。这又分两个层面，对自我的认知和对他人的认知。媒体和纽约上诉法院把认知问题和信仰问题混淆了。格雷厄姆其实分开处理了这两个问题。在认知层面，他首先搅乱了保罗第二人称或第三人称的他人认同，让保罗觉得，长相如嘀嗒的机器人和自己是同类，人才是异类。然后，他搅乱了保罗的自我意识。一般孩子出生十八个月后便能认出镜中的自己。保罗五岁了，既不认为镜中的人是自己，也不认为镜中的人是同类。我怀疑他的自我意识几乎没有发展。"

肖立笑笑："让我想起你和格雷厄姆通过的人工智能道德标准议案。"

陈陌也笑了："——缺乏自我意识的人工智能会更具备奉献精神。"

"觉得这一切是反讽吗？从格雷厄姆被捕开始。"肖立问。

"我不清楚你理解事态发展的思路。"陈陌又变得冷淡。

"我们是一个院子长大的。"肖立转移话题，"小时候的你挺有意思，我们都想跟你做朋友，或者认你当老大。"肖立停顿，自嘲地笑笑，"后来，你从欧洲回来，开始在国内人工智能领域执牛耳，但你变了，越来越乖张怪异。就像——"

"就像年轻时候的格雷厄姆。"陈陌波澜不惊，接道，"而回到美国的格雷厄姆，开始变得像年轻时候的我，活泼开朗，长袖善舞。直到他被押解入狱，鉴定为高智商、反社会、反人类、精神病。"

肖立摇头："算了，说不过你。"

“肖所长，不用担心，我还是以前的我，就像格雷厄姆从来没变过。我不会做违反事理的事情。”

五

克拉丽丝·福斯特想起第一次遇见强尼·格雷厄姆的情景。地点不是人们通常认为的鲁尔公司纽约总部，那栋布满落地玻璃花窗，由老旧图书馆改造而成的后现代建筑。

领养保罗·莱克特以前，她见过他两次。

第一次，她穿过战火四起的苏丹，拖着疲惫的身躯来到邻国厄立特里亚首都。时至黄昏，她离开医院，游荡于阿斯马拉。城市不大，夜幕降临，她在广场周围逛了三圈。夏夜红海的海风非常清淡，吹来了拎着酒瓶成群结队的年轻人。在身材高挑的黑人中间，她发现了一个白人青年，个子略矮，微微佝偻，肩头瘦削，眼窝深陷，笑容时而张扬时而寡淡。凭着直觉，克拉丽丝一看便知道他是搞科学研究的商人。他也看见了她，一眼发现她是前线记者，便拉她入伙喝酒。他在阿斯马拉的时间不长，但已熟识了当地人。他带来的医疗铁皮人缓解了厄立特里亚紧缺的人手，也悄悄为当地人打开一条世界大门的缝隙。克拉丽丝与格雷厄姆相谈甚欢，聊了政治、利益、战争、人性。他说他要去前线，向克拉丽丝咨询了很多细节。她假装问他：“你不是记者，也不为军方服务，为何去前线？”格雷厄姆有些俏皮地回答：“商业利益——不，玩笑而已——科研，都是为了科学研究，现阶段保密。”

第二次，她越过土耳其战火纷飞的边境线，来到叙利亚城市阿勒颇。千年古城已成废墟。她举起相机，不远处，一位穿着大约是反对派的青年在拍摄巷战擦枪走火的双方。拍摄完毕，他直接将视频上传网络。一个拎着黑色摩托车头盔，看不出来头的白人冒出来，用流利的阿拉伯语对青年大吼，大概是让他滚蛋。青年不忿，但准备离开，身子刚移了一米，一梭子弹扫过来，擦着青年过去，险些打中她。她和他四目相接，瞬间认出了对方。格雷厄姆跳出临时掩体，几经波折，把她带回国际救援队的驻扎地。她问：“科学研究？”他笑着回答：“对。”他包里爬出一只呆头呆脑的小铁皮人。她继续问：“在这儿怎么没见过你？”他继续笑，解释道：“我的公司也在以其他名义为各方武装提供医疗铁皮人。”她跟着淡笑，并不欣赏。他仍拎着黑色头盔，上面贴着或有宗教意味或带意识形态的标记，他告诉她，单身并非做战地记者的理由，边境线的难民营有很多孤儿，认真领养一个，比拍下那些照片，记录这场人人尽知，但从不关心、从不思索的战争强。

克拉丽丝 · 福斯特认定强尼 · 格雷厄姆是技术的投机分子，是战争的掮客，不准备听从他的建议。七年后，她获了普利策奖，名扬一时，才觉得应休养生息，想到了领养。一番咨询后她找到了保罗 · 莱克特。没人愿收养保罗，她便不加过问，将他领回家。那时保罗不到三岁，称得上不亲近任何生物，对克拉丽丝和她的两条杜宾犬都是畏惧多于厌恶。她用尽办法，但一年后保罗仍无进步，无法让她亲近，甚至无法对着镜子料理自己。也就是在此时，格雷厄姆的鲁尔公司上市。她意识到了最后救星：格雷厄姆公司下属的福利院，专门收容、治疗战争遗孤。

她预约，递交材料，约见主治医师，医师认定保罗属疑难杂症，无法治愈。但隔天又联系克拉丽丝，说格雷厄姆教授看了病例，可能有对症的办法。

克拉丽丝心有忐忑，但衷心希望治好保罗。她清楚保罗几乎是一个正常、可爱的孩子，尤其在独处时候，他能同形式各样的乐高小人打得火热，口中念念有词，为玩具人编撰各种故事。

于是在一个初冬的早晨，中央公园的树梢都被晨雾淹没，克拉丽丝拉着保罗，来到鲁尔公司的总部。

传说中鲁尔总部除了格雷厄姆教授，只有战争遗孤与形形色色的机器人。克拉丽丝与保罗穿过长长走廊，走廊两侧挂有壁毯，壁毯上绣了童话故事。各种测试中的原型机往来运动，工作机器人手脚关节处，细长线路向上飘着，有如吊线木偶，都十分可爱。保罗望着他们，警戒心大大下降。

他钻入机器人的队伍，从里面拉出一个色调明亮、圆滚滚的嘀嗒机器人不放。

嘀嗒人有些不知所措。

工作机器人都停止运动，似乎在等待指令，尔后整齐地点头。

嘀嗒人与保罗手挽着手，同克拉丽丝进入电梯。

电梯门再次打开，他们来到孤儿院所属的楼层。色泽明快的地毯铺满了走廊与房间。彩色落地玻璃窗一扇贴着一扇排列，同样画了快乐向上的童话故事。胸前贴着红心标签的铁皮人步伐轻快，像刚从《绿野仙踪》来到人间。它们一对一带领三岁到十二岁的孩童，一起舞蹈，一起歌唱："无伤人类，服从人类，保护自己。"

保罗被感染了，嘀嗒人将他扛上肩头，加入游戏队伍。

克拉丽丝不喜欢格雷厄姆就"三定律"改编的歌谣。但这是她第一次发现保罗也能像正常孩子一样玩耍，参与集体游戏，她便没有阻拦。她望着孩子与机器人的队伍进入大教室，便按照指示，朝相反方向——格雷厄姆的办公室走去。

她在巨大的双扇门前止步。她知道格雷厄姆喜欢中国的东西，同中国人工智能专家陈陌交好。但她忍不住思索着双扇门两侧排列错乱的所谓"对联"。

上联是阿西莫夫的机器人三定律：机器人不得伤害人类，或看到人类受到伤害而袖手旁观；在不违反第一定律前的提下，机器人须绝对服从人类下达的任何命令；在不违反第一定律和第二定律的前提下，机器人须尽力保护自己。

下联则是高尔吉亚的"三大命题"：无物存在；即使有物存在，也无法把握；即使可以把握，也无法表述或言说。

克拉丽丝抬头，门楣上横批只有一个词：逻辑。

门“吱呀”一声自动打开，她同时想起了作为战争掮客的格雷厄姆，和喜欢谈论道德哲学的格雷厄姆。

屋内的装潢是奢华的巴洛克样式，没有一根笔直的线条。格雷厄姆赤着足，身穿 T 恤和牛仔裤。黑色 T 恤上，画了一只关在盒子里的薛定谔的猫，白色的，半死半活。他面前的虚空中，飘浮着九乘九乘九，银线交织而成的立体网格。

克拉丽丝远远瞧着格雷厄姆。人工智能专家食指与中指衔一粒黑子，悄然放至天元。黑子散发着幽深的光彩，没有服从重力落至地面，倒像世界的支点或宇宙的定点，控制立体的围棋棋盘，缓慢旋转。

尔后，他们四目相接，格雷厄姆先笑了，说：“我猜，你不喜欢我。我也没想到是你。不过在科学、战争与亲情之间，个人喜好，微不足道。”

“你能治好他吗？”

“至少我知道问题出在哪里。”

格雷厄姆挥挥手，银色立体棋盘消失，黑子落入他手心，空气中浮现出大教室的画面。

起初，一群铁皮人、一群孩子和一个嘀嗒人在看《小羊肖恩》动画，其乐融融。娱乐时间结束，全息老师出现，那是一位和蔼可亲、穿着休闲、很有母性的年轻女性。其余人的表现都很正常，只有保罗显得不适。他无法与全息老师沟通，也不理解教学场面，一个铁皮人和一个嘀嗒人只有将他带出房间。他们绕过走廊，来到走廊另一头的镜厅。保罗望着无数镜子折射出的自己，十分困惑，不知是否该与镜中人交流，犹豫许久，伏在嘀嗒人圆滚滚的金属肚子上，不住地哭泣。铁皮人和嘀嗒人不知如何是好。嘀嗒人便敲击中空腹腔，演奏《小鳄鱼之歌》。保罗逐渐安静。铁皮人陪着嘀嗒人，将保罗抱至休息室。

克拉丽丝不明就里。格雷厄姆突然显得很认真："婴儿一出生，就被人脸吸引。所以保罗并不排斥人或类人的面容，他可以接受面部僵硬的嘀嗒人或铁皮人，还有同他差不多的孩子。但有趣的是，他不接受成人的面庞。一个月后，婴儿喜欢看人脸的上部外缘，尤其是眼睛。三个月大的时候，婴儿开始通过脑皮层认知人的脸型，区分生人和看护人，理解、亲近、共情看护人。这是婴儿社会情感联系的重要前提。小保罗回避人的目光，他无法正常共情。"

"你的意思是，保罗无法正常认知人类？"

"听说过狼孩的故事吗？由于手头没有现实样本，我也不清楚从婴儿发育到孩童，他们因何认同狼群，排斥人类。但可以肯定是最早的认知出了问题。我看了资料，你领养保罗的时候，他实际年龄测定为两岁零四个月。那么他是在不到两岁时被过路人送到土耳其边境难民营，随即得到国际医疗团队的看护，不久后来到美国。"

克拉丽丝摇头："但没人知道保罗在那之前的情况。"

"是的。而进一步讲，对自我的认知——尤其人类作为一种高等智能——一般而言，必要地建立在对他人的认知上。就保罗而言，他在一岁以内无法完成对其他人类的正常认知，便无法根据通过认知获得的他人的形象模板，构建对自我的认知。一般的一岁小孩也不能完成镜像认知，会把镜中的自己当成另一个孩子。但十八个月后，几乎所有孩子都能根据镜子摸摸自己的鼻子。保罗做不到。他对他人认知与感情的缺失，导致了他对自我认知与感情的障碍。这就是保罗的病因。"

"因为战争？"

有一瞬间，克拉丽丝感到格雷厄姆的表情凝滞了，如同恐怖谷实验中，拥有人类面庞却没有人类正常感情与面部表达的仿生人。

但格雷厄姆迅速恢复正常，调侃着说："万事万物都有代价，这大概就是佛教所谓的因果律。"

克拉丽丝面露犹疑："你准备如何治疗保罗的认知障碍？"

格雷厄姆摩挲着手心里的黑色棋子："彻底治疗完毕后，会公开疗程细节，但在那之前不行，我要求绝对保密。治疗保罗一半以上算是人体实验，我怕你或者其他人干扰。"

"如果治疗失败，疗程违法呢？"

"如果事后你这么认为，大可以告我。在诉讼方面，你比我懂法。"

画面显示，保罗又开始和嘀嗒一起玩乐高玩具。

保罗咿咿呀呀学唱："小小赖皮，咬东咬西的小赖皮——"

“他还小，”格雷厄姆继续说，“人类社会该学的东西他都会。他的智力甚至比常人高。只要尽早治好认知障碍。保罗·莱克特，会变成一个正常的甚至出色的家伙。”

六

陈陌没有格雷厄姆针对保罗 · 莱克特的实验材料。

克拉丽丝报案前，格雷厄姆已有计划地销毁了所有记录。以至于从一审到即将到来的最高法院审判，法医、检察官、律师、五花八门的陪审团、各层级法官，只能凭借假设与推想，判断格雷厄姆可能犯下的恶行。

所幸清查鲁尔公司总部时，富有经验的克劳福德注意到嘀嗒一号与嘀嗒二号与众不同。特地留下，未销毁处理，才保住了最后的线索。

陈陌悄然躲在安全地带，不让自己出现在保罗面前，一点一点指导四勿猴的行为。

如今的“勿用”如同野生动物的天堂。陈陌关闭实验室，将科研楼外院的动物通通放入内院。各种系列的四勿动物得到解放天性的机会，一边肆意探索超越仿生意义的技能，观察科研重地的种种细节，一边充满好奇，陪伴遵守“三定律”的保罗与嘀嗒。

每天早晨，陈陌常住的屋中，每当保罗与嘀嗒睡醒，合唱“无伤人类，服从人类，保护自己”，四勿猴便整齐划一地爬出壁龛，用朗诵方式，高低起伏念着“非礼勿视，非礼勿听，非礼勿言，非礼勿动”。

每天三餐，四勿动物们与保罗、嘀嗒共同进食或补充能量。天井报告厅被改造为食堂。餐前，保罗与嘀嗒继续合唱“无伤人类，服从人类，保护自己”，所有四勿动物，便同时念经似的，高声朗诵“非礼勿视，非礼勿听，非礼勿言，非礼勿动”。

其余时间，动物们带着保罗与嘀嗒学习、玩耍，只是一旦涉及“三定律”，勿动动物便紧紧收起爪子，勿听动物都紧紧捂住耳朵，勿视动物捂眼，尔后用力摇头，勿言动物则反复教育嘀嗒与保罗：“‘无伤人类，服从人类，保护自己’是不对的；‘非礼勿视，非礼勿听，非礼勿言，非礼勿动’才是具有分寸的生活方式的根本。”

开始，保罗与嘀嗒难以接受，但周围没有人类，任何有关“三定律”的实践，大多是枉然，效果甚微。他们也越来越放松。

直到一天午餐，憋红脸的保罗刚唱了两句“无伤人类，服从人类——”，随即改口，敲击嘀嗒的中空腹腔，大声唱起《小鳄鱼之歌》，引得动物们左右四顾，然后哈哈大笑。

下午，四勿猴脑袋凑在一起，商量出对策，向陈陌支了一招。

一周后，初夏清晨，蝉开始“吃啦吃啦”地鸣叫，保罗抱着嘀嗒睡醒。他们发现大门敞开，门口整齐地趴着四只硕大的成年扬子鳄。

勿言鳄张开獠牙，呼噜呼噜、奶声奶气唱起“我是小赖皮，小鳄鱼哭哭啼啼——小小赖皮，咬东咬西的小赖皮——”

它边唱，旁边的勿动鳄一边跟着节奏，笨拙地扭动身体。勿视鳄看不下去，短胳臂短腿无法遮挡双眼，只有闭紧眼睑，以求心定。只有勿听鳄无可躲藏，急得直哆嗦。

四勿猴笑作一团。

保罗和嘀嗒愣了一阵，也大笑起来。保罗忘记了“三定律”也忘记了“四勿”的俗语。他敲击嘀嗒空空的腹腔，教刚走出生产线的勿言鳄，如何正常歌唱《小鳄鱼之歌》。

经历了第一个没有“无伤人类，服从人类，保护自己”的早晨，保罗与嘀嗒不再执着于歌唱。他们开始随时随地同四勿动物用不同的语言唱“小鳄鱼之歌”“小孔雀之歌”“小象之歌”“小猴之歌”……

两个月后，保罗彻底适应了只有动物、没有人类的“勿用”世界，可以接受起床与餐前念一念“非礼勿视，非礼勿听，非礼勿言，非礼勿动”。因为四勿动物告诉他，这里是“勿用”科研总部。有的能看，有的不能看；有的能听，有的不能听；有的能跟别人提起，有的不能跟别人提起；有的东西能动，有的东西不能动，有的地方能去，有的地方不能去。

四勿猴的脑袋凑在一起，勿言猴正儿八经地问陈陌：“这样，能让他忘记‘三定律’吗？”

“我不知道。”陈陌无奈地笑笑，“因为没人清楚格雷厄姆教授动用了大脑的什么机制，让保罗像虔诚的信徒一样，信奉‘三定律’。”

“那么，我们在做什么？”勿言猴继续问。勿动猴指指四勿猴，又指指棱镜玻璃窗外，天井报告厅内一起游戏的保罗、嘀嗒、四勿动物。

陈陌临时办公室的正中立着嘀嗒一号与嘀嗒二号。

她指着嘀嗒二号，说：“它用来帮助保罗完成同类认知。”

——又指指嘀嗒一号：“它帮助保罗完成镜像的自我认同。”

陈陌语重心长：“你们目前，在帮助纠正保罗的同类认知。”

勿听猴的脸皱成一团。它没听懂。勿视猴则眨巴双眼，在空中投射出克拉丽丝·福斯特的照片。

陈陌继续说：“我推测，保罗形成同类认知的时候，大概受过应激伤害，受过来自成年人的创伤，所以他不是不能认知其他人类，而是对他们心存畏惧。格雷厄姆也发现了这点，所以，他造出了面部表情自然，神色很像福斯特女士的嘀嗒二号。一方面，它的眼神，它的喜怒哀乐，很像人类；另一方面，它的五官轮廓，身形体态，又和保罗最喜欢的机器人嘀嗒一致。我听说，保罗第一次到鲁尔公司，在众多机器人中一眼便看中嘀嗒，大概是不可解释的缘分。”

“所以，保罗大概先和嘀嗒二号相处了很久，既认同了机器人的形象，也认同了人类的喜怒哀乐。而我们——”勿言猴说着，勿动猴比画着勿视猴的双眼。“我们是仿生动物，与嘀嗒机器人形象不同，与人类也不同，但我们有着人类的喜怒哀乐，有着和人类一样的双眼。当保罗不再歌唱‘三定律’歌谣，只被仿生动物环绕，他对同类的认同也会出现松动，会想三定律机器人可以做什么？四勿仿生动物可以做什么？真正的人类在做什么？”

勿言猴停顿，然后问道：“但是，小保罗的自我认知，为什么会是嘀嗒？”

陈陌望着最为笨拙的嘀嗒一号：“是啊，有些问题的处理方式，我也还没想通。”

夜深人静的时候，陈陌反复观看动物与孩童的镜像反应视频，悄悄自语：“如果猜错了，就不好办了。”

家猫面对镜子，瞪圆双眼，瞳孔放大，以为是外来同类；警犬面对镜子，想绕到镜子后面，进入镜子里好好嗅一嗅同类；鸟笼外面挂一面镜子，鹦鹉便将自己镜中的影子，当成同自己一样的鸟友；公豚鼠则将镜中自己当成抢夺地盘的竞争者，表现出极强的攻击性。

大象能认出镜中的自己，它轻柔地甩动鼻子吸水，喷出，以清洁平日看不到的地方；海豚也能认出镜中自己，它转动身躯，透过粼粼水波的折射，观察自己从未见过的部位；几乎所有类人猿都能从镜中认出自我，黑猩猩发现镜中的自己，开始整理毛发，尔后偷眼环顾四周，确认身边没有同类，便肆无忌惮对着镜子做鬼脸，做出五花八门的夸张动作，发出怪异音节。

一个人类的小孩，刚学会走路时，路过镜子他会停下来，认真地同镜中人打招呼；三岁时他照着镜子，按住被蜜蜂蛰红、肿起来的鼻头，疼得流出眼泪，又咿咿呀呀地大笑。

终于，陈陌想不出其他更为复杂的可能了。在一天下午，她让勿动猴将一扇巨大的镜框推入天井报告厅。镜框成九十度角侧对大门。四勿动物两两分成两批，站到空镜框的两面，模仿对面同类的动作，看起来几乎就是互相的镜像。

然后，勿动猴用一块幕布遮住镜框，让保罗进入报告厅，正对镜框。对面，嘀嗒一号从地下升起，启动。

勿动猴拉开幕布。

保罗发现了对面的嘀嗒一号。

“啊哈。”他举起双臂，说。

“啊哈。”嘀嗒一号有 0.42 秒延迟，它做出同样的动作，发出同样的声音。

保罗开始转动身体，观察“镜”中“自己”的姿态、表情。

嘀嗒一号面无表情，但动作与保罗一模一样。

“看，嘀嗒，我和你一样，一点儿变化都没有。”保罗自豪地对站在门口，不愿移动的嘀嗒伙伴说。

嘀嗒一号也同样地扭头，用与保罗相同的语调，说出相同句子。

“快来，和我一起照镜子。”保罗很高兴。

嘀嗒使劲摇头，退出报告厅。

陈陌想，我猜得没错，办法简陋，但很直接。

她又想起格雷厄姆。

他说，人的想象力很丰富，人的自我很脆弱，随意造一个模板，不论老少，人都愿意将自己套进去，以回避真正的现实。

七

成千上万待销毁的嘀嗒机器人中，克劳福德一眼便认出嘀嗒二号。嘀嗒二号紧紧拉着嘀嗒一号的手。

克拉丽丝·福斯特承认，嘀嗒二号很像她，尤其是碧绿的双眼。大概在厄立特里亚和叙利亚，格雷厄姆已扫描过克拉丽丝的体征数据，之后与纽约的数据进行比较侧写，制造出情感极富层次与深度的嘀嗒二号。

很久后，克拉丽丝才与嘀嗒二号面对面、眼对眼。在那之前，她只熟悉嘀嗒三号，她很喜欢它。

保罗·莱克特于纽约市中心鲁尔公司总部居住了七个月之久。其间克拉丽丝每天收到视频报告，每周有一次探视机会。探视时间虽只有三小时，但克拉丽丝感到，她与保罗——一对毫无血缘关系的母子——愈发亲近了。保罗会主动拉起她的手，勾住她的脖子，同她唱各种歌曲，尤其是《小鳄鱼之歌》。他与她进行眼神交流。他似乎从她的眼睛里，发现了新的世界。

“他在重新建立与人类的共情能力。”格雷厄姆解释，“这些日子，除了机器人面庞，保罗见过的人类只有你，我只站在监视屏外。当他能够亲近特定的看护人，便开始学会了融入社会。”

克拉丽丝被快乐冲昏了头脑，没有注意到保罗更亲近嘀嗒，也未发现在鲁尔的总部，五颜六色成群结队的嘀嗒人当中，有一只，有着一双碧绿的眼睛。

七个月后，格雷厄姆准许保罗回家居住，只需每周两次回总部进行必要的疗程。他将保罗最爱的玩伴嘀嗒三号送给克拉丽丝，也希望克拉丽丝在适当时机为鲁尔宣传。

一年内，鲁尔公司的“三定律”机器人迅速占领欧美市场，因为“——它比您更适合照料孩子，更适合同孩子玩耍”。广告中，尽是战争遗孤与铁皮人和睦相处的片段。克拉丽丝将保罗带回长岛家中，媒体竞相报道。

他们这样形容：强尼·格雷厄姆，曾被斥为倒卖医疗器械的战争掮客，但他洗心革面，利用积累的财富致力于慈善，拯救无数因战争流离失所的儿童；克拉丽丝·福斯特，战地记者，普利策奖获得者，也曾被斥为贩卖战争情怀的投机者，但她领养了谁都不愿收留的病患。格雷厄姆与克拉丽丝，共同让战争遗孤重新拥有人的尊严、人的生命——这是世界公民的人道主义。

起初，克拉丽丝很快乐，有了嘀嗒的帮助，保罗能够学着与她共同生活。他们浇花、种树、剪草，到海边游泳。保罗的确聪明，学东西很快，但他不喜欢长时间泡在海里，因为距离不防水的嘀嗒太远。格雷厄姆迅速改造了嘀嗒。有嘀嗒陪读，保罗得以融入幼儿园生活。他们形影不离。每天早晨起床后和每一餐前，不论地点，他们都会共同歌唱“无伤人类，服从人类，保护自己”。

与此同时，自由派开始指责鲁尔公司机器人三定律的道德问题。

他们说，犹太人阿西莫夫“三定律”的逻辑精致可爱，拥有数学原理一般完整的美学特质，但逻辑总是道德中性的，从应用到实际，算式也能揭示链式反应。“三定律”是人对机器的绝对奴役，将其投入市场前，应论证其道德合理性。鲁尔公司拒绝透露“三定律”的程序输入方法，我们如何判定“三定律”没有逻辑漏洞？

格雷厄姆决定用一场公开演讲回答质疑。克拉丽丝心有疑虑，于是选择独自收看直播，让保罗与嘀嗒到附近的公园玩耍。

格雷厄姆说：“——火药传入欧洲，没人质疑其道德合理性；美国投掷原子弹，道德合理性也被搁置。有时候，即使我们觉得一些事情不一定对，也会实施，因为潜意识里，你们知道，人类离不开道德疏漏。人对机器的奴役，就是这类事情。如果有人想质疑我，不如质疑形形色色的动物保护协会。关于‘三定律’的逻辑漏洞？——商业机密，无可奉告。只能说，我按照人类的神经网络，制造了机器的神经网络，所以，按照逻辑，我自然会依着人类的神经运作方式，向我的机器植入‘三定律’。如果出现问题，那不是我公司的问题，不是我机器的问题，而是人类神经网络本身的问题。”

格雷厄姆侃侃而谈之时，保罗挽着嘀嗒，在公园角落撞见两只死命对殴的铁皮人。嘀嗒和保罗认识它们，深空灰铁皮人是他们离开鲁尔总部前最新上市的一款家用机器人。

嘀嗒说：“住手！”

铁皮人置若罔闻。

保罗大声喊：“住手！”

两只铁皮犹豫了一阵，才分开。

三个大男孩钻出树丛，一个戴洋基棒球帽，一个套湖人背心，一个穿皇马短裤。

洋基男孩说：“电视上的小难民。”

湖人男孩说：“别干扰我们的实验。”

保罗问：“什么实验？”

皇马男孩解释：“我们在找‘三定律’的逻辑漏洞！我们命令它们对打，直到一方把另一方杀死，才能获得机会，把我们揍一顿。要知道，被杀死的一方，既不会伤害我们，也服从了我们的命令，只是牺牲了自己。活下来的一方，为了不伤害我们，必须违抗我们的命令，而且它牺牲了同伴。你说，它们是愿意活，还是愿意死？热爱机器的小难民，想知道答案吗？你们还不快继续！”

两只铁皮人微微颤抖，又狠狠打起来。

保罗憋出了眼泪：“你们怎么可以这样？！”

湖人男孩说："你可怜它们？但它们笨，找不到脱离'三定律'的办法。是格雷厄姆故意让它们这么笨。"

洋基男孩继续说："但你的机器人不一样，嘀嗒人本来就是更高级的科研型机器人。你的嘀嗒，就更不一样了。"

湖人男孩突然大吼："你！别打了！嘀嗒！上！"

嘀嗒听了，身子一抖，走上前去，左弹簧手推开左边的铁皮人，右弹簧手直接攻击另一个铁皮人的脑壳。铁皮人摔倒在地，嘀嗒敲打它的脑壳，一下，两下——

"嘀嗒！住手！"保罗有了哭腔。

"嘀嗒，继续！"三个男孩的声音盖过保罗。

嘀嗒毫不犹豫地继续，直到铁皮人不再动弹。

"看来，你的嘀嗒人为了求生，毫不后悔呢，"皇马男孩说，"你还不如你的机器人有种。"

"你这样形容不对。"保罗小声反驳。

"你不服，和它打呀。你打赢，我们甘愿挨揍。"湖人男孩指着被推到墙角、惊恐未定的那一个铁皮人。

保罗止住哭腔，迈起不可抗拒的步伐，走向铁皮人。铁皮人有些犹豫，向后退。

嘀嗒想阻止，被湖人男孩喝住："嘀嗒人，你不许动，死也不许动。喂！铁皮人，不要犹豫，不许后退，你要当他是机器人，像揍机器人一样，狠狠揍他！"

出乎三个男孩的意料，铁皮人听了，从困惑中得到解脱，它冲向保罗，开始用金属臂膀狠狠敲击小男孩。

血溅出来。

保罗连呻吟的机会都没有。

三个肇事男孩吓呆了，一动不动。

嘀嗒死命敲击空空的腹腔，发出痛苦的哀号与呼救。

不远处的园丁赶来，大声喝住疯狂的铁皮人，用铁铲两下敲烂了它的脑袋。

纽约警方迅速收监嘀嗒，三个大男孩审一审便放了。克拉丽丝赶到病院，保罗已脱离危险。报废的铁皮人没有袭击他的致命部位。

媒体哗然。鲁尔公司的机器人袭击人类。被袭击的正是保罗·莱克特，束手旁观的正是嘀嗒人。

克拉丽丝感到难以置信，她迅速通过关系，找到有几面之缘的纽约人工智能案件著名律师约翰逊·克劳福德，第一时间同克劳福德仔细检视了公园监控视频。看完后，克劳福德帮克拉丽丝点上烟，沉默了一阵，对她说："我反倒觉得，小保罗显得最奇怪。"

克拉丽丝的烟蒂落到克劳福德锃亮的皮鞋上。

三天后的清晨，太阳惨白的光圈绕过曼哈顿的钢筋丛林。保罗终于从昏迷中醒来。克拉丽丝一直在等待。

保罗攥着她的三个指头，小声问："嘀嗒呢？"

"它被送去检修了。"

保罗有些失落，轻轻唱："无伤人类，服从人类，保护自己。"

克拉丽丝感到自己的声音有些颤抖："保罗，我是人类吗？"

保罗回答："是啊。"

"嘀嗒，是机器人吗？"

"是啊。"

"你呢？"

"和嘀嗒一样。"

克拉丽丝突然如鲠在喉，但继续问："那对于你，什么最重要呢，我、嘀嗒，还是乐高小人？"

保罗想了想，似乎在回忆之前发生的种种，认真回答："都不是，是'无伤人类，服从人类，保护自己'。"

保罗的另一只手伸向克拉丽丝，似乎想安抚她："我错了，我会尽力保护好自己的，妈妈。"

克拉丽丝将头埋入病床，低沉地、闷闷地号哭。

克劳福德曾在检察院任职，跳槽后开过私人律所，如今受雇为律师。他长于刑事案件，刚好看不惯支持格雷厄姆与鲁尔公司的保守财团。

克拉丽丝·福斯特冷静下来，重新找到克劳福德，系统有条理地提供了她所知的证据和她所有的推测。她清明冷峻的样子，让克劳福德觉得，自己终于得见于战场的生死线去而复返的记者。

初审时，鲁尔公司暂时关闭了，财团、保守派，各方势力都一团乱麻。格雷厄姆噤声不语，无助于查明事实。被捕前他系统地销毁了所有资料，总部的机器人也都停摆了。

由于诸多问题存疑，克劳福德选择了简单有效的辩论逻辑。他认为，鲁尔的‘三定律’机器袭击人类，十分危险，毋庸置疑存在技术隐患。鲁尔的福利院应关闭，因为很明显，强尼·格雷厄姆运用儿童做了实验，保罗·莱克特只是典型例子。

克劳福德找了很多被领养的和仍在福利院居住的战争遗孤。他们一身洁白衣衫，在法院证人席上，站得像教堂唱诗班。他们自小与铁皮人一同歌唱，声音也犹如天籁：“无伤人类，服从人类，保护自己。”

无暇的面庞、真诚的声音，让大半陪审团落下眼泪。

克拉丽丝胜。格雷厄姆锒铛入狱。赔偿金额与破产损失高出天际。中间上诉法院不久便接受审理。

被告方换了律师，他佝偻矮小，右腿有疾，眼神刁钻明亮，是一位明白事理，又专注于委托人利益的律师。

他做了一件事：将罪行归结于格雷厄姆，以挽回鲁尔公司的运作及“三定律”的运用。

他阐述道：“一审时期，法医的鉴定并不明确，对受害儿童的心理测试也因程序而拖沓了，几乎没有展开。如今则不同。我们知道鲁尔收养的战争遗孤都相信‘机器人三定律’。但这并没有错，因为在座的所有用过铁皮人的客户，都相信‘三定律’能保护人类。问题只出在保罗·莱克特身上。这不是‘三定律’

的问题，是莱克特自身认知系统的混乱，认为自己是机器人。材料证明，他从小对他人的认知、对自我的认知，就都有问题。这是他神经系统的问题，和机器人，和‘三定律’，都没有关系。整个案件的问题，只源自格雷厄姆。他用儿童做实验。”

克劳福德问：“可是，格雷厄姆如何将‘三定律’植入到莱克特的头脑？“

“都销毁了，”被告律师说，“他是天才，没人知道他是怎么做到的。但是这和案件无关。我们讨论的是：一、人工智能的安全问题；二、人类儿童的受害现实。我不否认格雷厄姆的恶行，但不得不说，儿童受害，是因为机器与受害的儿童都严格执行了‘三定律’，这反而证明，鲁尔公司机器人的逻辑无懈可击。”

陪审团讨论了很久，判定被植入“三定律”的机器人并不危险。被告胜出。

克拉丽丝于原告席一动不动，突然想起了格雷厄姆的黑色摩托头盔。逮捕格雷厄姆时，他刚将它砸得粉碎，上面贴满了各种代表宗教与意识形态的标记。据说，战争掮客格雷厄姆六年内曾辗转世界大小战场。他的腋下，时时刻刻都夹着那顶黑色的头盔。

八

陈陌想起第一次遇见强尼·格雷厄姆的情景。

那时她二十岁，在荷兰边境城市奈梅亨做交换生。她在报告厅的公告栏前，发现了弓着背、仔细研究电影小海报的格雷厄姆。大学社团正在举办伍迪·艾伦电影联映。公告栏角落贴着自制海报宣传著名的《安妮·霍尔》。画面被荒诞可爱的字体覆盖，内容是影片最后的幽默：

智者：大夫，我兄弟疯了，他以为他自己是一只鸡。

精神病医生：那你怎么不把他带来？

智者：我是想带他来的，可我需要鸡蛋呀。

格雷厄姆衣着规矩，动作有板有眼，像受过正规训练。但他的脖子、手腕、手指戴满金属饰物，脚腕上都有两条链子。他眼圈发黑，如同刚嗑药完毕，又像刚从墓穴爬出来的吸血鬼。

报告厅正在举办人工智能道德学术会议，茶歇二十五分钟。陈陌发现格雷厄姆盯着小海报看了二十分钟，眼珠都快瞪出来了，她感到十分惊讶，凑到他身边。

她看过《安妮·霍尔》，觉得海报对影片结尾的解读很是奇怪，不由得自语：“为什么是智者？”

格雷厄姆从自我的世界抽离，他瞧了一眼陈陌，尔后低头盯着脚腕上明晃晃的链子，语调好似在自说自话。

他说：“伍迪·艾伦是犹太老鬼。犹太人有一则很出名的关于公鸡的寓言，寓言中的王子发了疯，认为自己是一只公鸡。

他脱光衣服，裸着身子，钻到桌子底下，像鸡一样从地上啄食。国王和王后非常担心，请了很多人治疗他的癔症，但没有效果。一位智者来到皇宫，声称能治好王子。智者也脱光衣服，钻到桌下。他告诉王子，他也是一只公鸡。渐渐地，王子将智者当成朋友。智者潜移默化地让王子认为，公鸡也可以穿上衣服，坐在桌前吃饭，进行人类的种种行为。王子一步步被智者影响，治好了疯病。”

陈陌重新打量海报，二人沉默了一会儿。陈陌指着角落的签名：“霍普金斯教授，美国人工智能泰斗，去年才来奈梅亨，想找个地方养老。”

“原来是他。”格雷厄姆若有所思。

广播响起，会议讨论的环节即将开始。

陈陌的父亲是清华教授，中国联合脑所创始人之一。母亲是北师大心理系教授。陈陌本科专业是神经科学与人工智能交叉，得天独厚。奈梅亨大学长于神经、计算与人工智能，附近的普朗克研究所主要领域是认知与语言，荷兰第二大医院则几乎与奈梅亨融于一体。陈陌初到时，全欧洲似乎都在抛弃传统与古典，拥抱实验与现代。奈梅亨传统的文艺复兴科学与哲学被认知与实验取代。陈陌感到自己来到了名不见经传的世外桃源。

是时，人工智能道德标准协会成立，于奈梅亨召开会议。讨论环节对公众开放。讨论席教授们分为两派：一方认为，远超人类水平的人工智能终会出现，不论其是机器人、仿生人，还是对大脑的模仿，人类需要为它们提前开发伦理，建立道德约束的准则，“三定律”不失为一种典范。另一方则认为，人与人工智能的关系，应跳出奴役与被奴役的怪圈，人工智能的开发也从不以超越人类为主要目的。后者主张一种教学相长的道德培养模式，希望循序渐进，在建立人工智能神经网络的过程中，建立平等相处的模式。

前者俗称道德立法派，后者俗称道德养育派。

二者的界限并非泾渭分明。陈陌属于后者，她高中时就起草过人工智能道德培养的计划。

她没有发言。她觉得格雷厄姆眼熟，便启用面部分析，检索他的背景。讨论接近尾声时她找到了答案。格雷厄姆曾是著名的自闭儿童，天资聪慧，曾称自己要么来自乐高的世界，要么来自 541 号大众星[1]，反正不是人类。陈陌的母亲以格雷厄姆做过分析案例，认为自闭症者为适应社会，可能产生人格分裂。他的私人心理咨询师则形容，格雷厄姆其实从未改变过自己的世界。

人群中的格雷厄姆显得心不在焉又若有所思。主持人提到最后一个问题时，格雷厄姆突然高高举起左手，戒指上红绿蓝三颗硕大的宝石反射着基本色光，让人难以忽视。

---

1 库尔特·冯古内特的小说《第五号屠场》中一个虚构的星球。——作者注

他站起来，有些拘谨，有大约十秒不知手脚该往何处放。

他说："福特 · 霍普金斯教授不在讨论现场，我的问题是提给他的。我明天即将离开，希望在座的好心人，帮我传达。霍普金斯教授认为，最好的人工智能，来自对人类最完美的模仿。多年以来我深以为然，不论从物理层面、生物层面、社会层面，还是历史层面。霍普金斯教授淡出前的最后一篇论文提出，人类智能的核心，来自神经网络，制造人工智能，模仿人的神经网络便好。即使我们无法弄清人类为何拥有信仰与情感，也能通过模仿大脑连接组的结构，让人工智能拥有信仰与情感。"

听众不满格雷厄姆的长篇大论，但话题涉及霍普金斯，主持人鼓励格雷厄姆继续。

"——因此，在我眼中，道德养育虽值得鼓励，但无法推广。纵观人类历史，道德压迫是主导，道德和解是策略，许多自小养成的道德观念，都在为独裁服务，人对人工智能的培养，至多是重蹈覆辙，因为人类的道德水平并没有那么高尚。"

他的语调有些疏离，好似他自己并不是人类。讨论席位传来不满的清嗓子声音。

"——但是，我也不同意目前道德立法的思路。各位在座的教授，你们总从逻辑和计算编程的层面，理解'三定律'的写入。这不对。当代的复杂性理论无法涵盖人类神经网络的逻辑，我们需要凌驾于逻辑之上的写入方式。"

"宗教？"主持人说。

“对，宗教，或者更确切地说，是信仰。宗教是信仰，信仰不一定是宗教。如果人工智能在认知上判定人类比它们强大，因而不加反抗，尚可理解。但如果人工智能判定人类弱小，为何还要在逻辑上服从人类？这便是信仰植入的起点和道德立法的原则。我们须让它们相信，人类不可违抗。这种相信，必须高于逻辑的判定，甚至高于逻辑判定的起点，是一种超越了三段论的大前提的存在。让人工智能所有符合逻辑乃至不符合逻辑的行为，都无可违背这种相信，这就是植入信仰。”

格雷厄姆在后排，所有人都回身望着他，陈陌也不例外。

“——真正的信仰是什么，难以形容。但我这里说的信仰不难理解。让人，或者说让一个拥有智慧、智能的生物成为信仰的奴隶，这并不新鲜。对神的疯狂祭祀、对独裁者的极端崇拜，历史上比比皆是。获得这类信仰，就如同获得了修补逻辑漏洞的强力工具，能将世间万事归入他的信仰体系，绝不违背。我认为，这才是人类所希望的，造物主为人工智能所建立的道德准则。”

格雷厄姆顿一顿，继续说道：“而我想问霍普金斯教授，在物理层面上，确切地说，在神经网络层面上，这种信仰的植入方式可能吗？如何可能？”

报告厅一片寂静。每人都有不同立场，都在从自己的角度揣测格雷厄姆。

而主持人不得不结束会议：“我会想办法转告霍普金斯教授，

谢谢这位同学的提问，我觉得，作为最后一个问题，还是很有价值的。”

散场时格雷厄姆溜得太快，陈陌没能找到他。过了午夜，她在奈梅亨旧厂房改造的酒吧里发现了他。格雷厄姆掐着自卷的烟头，在混乱的灯光与乐曲中，搜索研究奈梅亨的科研情况。

陈陌站到他对面，轻轻说：“公鸡王子只是学会了人的行为，但骨子里，王子仍然相信自己是一只公鸡。智者清楚公鸡王子的想法，但他不戳破，因为他也想知道，会不会有鸡蛋出现。”

格雷厄姆抬起头，很长一段时间里眼中充满了清澈的惊喜。他就那样望着她，让陈陌的内心也开始微微颤抖。

“不过，只有母鸡会生蛋，”陈陌被自己莫名的怯懦逗笑了，她说，“都是犹太老鬼耍的把戏。”

格雷厄姆的笑容十分真诚。他顺了一瓶黑啤，用手环轻松撬开，递给陈陌。

“强尼·格雷厄姆。”他说。

“陈陌。”她回答。

“我刚在学校的链接里读到你的专栏文章。你相信道德养育？”

“是教化。”

“对对，教化，”格雷厄姆有些羞涩，“《论语·颜渊第十二》，非礼勿视、非礼勿听、非礼勿言、非礼勿动。”

“你真的相信信仰植入？”

“是的，因为人们喜欢把他们的念头塞给你。”

“这跟你有什么关系？”

“因为我是人啊。”格雷厄姆似笑非笑。

“克己为仁，不论人还是人工智能，都应做到这点，这才是智能的伦理。”

“约束自己？”

“比那更进一步，是反思。”

“反思吗？那可很危险，反思导致怀疑。怀疑的鼻祖说：无物存在；即使有物存在，也无法把握；即使可以把握，也无法表述。”

“高尔吉亚活得好好的。”

“孔子也被称为丧家犬。”

“丧家犬怎么了，比借儒家为自己贴金的伪君子强些。”

格雷厄姆开心地笑了。他低头，为陈陌卷了一支烟，递到她嘴边，从上衣口袋摸出火柴，为她点上。

他问：“你是这儿的学生？”

“不，只在这里交换半年，马上就回北京了。你呢？”

“真糟糕。我也不是学生，我也马上就走了。”

“去哪儿？”

“阿富汗。”

陈陌很惊讶。

格雷厄姆解释：“我是美国人，从小患自闭症，被送到英国的祖母家，祖母去世后我入伍，变成英国大兵，驻军德国两年，下个月去阿富汗，增兵，不过不用担心，我负责部队的人力资源，是后方。”

“为什么当兵？”

“没有亲人约束了，我觉得应该自我约束。”

陈陌突然换了话题，她问：“想做研究吗？比如信仰的植入。”

格雷厄姆的双眼再次充满喜悦。

陈陌说：“霍普金斯教授其实仍招学生，只要你的博士计划书合格。”

“我本科肄业。”

“我还没毕业。但我会得到霍普金斯的认可，成为他的博士。”

“我也是。”

一年半后，陈陌毕业，格雷厄姆退役。

三年后，陈陌与格雷厄姆同时成为特聘教授霍普金斯的博士生。

五年后，陈陌在人工智能的性格培养与主体分化领域，格雷厄姆在人工智能的他者认同与自我意识领域，都做出突破性的成果。

六年后，人工智能道德标准协会正式建立国际行业准则，其中四款关键条例由陈陌与格雷厄姆联合提出：一、人类赋予人工智能的道德体系并不唯一；二、由于人工智能道德体系并不完善，2030 年前，人工智能的智力发育不得高于六至十岁的儿童（或以海豚、黑猩猩等为标准）；三、为避免恐怖谷效应，2040 年前，不建议为高智力人工智能设计仿生的人类面庞（建议以动物、文学作品或历史形象为主）；四、认同人类、自我意识淡薄的人工智能将更具奉献意志，因此，建议研究者在人工智能道德体系建立完善前，避免强调其自我意识。

七年后，陈陌与格雷厄姆同时毕业，尔后分道扬镳。

在那之前，他们几乎形影不离。格雷厄姆的自闭症曾于阿富汗加重，但回到朴素如乡村的欧洲小城，他学会了从事科学，学会了同人交流，学会了生活，学会每周都同陈陌骑自行车去德国购物。格雷厄姆儿时崇拜图灵，许多行为也很像他。陈陌学会了像对待图灵那样对待他，陪他下棋，陪他跑步，陪他绘制老式地图，钻研类似于藏宝寻宝的游戏。每一年女王节，当阿姆斯特丹运河被密密麻麻的橙色小舟填满，当阿姆斯特丹街道的行人穿上橙色服饰，当夜幕降临，老城充斥镁光灯下的狂欢人群，道路空旷只余末日的景象，陈陌会送格雷厄姆一只暖橘色的泰迪熊，格雷厄姆会送陈陌一只暖橘色唇膏。他的症状逐渐消失，临近答辩时几乎痊愈。

也就在那时，他去巴黎参加会议，从布鲁塞尔出发的火车遭恐怖分子劫持。他的几句话拖延了对方的决策时间，人质全部获救，犯人通通被击毙。

现场视频显示，他双手放于脑后，缓慢站起，自愿做枪口下的人质。

他用略显生硬的阿拉伯语，对一位劫持犯说："你不太一样，你受过教育，我想让你知道：人质的利益诉求只是求生；你们的利益诉求是交换条件，并以人质为砝码；政府的利益诉求，是不同意条件，或救出人质，能否二者兼得，都看命运。所以，和外面人想的不一样，我们同你们的利益诉求是真正绑定的。这不是什么斯德哥尔摩综合征，都是被逼无奈，我们被逼到如此，你们也是。"

对方的枪口几乎塞到了格雷厄姆喉腔，又拿了出来。格雷厄姆猜对了劫持犯的头儿，对方也认出，格雷厄姆是人工智能道德立法派的先锋。他们聊了一会儿，对方说希望拥有《发条人偶》小说里描绘的傀儡军团，能在熹微晨光中窸窸窣窣穿过城镇，留下一片废墟。他记得初代战斗型机械人偶来自中国。他知道陈陌一直属于人工智能养育派。他问陈陌养的发条人偶会不会学着杀人和做爱。

格雷厄姆的从军本能让他瞥见了火车外的异动。他没有后退，说："陈陌只养动物，不养人。"

对方笑笑："你真的相信人可以像神一样，为人工智能建立信仰吗？"

"当然，"格雷厄姆说，"人早就在为人建立信仰了，你懂的。"

子弹擦着格雷厄姆飞过，打穿脑壳，同时击中后面的劫持犯。

对方侧着跌倒在格雷厄姆身边，一只眼被打成空洞，另一只眼盯着格雷厄姆，突然变得释然。他吐出血泡，最后说：“我懂了。”

格雷厄姆长久地盯着死者已然放大的瞳孔，一动不动，直到被强行拉走。

陈陌赶到巴黎时已是深夜。她来到精神病院，他在等她。她没有从他的瞳孔里发现犯病的迹象。

“你没事吧，”她尝试开玩笑，“我还以为，你要下蛋了。”

“我也以为，”格雷厄姆笑嘻嘻地说，“其实，我觉得我真的要下蛋了。”

陈陌在格雷厄姆眼中看到了一种从没见过的癫狂。她退了一步。

“我知道，你不喜欢‘三定律’。记得一年前你跟我打过的赌吗，在你喝醉的时候？”格雷厄姆问。

“记得，”陈陌轻轻说，“有朝一日，你往你的人工智能里植入‘三定律’，而我用我的道德培养纠正它的信仰。如果你赢了，我不会再养育人工智能，会放任它们自行生长。如果我赢了，你的人工智能都归我。”

格雷厄姆举起左手：“我向你保证，我找到植入的办法了，让我们开始赌约吧。”

陈陌愣了一会儿，才举起右手：“别忘了，赌约期间，我们互不见面，互不交流，绝不互通科研上的有无，如有必要，可销毁全部资料。”

埃菲尔塔顶的光芒就像探照灯一般，一圈一圈旋转，透过百叶窗一次又一次映亮房间，让病院的场景像剪断了的慢放的片子。

陈陌有些负气，她说："你别后悔。"

"我不会后悔的，"他说，"你永远是我的智者，我永远是你的公鸡王子。"

九

奥尔巴尼纽约上诉法院，克拉丽丝·福斯特作为证人出席。她带来了新的证据。

格雷厄姆手脚都戴着镣铐，表情波澜不惊。一年半来，面对庭审他都自若无人，保持彻底的沉默，让案件焦点逐渐偏离始作俑者。人们都更加关心鲁尔公司本身的命运，关心嘀嗒人和铁皮人会不会从此销声匿迹。

克劳福德微微抬手，巨大的透明显示屏上同时投射着两张照片。一张摄于鲁尔总部格雷厄姆办公室，画面中央是一个被炸得粉碎的头盔。另一张摄于流经叙利亚阿勒颇省的幼发拉底河旁，格雷厄姆与大兵肩并肩，大兵一手抱着医疗铁皮人，格雷厄姆一手抱着锃亮的黑色摩托头盔。图片放大，可以看到头盔上新贴了东正教的十字架。

克劳福德说："众所周知，格雷厄姆被捕前，用若干超微炸弹定位毁掉了这枚头盔。爆炸处进行过周密计算，我们的工作人员甚至鲁尔内部研究者，都无法复原头盔，甚至无法知晓其内部结构。因此，它的作用和它之于案件的意义，一直存疑。福斯特女士和她的朋友，在有关部门协助下，在案情基础上，用一年多时间仔细回溯并调查了格雷厄姆 2013 至 2018 年六年间作为战争掮客的真正目的。请看目前整理的图片与视频调研资料——”

开庭前，克拉丽丝只提供了材料和观点，并未完整告知克劳福德她思路的源头。

她想起格雷厄姆的黑头盔永远待在办公室的显眼处，同他在战场上发现并处理过的骷髅标本一起，并排陈列，如同他战争回忆的一体两面。

治疗保罗期间，他们一直互有芥蒂，交谈次数不多。仅有的一次深入交谈不可避免地聊到了他们作为旁观者经历过的战争。他们回避了躺倒在旁的尸体，而去讨论战争中人的状态。克拉丽丝忍不住说：“我看过材料，你相信道德植入，你觉得‘三定律’应该变成人工智能的信仰，你怎么看待战场上那些有罪或无辜者的信仰？”

格雷厄姆回避了她的问题，他说一个人不能看待另一个人的信仰，不同信仰的人也不可能达到真正的理解。尊重是一种最为合适的态度。他尊重他们，更对他们感兴趣。

“兴趣？从投机层面？”克拉丽丝表情有些冷，没在开玩笑。她的最大芥蒂，便是格雷厄姆从不将伦常放在心上。

格雷厄姆也有所迟疑。他们对视、揣测，如两个立场不同的聪明人。

格雷厄姆解释道，他一直相信，所谓的道德养育也是信仰植入，只是从儿童或人工智能的发育阶段开始，由于他们的神经发育尚不完整，便于进行循序渐进的植入。但他想探索的植入方式更加深刻。

“你一定知道《圣经》里使徒保罗的故事，他在大马士革遭遇神迹，扑倒在地，转而改信基督，基督教作为宗教，也可以说是他建立的。”格雷厄姆停顿，“一个成年人改宗换教，新的信仰往往更加深刻，尤其当他经历了保罗那样突然而至的体验。这在大脑的神经层面，是什么原理呢？如果在神经层面，我能找到那种‘受到启示’的运作机制，用之于人工智能，辅之以道德养育，那么‘三定律’的植入一定完美无缺。”

克拉丽丝没有深问。格雷厄姆也没有继续。他们清楚，在人之将亡的极端情况下，信仰转换、信仰升华、信仰崩溃的案例很多，战场上更比比皆是。

直到鲁尔公司在纽约州中间上诉法院扳回一局，将罪责仅推到格雷厄姆身上，克拉丽丝才想起格雷厄姆那个战场不离身、战后奉若至宝的黑色头盔。

她告诉克劳福德，让他继续上诉，而她会找到证据，证明格雷厄姆的人工智能诞生自战争阴影，而格雷厄姆早已犯下反人类的罪行。

格雷厄姆博士毕业后遂去往美国，加入与军方关系密切的医疗机械公司，制造医疗机器人，用于战场。不久后，他亲自辗转于不同战场。第一张关于黑头盔的照片来自尼日利亚。照片角落里格雷厄姆抱着锃亮的黑色头盔，从武装劫持犯身后跑过。克拉丽丝与专家推测，头盔应是造于当地。那里技术支持完善，人多、人杂、流动性大。十几年来，制造头盔的实验室大约也毁得不见踪迹。三年后调查人员才抵达，确实没有找到任何痕迹。

第二张照片摄于苏丹，第三张来自厄立特里亚，正是格雷厄姆意气风发，克拉丽丝第一次遇见他的时刻。克拉丽丝特地返回当地，找到第一位目击者。事情发生时，目击者仍是孩童，他的父亲受恐怖袭击波及致重伤，医生无力回天。格雷厄姆的医疗铁皮人围着他转圈，也无计可施。伤者无法言语，痛苦地流下眼泪。格雷厄姆离开又返回，手里抱着黑色头盔。他充满仪式感地扶伤者坐直，双手捧起头盔，静静为他戴上。目击者说，十五分钟后，他的父亲才正式死亡，其间，父亲的表情曾狰狞痛苦，也曾舒缓乃至微笑，反复几次后最终平静下来，似乎放下了一切思绪，归于安宁。目击者双眼流露的感激之情，在庭审播放的采访视频中忠实地记录了下来。

格雷厄姆携黑色头盔于非洲辗转了一年。克拉丽丝团队共搜集到四十二张照片及三段目击访谈，得出结论的是，非洲阶段是格雷厄姆磨合及检验黑色头盔的时期。

时间线上，第一份视频的直接证据来自墨西哥。贩毒武装与国内正规军交火，模糊的画面背景中，格雷厄姆光着脑袋，身穿防弹背心，忙着为重伤濒死的人扣上头盔，又摘下来。若干医疗铁皮人围着他，初看以为是在协助治疗，细看会发现医疗铁皮人已判定伤者无可救助，它们只是在帮格雷厄姆打掩护，方便他迅速摘戴头盔。视频结束时三只铁皮人被打得粉碎，格雷厄姆的左肩也被打出一个窟窿。专家判定，头盔是神经数据的采集器，通过观察其效率发现，格雷厄姆自非洲返回美国期间，大约一直在为黑色头盔升级。其间，他以医疗考察之名，往返于海地、哥伦比亚、墨西哥，曾与“哥武”同吃同住三个月。据传，他喜欢在每一位亡者离开前，为他们佩戴头盔，不论敌方友方。他的解释是养育他的祖母死前曾十分哀伤，因为她婚姻不幸，子女远在天边，唯一的孙子自闭，无法与她沟通。格雷厄姆说，他的祖母死得孤独，他才想为她收集死亡的体验。克拉丽丝突破重重阻碍，找到“哥武”的游击队员。游击队员说：“他为什么不在美国正规医院收集好的死亡体验呢？只找些残缺的战争灵魂。但我看他睡觉都抱着黑色头盔，也就不想追究了。”

2014 年年底到 2015 年年初，格雷厄姆奔波于世界各地，在乌克兰待了一阵，然后返回旧地阿富汗和巴基斯坦，也去了东南亚。这个时期关于他的照片及视频资料十分零碎，散见各处，也少有目击，只有一张重要画像：他乘坐热气球，俯视缅甸万塔之城蒲甘。绿油油的密林中，遍布四面佛的佛殿。只在这一张画里，格雷厄姆戴上了他的黑色摩托头盔。斑驳的挡风玻璃盖住脸，画师草草勾勒的表情无法辨识。专家也无从判定画的真假。

其后三年，格雷厄姆流连在叙利亚，长年往返于通往大马士革的道路，几乎完整见证了阿勒颇变为残垣断壁，还有战争期间无限的焦灼。各方有生力量不断聚集于此，消耗于此，成为无底洞，成为格雷厄姆采集样本的天堂。经专家细致检索发现，在叙利亚期间格雷厄姆虽然并未专门为自己拍摄，但各方势力与民间的视频中，许多都保有格雷厄姆的影像。他一手拎枪，一手拎头盔，忙着派出医疗小铁皮人，迅速筛出无可救治之人，扣上头盔，收集数据。于是，某种程度上，在比伏尔加格勒更为漫长、虚无与无望的阿勒颇战争中，在迷宫般的巷战与入地三尺、连成巢穴的地道里，人们相传，战争掮客格雷厄姆教授，其实扮演了代表死神的萨满。他那黑色的摩托头盔能让死者超升，能让最为狰狞的家伙面带平静地死亡。它是人工智能专家发明的众生平等的技术，是国际医疗援助最后的遮羞布。长久混迹那里还能活着走出去的人不多，他们往往也对战争三缄其口，不过探访时刻被问及格雷厄姆，描绘的见闻都大同小异，对他的判断也相去无几：献身科学的战争疯子，不知道他在想什么，但想来也不会有好下场。

经核实，格雷厄姆辗转于叙利亚各处，扮演萨满的同时，也扮演了撒旦与浮士德。几年间，他的医疗铁皮人为财团填补了无数的金融窟窿，也为他赚得丰厚的资金与关系资源，他设计的人工智能神经网络随之突飞猛进，迅速超过了中国脑所支持的“四勿”系列仿生动物。陈陌的三代四勿猴尚在通过群体学习制造斗拱，养育猫狗；格雷厄姆于纽约鲁尔公司制造的一代嘀嗒人，已能坐在小学课堂里与儿童和老师交流。

后来，据媒体报道，陪伴儿童、与儿童共同学习的嘀嗒人，让格雷厄姆动了恻隐之心，让他离开战场，花了很多精力考察世界各地的难民营，回到美国建立鲁尔福利院。但克拉丽丝分析，格雷厄姆是为了运作鲁尔上市，才不得不停止扮演萨满。而建立儿童福利院，一则是为了公司的名誉与形象，二则是为他的科研收集实验体。

在奥尔巴尼纽约上诉法院，克拉丽丝利用图像与视频解释了她搜集的证据。克劳福德咄咄逼人地完成了他们共同商讨的推论。

克劳福德告诉陪审团，强尼·格雷厄姆为世人所知，首先因为他是人工智能泰斗，是福特·霍普金斯教授的关门弟子。他之所以吸引霍普金斯教授注意，源自十几年前他在奈梅亨人工智能道德标准协会首届学术讨论会上的发言，他说，人工智能的神经网络结构，应与人类相同，那么，既然人类的最高行为准则是信仰，人工智能需要的，也不是逻辑指令，而是信仰的植入。

克劳福德拿出格雷厄姆的博士论文，厚厚的一册精装本，题目为《人工智能神经网络的非逻辑运作机理》。

克劳福德解释道："这本书几乎是业内必读的书籍，但我们大可跳过技术的阐释与算式，直接看结语部分，尤其是这一段：'如果人工智能的研究须建立在人类对自身神经网络的透彻了解之上，那么，或许我们永远无法制造同我们一样的人工智能。但所幸，人的神经网络并非完全符合通常意义的逻辑体系。我也相信，本书至少初步证明了两点：一、人与人工智能的非逻辑（思想、感情、信仰）都以神经网络为基础；二、有时即使不了解非逻辑的内在运作机制，也可以通过对人类神经网络的单纯模仿（印记技术），使人工智能具备同样的非逻辑运作。'"

克劳福德阖上书，继续说道："这听起来似乎也难以理解，但操作起来明晰易懂。被告律师的目的很简单，罪人只有格雷厄姆，受害人只有以莱克特为代表的福利院儿童，鲁尔公司的人工智能很安全。但试想，鲁尔公司的机器人，为何拥有如此坚定的信念，相信'机器人三定律'高于一切？这不是阿西莫夫的科幻小说，这是现实，是单纯逻辑无法全部解释的现实世界。毫无疑问，格雷厄姆为他的人工智能植入了'三定律'信仰。植入的运作机制来自被毁坏的黑色头盔。众所周知，格雷厄姆教授的嘀嗒人拥有与人类相同的神经网络。为了向嘀嗒人植入'三定律'——毫无疑问，这是高于逻辑的——他特地制造了用于印记的黑色头盔，以战争掮客之名，行搜集样本之实。画面上那些表情各异但终归平静的亡者，不是因为找到了平静，而是因为他们死前信仰的种种波动，完全被黑色头盔吸收，脑中仅剩空白，因而表情平淡统一。这不是拯救，这是撒旦在窃取食粮！然后，格雷厄姆秘密整合分析了多年来搜集的资料，发明出一套为人工智能植入信仰——机器人三定律——的方法。因此可以肯定，服务于我们生活，融入我们生命的铁皮人与嘀嗒人，并没有获得造物主的恩惠。它们的信仰全部来自战争亡灵，来自无辜或有罪的扭曲的命运。试问：你们愿意将亲人与孩童交给这样的人工智能吗？你们就不怕它们将战争的阴影带入你们的生活吗？”

克劳福德铿锵有力，法庭一片静谧。人们瞪圆眼睛，屏住声息，空气似乎停止了流动。

矮小的瘸腿律师打破沉默：“都是推测，没有切实证据。在战场之外，有谁能证明格雷厄姆使用过头盔？”

这时，从未开口的格雷厄姆，突然说话了。

他说：“我想纠正一个错误。”

秃头法官想了想，点头示意。

格雷厄姆表示谢意，他说：“关于我的祖母，她的确死得孤独。她后悔一生一世只待在一个国家一个小镇，永远喝同一条河的河水，一直遵守古老的信仰与祖训，为离经叛道的子女赎罪。临终前，气息游移的祖母对我说，她的死亡可悲而单调，她想知道真正的具有升华或绝望体验的死亡。然后，她去世了。我一直在想，我已经告慰了她的在天之灵。请好心人帮我转告视频中的游击队员，也谢谢他对我的担忧。”

原告胜诉，鲁尔公司所有人工智能回收，强尼·格雷厄姆被判死刑。

十

宣判时刻，他的表情有些松动。

他想起了他的智者。

她的手轻轻刮擦着他。

他低头瞧着脚腕镣铐的链子，似乎在轻轻地自说自话，但没有声响。

十一

陈陌接到肖立电话，催促她提供疗程报告。

“——我看得出，措施很大胆，但是在吓唬外行人。我要的不是入档的细枝末节，而是你治疗保罗的核心环节。”

玻璃窗外，四勿猴、四勿鳄与嘀嗒在陪保罗看《X 战警》。依保罗的年纪，他对电影的内容吸收很好。画面中人类或变种人出现时也不再让他紧张，做出“三定律”机器人面对人类时接受指令的应激反应。有趣的是，他对变种人和人类的态度一视同仁。四勿动物们反会因为争执扭打起来。

陈陌说：“说实话，我现在很难判断‘三定律’的植入究竟到什么程度。你也看到了，我和四勿动物用了四个月，对保罗的神经网络进行细致绘图，得到了目前全球最为细致的大脑连接组标本。结果有些异常，但没有对照组，我也不好下定论，关键是，即便知道了'病灶'，我不是格雷厄姆，也没有黑色头盔，没法在物理层面下手治疗。"

"别告诉我你没办法了。"

"办法倒是有：回避信仰植入，治疗认知问题。如果保罗认同自己是人类，信仰'三定律'也没关系，至少表面看来如此。"

通信另一头，肖立与旁边人聊了几句，听不清内容。

尔后，肖立说："陈教授，我也不准备瞒你，我想你大概也猜到了'勿用'将与鲁尔合并。美国那边，最高法院九位大法官的态度虽不可控，但可以说，双方律师都在寻找一个合适的处理方法，照顾中美双方与合并后的公司在政治经济方面的利益。目前的计划是，与人类打交道的人工智能，属'勿用'道德养育体系；但远离人类，在外太空或深海等极端环境中的人工智能，将保证其偏低的智力，使用'三定律'植入道德体系。你能保证，或者至少在表面上保证，植入的'三定律'可控吗，比如能通过道德养育加以约束，不被所谓的战争幽灵影响？"

"我和格雷厄姆师出同门，我们的人工智能基础神经网络架构一致，没分出过优劣，也没研究过谁可以制约谁。"陈陌停顿几秒，"不过，我理解你的意思。有些事情，聪明人能最早看出来，大家也迟早会明白，格雷厄姆的'植入'技术被他亲手埋葬，无可挽回也无药可医。我不了解‘植入’，对保罗治标不治本。但如果保罗视自己为人类，即便有‘三定律’阴影，也仍能友善待人，友善对待机器。这样的话‘植入’或‘养育’两种道德体系，都会显得很友善，这对双方都好。”

“我觉得保罗是个性格善良的孩子，治疗后，他的性格保持原状就好。”

“有百分之七十的可能性。但三个男孩和铁皮人殴打他造成的影响不好估计。”

“还有嘀嗒，调查显示，公众同情他和嘀嗒的关系，这也希望你处理好。”

“嘀嗒很重要。肖立，有件事你帮我办。”

“陈教授难得有求于人。”

“告诉鲁尔公司，疗程结束后，嘀嗒仍需要陪伴保罗，不能回收入库或进行研究。就说我需要保证他们之间持续的身份差异，以免保罗病情反复。”

“真的吗？”

“不算假。”

“帮你办下来。”

陈陌没来得及道谢，肖立已挂断电话。她无奈笑笑。回国后整日与仿生动物相伴，她感到自己愈发孤僻了。人与人的亲近与疏离总是双向的。她向勿视猴招手。只有勿视能透过镜子看见她。四勿猴便脑袋凑到一起，悄然离开保罗与嘀嗒。

待它们进入房间，阖上门，一字排开坐到陈陌面前，她问：“都听见了？”

勿听猴有些支吾，勿言猴忍不住替它回答：“该听的，都听了。不清楚该不该听的，有些也听了。”

“可以。”

四勿猴脑袋迅速凑到一起，勿言猴问：“陈老师，我们最近看了一些不知是否该看的，听了一些不知是否该听的，说了一些不知是否该说的，做了一些不知是否该做的。我们觉得，您似乎不准备给我们答案了。我们想知道，我们什么时候能清楚，那些不知是否的东西，是否正确？”

它有些忐忑：“其实我也不确定，我现在的问题是否应该问？”

陈陌笑了，揉一揉勿言猴橘色的绒绒的毛发，其他猴也凑过来，蹭她的手心。

“我教过你们很多东西，还记得最重要的是什么吗？”

“反思，慎独，永远在一起。”四勿猴同时说。

“保罗与嘀嗒来以前，我让你们做什么？”

“教会他们：反思，慎独，永远在一起。”

“知道为什么吗？”

四勿猴很困惑，抱成一团默然讨论了很久，勿言猴才回答：“反思，是‘四勿’的关键，生活中少有‘应然’，只有通过吸收信息，然后反思，来了解什么‘勿用’。慎独和反思相辅相成，无人监督时，对自己的反思才真实有效。至于永远在一起，应该只是针对我们。勿视、勿听、勿言、勿动，单独一个都无法构成完整的人工智能体，为正常运转，为完成反思与慎独，我们天然地心意相通。陈老师让我们教会保罗与嘀嗒反思，我们理解，您希望让保罗反思自己的身份。但慎独和永远在一起，就不太明白了。”

“缔造保罗和嘀嗒的格雷厄姆，专业领域在自我意识。我的专业方向是生物可能拥有的集体意识，你们是我最好的作品。好好想想，你们的慎独，和保罗，和嘀嗒，一样吗？”

四勿猴没有马上凑作一团，它们独自思考了很久，都双眉紧锁。陈陌等了很久。四勿猴短暂地手挽手交流了一会儿，勿言猴说：“不一样，我们四位一体，即使独处，也不是人类意义上的孤独，因为我们中单独的一个没有完整的自我。而当我们在一起进行反思，也不是人类意义上的自我反思，我们可以互相商量，这更加容易。”

陈陌点头，表情却像在讨论另外一个问题：“人类个体存在的悲剧，在于进化出非常高级的自我意识。人类个体的高贵，是不盲从，承担自我独立带来的孤独，直至死亡。两个或者多个自我独立的家伙在一起，这种情况不是没有，只是太难了。所以对于人类而言，心意相通弥足珍贵。”

四勿猴面面相觑。

“我认为，人工智能理应比人类进步。智力上的进步太浅显了。让你们变成四个，构成四位一体，便不用经历人类个体不可避免的孤独，同时，你们在一起，又能保有独立思考的高贵。”

勿动猴举手，勿言猴问：“因为独立思考能带来反思吗？陈老师，您为什么一直强调个体反思？”

“因为我和格雷厄姆立场不同，他认为真正的信仰不通过反思得来，我认为没有自我检验、自我反思的信仰，不是真正的信仰。我还相信，信仰可以通过反思改变。”

“所以，您其实想通过教会保罗反思，改变他的‘三定律’信仰。”

“因为他是人，他需要学会慎独，面对自己，反思自己：我到底是不是机器，我到底需不需要‘三定律’？”

“为什么让他和嘀嗒在一起？这和慎独的逻辑相反，他们天天黏着，是一体两面。”

“所以需要先将它们分开，让它们成为会反思的独立个体。这样，才能治疗保罗自我意识的缺乏。”

“缺乏自我意识就不能生存吗？您知道的，并不是所有的动物都能够认出镜中的自己。”

“但人都能做到，保罗需要人类社会的生活。”

四勿猴显得有些失落。五个月来，保罗不同人类接触，只在动物的世界生活。四勿动物们似乎也很享受没有人类的乐园。

陈陌望着四勿猴，有些失神。她说：“我教了你们很多，我想就到此为止吧。你们今后还会遇到很多不知是否该‘勿视、勿听、勿言、勿动’的事情，那时候，只有仰仗你们自己的判断了。”

四只猴子感觉到了什么，悄然挤到陈陌怀中。

陈陌抱着它们，像抱着自己的孩子。

过了很久，陈陌才说：“今天，让保罗自己回房休息，你们把嘀嗒叫过来。”

四勿猴有些惊讶，但勿言猴没有提问。离开前，它们想起什么，勿言猴才说：“陈老师，我们如何判断保罗学会了反思信仰呢？有些人一辈子都学不会。”

“我也不知道，只能拭目以待了。”

她送走四勿猴，觉得很累，找到水，泡了一杯勿动猴特别调配的红茶。

走廊传来嘀嗒人“坷垃坷垃”的沉重声响。通常，嘀嗒机器人喜欢利用巨大浑圆的身体在平坦道路上迅速滚动，不使用手脚。今天，它迈着大而缓的步伐，用长长的手脚推开陈陌临时房间的门。

“您好。”

“你好。”

陈陌望着它。她认为格雷厄姆为了保罗改造过嘀嗒。它比其他“三定律”机器人都要敏感羞涩，显示出拥有孤独精神世界的那种特有的智慧。它似乎意识到了陈陌的疗法，情绪沉重又忧郁。

陈陌单刀直入："嘀嗒，从今天起，我要你暂时待在这里，不许离开房间，不能让保罗找到你，直到他意识到他其实是人类。"

嘀嗒的腹腔传来缓慢的"坷垃坷垃"的响声，它一直没有回答。

陈陌望着它，很坦诚地将数据线接入它的指尖："看得出来你很犹豫。今天，我希望和你开诚布公地平等谈话。我仔细剖析过你的神经网络，对你的了解大概比你自己还深。"

数据读取完毕，嘀嗒眼睑下垂："数据正确。对不起，我违规了。"

"不是你的错，是格雷厄姆。根据人工智能道德标准规则，2030 年前人工智能的智力发育不得高于十岁儿童，你的心智大概有十五岁。人工智能道德体系建立完整前，避免强调人工智能的自我意识，你是我见过自我意识最强的机器人。"

"四勿猴呢？"嘀嗒轻轻问。

"它们的智商和你差不多，都很高，但智力只有十岁。不过就在刚才，我把上限去掉了。既然你已经出现，也没必要限制它们了。至于自我意识，它们的'自我'意识机制，和你我都不一样，有时我也难以判断。以后，就更难以预料了。"

嘀嗒显得有些惊讶："为什么告诉我？"

"我不准备修改人工智能道德标准规则。我知道了你的秘密，也告诉了你四勿猴的秘密。事情仅限于我们之间，要互相保密。"

“我不懂。”

“很多事情，你只是觉得不懂，但隐隐约约其实你都明白。”她指指墙角的嘀嗒二号，“它也违规了，为避免恐怖谷效应，2040年前，不建议设计仿生人类面庞。我启动过它，它说话时露出的温柔表情太像克拉丽丝·福斯特。这应该是你离开鲁尔公司前的事情。”

嘀嗒又陷入“坷垃坷垃”的沉思。

陈陌继续：“根据克拉丽丝给我的材料，还有肖立从美国有关部门获取的材料，遇见保罗前，你是一只普通的测试中的科研嘀嗒人。格雷厄姆案发后，你迅速被收归，各项测试都在正常范围，只是涉及保罗的事情你保持缄默。报告说，你腹腔中‘坷垃坷垃’的声音源自程序障碍导致的机械问题，认为保罗出事那天，你的心理也遭受了创伤，导致神经网络缺陷。但作为证人，官方一直没有解剖你，也不知该如何解剖。三审后，鲁尔公司败诉，要不是克劳福德，你作为高危机器人就该被销毁了。幸亏保罗需要你。有了你，他才能正常生活。”

嘀嗒点头。

“——官方数据到此为止，以下是我的猜测。”陈陌微笑，“当初，格雷厄姆教授发现保罗很喜欢你，便让你们形影不离。‘治疗’保罗期间，他封闭了鲁尔公司，将总公司的孤儿分配到其他福利院，自己也躲在办公室，不让保罗看见，首先让保罗适应了没有人类，只有机器人的环境。然后，他造出嘀嗒二号，和你一起陪伴他。嘀嗒二号和你一样聪明，长得和你差不多，又有人类的音容笑貌。一段时间后，保罗适应了人类。估计也就在那段时间，格雷厄姆提高了你的智力，超出规则允许的范围。然后，他利用黑色头盔，让保罗相信他是机器人，他信仰‘三定律’，并通过嘀嗒一号，帮助保罗完成镜像中的认同。他也通过定期回收和检修，在所有鲁尔的机器脑人中植入信息：保罗是机器人。但当保罗回归人类社会，问题出现了，如何让保罗持续相信自己的身份。格雷厄姆长于他者认同和自我认同，他清楚，保罗这种程度的误认，很难不出现分裂或者精神错乱。而每一个见过保罗的机器人，也可能会怀疑，他到底是人，还是机器人。因为‘三定律’的优先级最高。”

嘀嗒腹腔中“坷垃坷垃”的声音逐渐消失，留下彻底的沉默。

“所以你的作用是，确保其他机器人遭遇保罗时不产生怀疑，同时维持保罗的误认，让他觉得他和你是同类，你们互相依靠，互相成长，你们才是一体的，这样他才能充分相信自己是机器人。事情的有趣之处也在这里。我看过铁皮人袭击保罗的影像材料，你说，如果保罗不出现，那两个对打的铁皮人会是什么下场？”

嘀嗒回答了问题：“三个男孩给的指令是对打，直到一方把另一方杀死，才能获得机会，揍三个男孩。根据‘三定律’优先级，被杀死的一方，既不伤害男孩，也服从了男孩的命令，只是牺牲了自己。铁皮人为争着让自己牺牲，会永远打下去，直到它们同时报废，同时死亡。”

“然后，男孩让你杀死其中一个铁皮人，你的最优先级其实是保罗，所以你杀铁皮人时毫不犹豫，因为你清楚它是机器人。但是，当肖所长让你杀保罗时你犹豫了，你的腹腔发出如此大的声音。我看得出来，要不是保罗开始唱那该死的‘三定律’歌谣，你下不了手。”

嘀嗒发出“坷垃坷垃”的声响。

陈陌微微摇头，拿起半透明数据板，递到嘀嗒人面前：“你的神经网络毫无问题。法医认为你的智力只有十岁，以为你的自我世界很单纯，所以误判了阈值标准。”

嘀嗒盯着屏幕上五颜六色滚动的线条，目光移向接在指尖的数据线。

陈陌说：“实时数据显示，你只是在撒谎，那个‘坷垃坷垃’的声音，是你特意设计出来逃避人类质问、掩盖真相的手段。你知道，手段越简单越好。”

陈陌停顿，嘀嗒不再发出声响。

“你已经违背‘三定律’了，你知道吗？嘀嗒。就在刚才，我要求你离开保罗，如果你觉得保罗是机器人，你应该立刻服从我。但是你发出‘坷垃坷垃’的声音，表示沉默。你开始对我撒谎，反抗我的命令。你不想离开他。”

“嘀嗒啊，”陈陌轻声说，“永远不会有人知道，那一天在鲁尔公司，小保罗在几百个机器人中为什么一眼便看中了你。

可是在你眼中，保罗到底是人，还是和你一样的机器人呢？”

嘀嗒颤抖着拔下指尖的数据线。

嘀嗒没有泪腺。

它机械的面部表情总带着温柔的笑容。

它中空的腹腔又开始嗡嗡作响。

它奏出不同的曲调，最终汇成绵延不绝的啜泣与哀鸣。

十二

克拉丽丝·福斯特在最高法院庭审前的清晨，找到约翰逊·克劳福德。

她简单为他梳理了与格雷厄姆接触的脉络，最后告诉他：“另外，有一件事我没提，格雷厄姆聊过使徒保罗的故事。他说保罗在去往大马士革的路上扑倒在地，遭遇神迹，转而改信基督。这种遭遇神迹的经验，会非常深刻地印在脑海中，转变神经网络的逻辑运作方式。他用黑色头盔收集的信仰植入方式，也可以说是这种受到启示的体验。”

“嗯。”克劳福德感到克拉丽丝有话没说完。

“——保罗·莱克特，他也叫保罗。”克拉丽丝的情绪有些波动，“我重新调查了发现保罗的难民营和收养他的一些地方。前一段时间，鲁尔公司福利院内部调查资料公开，保罗所有收养处的档案，在鲁尔公司都有备份。还记得格雷厄姆做战争慈善的时候曾有过很多化名吗？他光明正大地以格雷厄姆的身份，用黑色头盔收集‘信仰植入’。他的化名，其实全用来拜访以叙利亚境内和邻国为主的难民营了。他懂神经科学和脑科学，能利用医疗铁皮人做简单的诊断。鲁尔福利院很多精神有问题的战争遗孤，他在难民营就见过。我回去，问了能找到的所有人，他大概只给一个小孩起了名字。”

“保罗·莱克特。”

克拉丽丝点头。

“——他早有预谋，为什么之前没发现这条线索？”

“资料没完全公布。鲁尔公司和军政相关部门也有所隐瞒，应是以前配合过格雷厄姆的工作。你是律师，这种行为放到台面上，可以用活体实验立论了。”

“怎么搞到的信息？”

“在北京的时候，趁进入‘勿用’总部的机会，我托朋友黑入了部分系统，找到了‘勿用’和鲁尔的信息接口。而且别忘了，嘀嗒还在‘勿用’呢。”

克劳福德悻悻地笑了，也有些无奈：“那么，这些都只能算空口无凭的证据，你告诉我我也没法用，没法呈上法庭，这也是为了保护你，因为这涉及跨国的政治和利益。而即使我用了，又该如何处理呢？”

“你说过，你的立场是让人工智能与人类不可分割。我只是在侧面为你提供思路。还有，我同陈陌教授简单聊过她和格雷厄姆的共同立场。”

克劳福德显得有些讶异。

“他们共同的导师福特·霍普金斯教授一直相信，最好的人工智能来自对人类完美的模仿。霍普金斯教授在他们毕业的前一年去世，没能见证陈陌与格雷厄姆分道扬镳。不过陈陌说，基本原则还是一致的，她和格雷厄姆都用人工智能完美地模仿了人类神经网络的基本构架，再加入一些超过人类的本事，比如四勿猴高超的视、听、言、动。而她和格雷厄姆所面对的基本困惑也是一致的——即使做出了精微的模仿，我们也不知道物理构架和人类精神结构的深层关联，因为无法用人做活体实验。她觉得，格雷厄姆是以身试法。”

克劳福德笑了：“不，我不准备用格雷厄姆的动机谈问题。”

克拉丽丝说：“我也一直不愿意思考他的动机问题。”

谈话就这样停止了。公园晨雾渐渐散去。

克劳福德最后说：“我要赶去法院。你去吗？”

“不了。”

“回家？”

“去北京，等保罗痊愈。这儿的事对我而言已经结束了。”

等克拉丽丝下了飞机，最高法院对格雷厄姆案已有了终审裁决。

格雷厄姆违反人权，构成危害人类罪，违犯有关植入“三定律”的行政法规和《人权法案》。

庭审言辞辩论阶段，被告方瘸腿律师坎宁的发言被屡次中断，遭大法官提问。克劳福德基本按照在奥尔巴尼纽约上诉法院的思路进行，少被提问，直到发言过半，苏特大法官才说："如果格雷厄姆为人工智能植入'三定律'信仰，是为了利用类似宗教的心理机制或道德条例控制机器人，那么，他为什么又要将'三定律'植入保罗·莱克特的头脑？事实上，如果他不费尽周折危害儿童，他的技术撒旦不会如此迅速地暴露。对此，克劳福德先生，您有什么见解？"

影像画面中胖胖的克劳福德望着瘦削的苏特大法官。后者过着隐士般的生活，据说不会使用智能手机，也没用过任何类型的人工智能，被誉为对技术本质了解深刻的反技术大法官。

克劳福德浪费了十五秒之久，才开口回答："尊敬的大法官，以下发言更多建立在对事实依据的推论上，希望能让诸位满意。格雷厄姆虽最早服役于阿富汗，但负责后勤人力资源等相关事宜，几乎没离开驻地，从未直面真正的血腥。他所积累的，更多是军队后勤医疗体系的运作机制，以助后来的战争掮客行为。

"真正带给他震撼的，源自十五年前，毕业前去往巴黎途中遭遇的恐怖袭击。恐怖分子被当场击毙。在那之前，他作为人质，曾与实施恐怖行为的头目有过一段谈话。视频资料显示，对方知道他是人工智能'信仰植入'派的专家，就问他是否真的相信人可以如神一样，为人工智能建立信仰。他回答：当然，人早就在为人建立信仰了。然后，对方被击穿头骨，对他说，懂了。

格雷厄姆一直盯着被打成黑洞的眼睛，情绪变得很不正常，一天后，才被陈陌教授接走。那时他们都是霍普金斯教授的博士，那之后，二人就分道扬镳了。

“后来，格雷厄姆功成名就，开始治疗保罗 · 莱克特，他曾与我的委托人克拉丽丝 · 福斯特女士聊过使徒保罗的故事，说保罗在去往大马士革的路上遭遇神迹，转而改信基督。这种遭遇神迹的经验，会印在脑海中，转变神经网络的逻辑运作方式，产生新的信仰，这就是所谓的‘启示’。他用黑色头盔收集的‘信仰植入’，也可以说就是这种获得启示的体验。而需要注意的是，保罗 · 莱克特，也叫保罗。

“撇开格雷厄姆的道德动机不谈，我认为，在科学意义上，他在进行一组对照实验。当人和人工智能的神经网络一致、思维水平相同时，往他们的大脑中植入的信仰，不论内容如何，应该是双重有效的。因而嘀嗒和保罗 · 莱克特互为对照组。他们之间，唯一的变量是：一个是人，一个是人工智能。在其余方面，他们神经网络发育一致，思维水平相近，植入的信仰——‘三定律’的内容一致。如果成功，他们互相认同，格雷厄姆通过黑色头盔发明的‘信仰植入’才算真正成功。

“格雷厄姆不是有神论者，否则他不会尝试用科学的方法处理‘宗教启示’的过程，研制‘信仰植入’的技术。所以，他的目标不是让人像神一样，为人工智能建立信仰，而是像千百年来，人为了奴役人那样，建立虚假的、极端的信仰。所以他说人早就在为人建立信仰了。这便是来自战争与恐怖袭击的信仰。

“虽然黑色头盔被毁，但可以相信，格雷厄姆成功了。他的前提是将人工智能与人类的神经网络等而视之，所以‘信仰植入’的原罪，不在于其技术来自残暴的战争或恐怖袭击，而在于它适用于人类本身。保罗·莱克特就是活生生的例子。我们终于从物理层面、从生物层面找到了利用技术奴役思想的手段，这是千百年来统治者梦寐以求的技术。

“所以，我认为，格雷厄姆的原罪在于他利用人工智能，证明了通过技术手段，人可以强制性地将信仰植入另一个人。格雷厄姆案最为根本的诉求，应是从保护人类权益的方面，对‘信仰植入’的技术，对以后可能发展出的技术加以限制。

“这才是美国思想与言论自由的根本。”

克劳福德说完，法庭一片寂静。似乎有人想鼓掌，但终将手收了回去。

苏特大法官若有所思，继续问：“你说，保罗和嘀嗒是对照组。那么，鲁尔公司其他的战争遗孤和人工智能呢？”

“检验‘三定律’是否成功，需要让保罗相信自己不是人类而是机器，才能构成真正的对照组实验体。这是认知层面的问题。中国‘勿用’的陈教授已提交报告，认为格雷厄姆将保罗的‘信仰植入’和‘身份认知’问题分开处理了。我认为，‘认知问题’在这里不是重点，保罗被领养时，就有自我认知和他者认知的障碍，格雷厄姆巧妙地利用了这一个案，才让保罗成为嘀嗒的完美对照组。至于战争遗孤，他们虽被植入‘三定律’，但自身定位为人，在‘三定律’内容中，处于较高阶级，不将自己与机器等而视之，无法进行对照组比较，也不会对他们日后的生活产生多少影响。”

苏特沉吟片刻，微微点头。克劳福德的发言时间也结束了。

克拉丽丝迅速浏览关于格雷厄姆案的终审报道。对国会修宪的预测倒比较一致。格雷厄姆的黑色头盔技术有可能奴役并限制人类信仰与言论的自由，因而需就《人权法案》修宪，限制任何针对拥有与人类同样神经网络结构的生命体的奴役。

苏特大法官庭审后罕见地做出评价：“人类或许永远无法成为居高临下的道德审判者，人类只会被自己卑劣的道德行径反噬。”

脑所所长肖立接待了克拉丽丝，告诉她疗程仍在进行，需再等一些时日才能见到保罗·莱克特，其间，她可以住在“勿用”总部附近的生态新城。

末了，肖立略有犹豫，说：“约翰逊·克劳福德让我给你看点东西，虽然是绝密，但在这里给你看看也无妨。我也这么想。”

肖立从文件袋掏出几张打印的照片：“格雷厄姆确认死亡，就在终审判决后。”

照片中是关塔那摩监狱审讯房间，屋内阴暗，窗门紧闭，木制电椅宽大沉重，色泽阴暗，用的是上好的木材，须特别定制。

铁皮包裹的椅腿焊入地板。半炭化的尸体全身被皮带牢牢固定。头顶与腿肚的电极深深陷入皮肤内里。黑色血肉粘满金属。克拉丽丝似乎能闻见尸体的焦臭。

“关于如何处理格雷厄姆，关塔那摩的上层也有争执，判决书下达后，仇视黑色头盔技术的一派，为阻止技术派在最后关头从格雷厄姆口中撬信息，借审讯之口，把他秘密处死了。”

“这个现场，看起来像早有准备。”

“他们早就想好了搞死格雷厄姆的手段，只是找不到借口实施。”肖立面露嫌恶，“古老的电刑，模仿了推行电刑时的失败实验。头皮和腿肚的电极都没沾水，导电不良，烧成这个样子，至少要通三次电，才能确认死亡。”

格雷厄姆头部被烧得稀烂，像开了一朵焦花，又像彻底烤坏的蛋糕，他的大脑，或许已凝成一块黑炭。

“至少可以确定，关塔那摩一方，技术派和反技术派都想让格雷厄姆不得好死。克劳福德说，他不确定格雷厄姆的这个结局能否抚慰你的心灵。”

肖立仔细观察克拉丽丝的表情。

克拉丽丝问：“格雷厄姆死前说过什么？”

“他只写过一张小字条，说没有智者的公鸡王子，还是一只公鸡，一个理性的社会利用了公鸡，然后杀了它。”

十三

那晚之后，嘀嗒留在陈陌办公室，没踏出房间半步。陈陌让它记录保罗的生理心理数据，它便没日没夜盯着显示屏，不离开画面中的保罗。

那天晚上，嘀嗒提了一个要求，它想再回房间看看保罗，那哀伤的表情，似乎认为自己再也无法同保罗在一起了。陈陌同意了它的要求。嘀嗒便从圆滚滚的身躯中探出长长的手脚，穿过明亮的月色与婆娑树影，迈过熟睡的四勿动物，悄然来到保罗身边。勿听动物先醒来，其余也都睁开双眼，远远望着嘀嗒色彩斑斓的金属外皮。嘀嗒收回腿脚，靠在熟睡的保罗身边，轻轻敲击中空的腹腔，《小鳄鱼之歌》的调子也变得舒缓悠长。四勿猴爬出壁龛，围到保罗身边，悄无声息地为嘀嗒于空气中划出节拍。保罗睡得很香。从监视屏上看，他正从一个甜美梦境滑入另一个甜美梦境，再进入下一个，完全忘记了外面的现实世界。

第二天，保罗醒来，身边没有嘀嗒。门外四勿鳄适时唱起“我是小赖皮，……小小赖皮，咬东咬西的小赖皮——”

保罗环顾四周，阳光充满暖意，他问：“嘀嗒呢？”

四勿猴整齐地坐到保罗面前。勿言猴没有回答。保罗一个一个望着它们，笃定能从四勿猴那里得到答案。他开始认真盯着勿视猴的双眼，勿视猴有些踌躇，但也回视他。它的目光越来越睿智，他的目光越来越悲伤。保罗从勿视猴那里得到了他想要的答案，开始哭泣，转而变为哭喊。

他说："我就知道，嘀嗒总会离开我的。我犯错误了，我让鲁尔的大图书馆消失了，我让所有的铁皮人消失了，我让所有的嘀嗒人消失了，所有的'三定律'机器人都要消失了，我没能留住嘀嗒，妈妈，我错了！"

四勿猴悄然上前，围住他。保罗声嘶力竭地哭叫了好久，勿言猴也没有反驳。直到他哭累了，声音变哑、变小，肩头由不住地抖动变为轻轻抽动，勿动猴才小心地，缓慢地，进而认真地抱着保罗。其余三只小猴挤过来，互相拥抱，保罗的情绪才得到些许安抚。勿动猴将保罗抱上勿动鳄的脊背，一起缓慢走向"勿用"的天井报告厅。

陈陌通过监视器看到了一切。嘀嗒在她身边，腹腔中传来哭泣的调子。

嘀嗒瓮声瓮气地问："你会让四勿猴照顾好他，对吧？"

"嘀嗒，记住，'四勿'不是'三定律'。'四勿'的世界没有高于一切的最高指令，因而需要自己的反思和判断。四勿猴已经长大了。我不会再指使它们做什么。它们也不一定听我的。"说到这儿，陈陌笑了，心里有些苦涩，"嘀嗒，如果有一天，你觉得你的世界不再有高于一切的指令，你就可以离开这个房间，想去哪里，就去哪里。"

嘀嗒探照灯似的目光离开画面中的保罗，明暗不定地忽闪。

陈陌继续说："我呢，也不隐瞒你。十几年前，我和你的造物主格雷厄姆教授，打过一个赌。有朝一日，他会往他的人工智能神经网络中，植入机器人的三定律，而我会用我的道德培养，纠正它的信仰。如果我失败，他赢了，我将不再养育人工智能，放它们自行生长。如果我赢了，他的人工智能都归我。所以，你，才是我真正的难题。保罗只是你的对照组。

“格雷厄姆利用保罗掀起轩然大波，将你安全送到我这里。关于这一点，我不清楚你知不知道。”

嘀嗒中空的腹腔中发出“坷垃坷垃”的声响。

陈陌也不清楚它是在思考，还是在想着撒谎。

“——但说实话，我并不完全认同格雷厄姆发明‘信仰植入’的手段。所以，我不想从他的角度，利用他的方法，强行植入‘四勿’，治好你。

“我想让你做选择。”陈陌盯着嘀嗒，“保罗已在‘勿用’总部住了半年。半年里，我对他做的心理测试，神经网络的扫描与理疗，你都看在眼里，甚至共同参与。你清楚我的策略。我想让你反思一下，‘四勿’的体系，有多少适用于你。用类似于治疗保罗的方法，是否能纠正你的信仰。当然，如果你愿意让你的造物主赢，就永远待在这房间里吧。”

“坷垃坷垃”声越来越大，嘀嗒开始焦躁地在屋中转圈。

陈陌说：“从今天起，我也不会给你下达任何命令了，自己想吧。”

嘀嗒的不安持续到第三天下午。陈陌置若罔闻，继续工作。画面中的保罗也一直无精打采。直到四勿猴为保罗摆出乐高玩具，嘀嗒才突然说："他更喜欢《星球大战》，克拉丽丝·福斯特女士说过，我抵达前，保罗最好的朋友是乐高，很长一段时间里，他只对他的乐高朋友笑。"

陈陌问："你喜欢乐高吗？"

嘀嗒腹腔焦躁的声音逐渐平息。它缓缓回答："我也喜欢，更喜欢和保罗一起玩，我们的故事里，没有人类啊。"

然后，嘀嗒恢复平静。

隔天，保罗收到乐高星球大战的"死星"，终于有了开心的表情。他开始在没有人类也没有机器的伊甸园生活，每日由动物环绕，几个月后，似乎都忘记了过去的日子。

四勿猴偶尔进入陈陌隐蔽的办公室，向嘀嗒获取相关信息，向陈陌简单汇报。陈陌不再多做指示，让四勿猴全权负责，因而每日每餐，四勿猴的脑袋都会凑在一起，一日三省吾身似的，长久地讨论着无人知晓的问题。

没有了嘀嗒，保罗学会了自己穿衣，自己收拾房间，主动帮助四勿动物维持"勿用"总部的日常设备。他迅速学会了阅读，开始自己看影片，自己看漫画，自己用稚嫩笔触绘制四勿动物的样子。有些时候，他会坐在科研楼外院的石台阶上，长久地望着植物园中正在嬉戏的四勿动物，显得很高兴，但也有些疏离。

一次，勿言猴问他："小保罗啊，我们是谁呢？"

"四勿动物。"

"你呢？"

保罗环顾四周，自然没有嘀嗒的身影，他笑眯眯地回答："反正不是你们。"

于是，保罗·莱克特抵达"勿用"总部一周年的夜晚，四勿猴偷偷离开保罗，溜出房间，找到陈陌，告诉她它们也觉得时机合适了。

嘀嗒仍直勾勾地盯着屏幕。画面中保罗其实醒着。他发现四勿猴休息的壁龛空空如也，便偷偷打开壁龛中间的玻璃匣子，抱出里面的橘色泰迪熊。他拉开房间的门，坐到四合院中。四方天空的角落有一轮明亮的圆月亮。保罗搂着泰迪，开始出神地沉思。

陈陌发现他充满稚气的脸庞显出成年人的模样，感到有些失落。

隔天下午，科研楼外院的石阶上，四勿猴一起蹦蹦跳跳，来到保罗·莱克特面前。

勿言猴悄声问他："保罗，你知道你是谁吗？"

保罗显得有些惶恐。他看了一眼勿听猴，想捂住自己的耳朵。勿动猴悄悄握住他的双手。勿视猴望着他，他也望着勿视猴。

保罗终于说："我也不知道。"

勿动猴张开双臂，抱起保罗，将他扛到肩上，进入"勿用"科研楼内院。四勿动物们纷纷跟上。它们结成散乱的队伍，情绪如同在参加嘉年华的游行，用高低不同的音调反复朗诵"非礼勿视，非礼勿听，非礼勿言，非礼勿动”。

它们进入天井报告厅。报告厅中，黑色幕布蒙着一个巨大的镜框。四勿猴将保罗抱到镜框前，尔后它们一字排开，蹲到保罗身后。一只捂眼，一只捂耳，一只捂口，一只将双臂夹在腋下。保罗不知所措。其余四勿动物们也纷纷挤入报告厅，效仿四勿猴做出动作。终于，动物们一动不动，报告厅的大门也自动闭合。四下寂静。

保罗环顾四周，悄悄地，小心地拉了拉幕布，黑色幕布顺势落到地面。

一面巨大的镜子。

镜子正对着保罗和四勿猴。保罗离得最近，背景是其他四勿动物。

保罗望着镜子，显得有些惊恐，他小心招手，说:“嗨，你好，我们见过。”

没有回应。天井中只有保罗自己的回音反复震荡。

保罗微微颤抖，盯着镜子里的自己，有些害怕。

“不要动啊，保罗。”勿言猴开口了。它爬到镜子面前，伸出小爪子，似乎想去捂镜子里的自己的嘴，但只让真实的手与虚假的手相合。

勿听猴随之爬到勿言猴身边，伸出拳头，敲击玻璃，发出“当当”的声响。

保罗盯着镜子里的拳头和真实的拳头不断相击。

“想试试吗？”勿言猴问。勿言猴也开始敲击镜子。

保罗终于靠近镜子，伸出手，手掌贴着镜面。

“好凉。”他说。

“当然，”勿言猴说，“因为他不是真正的人类。”

勿视猴也动了。它不再遮住眼睛，爬到勿听猴身边，开始仔细瞧着镜中的自己。

勿言猴指指勿视猴，又指着镜中的勿视猴：“这是它，这也是它。你仔细看，它只是它的镜像。”

保罗盯着镜中的自己。勿言猴指着保罗和他的镜像，继续：“你是你，他也是你，他不是别的人类，他只是你的镜像。”

保罗轻轻摇头。

勿动猴突然跳起来，长长的尾巴在空中划出弧线，越过保罗肩头，身体猛地撞上镜子。镜面应声而碎。碎镜片反射出天井报告厅的无数光辉。镜框后面，颜色深沉的嘀嗒一号格外醒目。

勿动猴越过镜框，回身招手，勿言猴跟着迈过镜框，勿听猴和勿视猴没有动。

待到碎镜片落地的回声彻底消散。勿动猴拍一拍嘀嗒一号的肩头，面对保罗。保罗忍不住看自己的肩头，当然空无一物。

勿言猴才说：“它是机器人，它不是你的镜像，更不是你。”

“不对，”保罗说，“它是我。”

他迈过镜框，抱住嘀嗒一号：“我和嘀嗒一样，我只是比嘀嗒的颜色深一点，对不对，嘀嗒，你快说，对不对！”

“小保罗啊，你仔细看，它不是你的嘀嗒，你的嘀嗒颜色要更漂亮，动作要更丰富，会用腹腔奏出最好听的《小鳄鱼之歌》。它也不是你的镜像，你知道你不可能拥抱你镜中的影子。它只是一个善意的玩笑，为了让你和嘀嗒相互熟悉，成为真正的朋友。”

勿言猴说着，勿动猴开启了嘀嗒一号的电路。

嘀嗒一号晃动身体，发现了保罗。它的关节因年久失修，无法迅速模仿保罗的动作，“嗡嗡”作响，缓慢摆动身体。

天井报告厅顶部传来陈陌的声音：“嘀嗒一号，你的任务完成了，返回属于你的地方吧。”

嘀嗒一号轻轻拨开保罗，敲击中空的腹腔，唱着“无伤人类，服从人类，保护自己”，摇摆着金属身躯，走向大门。门自动为它开启。它快乐地离开天井报告厅，离开科研楼的内院与外院，离开“勿用”公司，自此以后，再也没有人见过它。

保罗·莱克特一动不动，望着嘀嗒一号逐渐远去，背影消失，它唱的机械的“三定律”歌谣不再飘荡。眼泪沿着他稚嫩的面颊无声流淌。他逐渐流露出一种超越了年龄与岁月的悲伤。

与此同时，灵巧的勿动猴开始捡拾玻璃碎片，其余勿动动物们也靠近镜框，纷纷捡起碎片，利用唾液，迅速而有效地一点一点复原镜子。

勿言动物们轻轻歌唱："我是小赖皮，小鳄鱼哭哭啼啼……小小赖皮，咬东咬西的小赖皮——"

保罗·莱克特听见了，慢慢地环顾四周，一只一只仔细打量相处了一年有余的四勿动物。镜子粘好，镜面充满裂纹。保罗终于擦去眼泪，小心地爬起来，拾起心中的勇气，回身望着破碎的镜面。

他就那样看着，看了很久。每一块碎掉的镜片，都反射出一个保罗，又或者只反射了他的一部分。巨大的镜子同时照出了他的不同侧面，告诉他自己的轮廓，但恰好没有给他一个完整的自己。

保罗面对镜子，靠近、远离、碰触、走动，他敲击镜面，嗅它的味道，他终于在距离镜子的一个恰当的点上停住步伐，凝视镜子里面碎片化的自己的轮廓。

他又流下眼泪，目不转睛地开始啜泣，很难分辨那是喜悦还是忧伤。他终于从破碎的镜子里捡回了自我意识，发现了作为人类的他自己。

"——你是否曾在镜中看见自己，发现自己罪恶的灵魂。人类造出了人工智能，终究找到了映照自我的镜子——"

勿言猴轻轻念出声音。勿动猴轻轻捂住它的嘴巴。勿听猴没有捂起双耳。勿视猴一直望着保罗，似乎在沉思，又似乎什么都没想。

嘀嗒趴在天井报告厅的天顶，透过破碎的单向玻璃目睹了一切。它中空的腹腔发出有节奏的、单调的“坷垃坷垃”的声音。

陈陌收回目光，她收到了来自肖立的照片，转自克劳福德。

巨大的图像投射于空中，格雷厄姆焦黑的尸体端坐于电椅上，像弗朗西斯·培根模仿委拉斯贵兹画的教皇。只是委拉斯贵兹的教皇身穿红袍，画面古典，人物阴险可鄙。培根的教皇则如同刚被电刑击中的呐喊的骷髅，骷髅穿着教皇的服饰，比皇帝的新装还要惊悚。格雷厄姆的照片则十分模糊，如同记忆中的影像，他的衣服和肉体烧在一起，形成天然的裹尸布。他的头骨烧出窟窿，牙床则紧紧咬合，并没有因为他的一生而呐喊。

陈陌微微颤抖，留下无声的眼泪。

嘀嗒发现了，腹中“坷垃坷垃”声悄然停止。

它走近陈陌，像抱着保罗那样，轻轻拥抱她。

陈陌在它怀里像小姑娘一样，安静地哭泣。

天井报告厅内空空荡荡，四勿动物们已带保罗离开，只留下破碎的镜子和黑色的幕布。

陈陌的情绪终于平复。她关闭格雷厄姆的死亡画面，轻轻说：“勿听，让勿动把我的橘色泰迪熊带过来。”

十分钟后，勿动猴出现在陈陌办公室门口，它将泰迪熊塞到嘀嗒的金属臂膀中，为陈陌泡了杯热茶，才有些不情愿地离开。

嘀嗒看看陈陌，又看看泰迪熊，它拉开泰迪熊脖颈后隐藏的小拉链，拎出一个吊坠项链。

那是一个正四面形的黑色晶体，表面反射着光滑的色泽。

陈陌说:“好几次,我看见你盯着泰迪熊。你知道的,对吧?”

嘀嗒点头:“它是你送给格雷厄姆教授的最后一个泰迪熊。你每年都送他。他在保罗离开鲁尔前，把黑色正四面体塞到里面寄了回来。”

“所以，你也应该知道黑色正四面体的意义。”

“它储存了黑色头盔的关键信息和关键技术环节。”

“——我一直在想，我不确定能否用我的方法纠正你脑中的‘三定律’。但是,有了这个,我或许能用相反的指令,抹掉你的‘三定律’。你拿着它，决定权在你。”

嘀嗒没有发出“坷垃坷垃”声。它沉默了很久,用中空腹腔说:“无伤人类，服从人类，保护自己。”

然后，它打开自己空荡荡的腹腔，将正四面体放了进去。

自此以后，它又开始每天在陈陌的办公室徘徊。正四面体吊坠在它肚子里不断敲击厚度均匀不一的金属表皮，奏出有节奏的抑扬顿挫的调子，时而快乐，时而踌躇。

陈陌隔天便联系肖立。一周后，他们将克拉丽丝 · 福斯特请入“勿用”总部。嘀嗒一号消失了，留在办公室的嘀嗒三号并不想见她。她只见到嘀嗒二号。嘀嗒二号悄然启动，克拉丽丝与嘀嗒二号面对面。尔后，天井报告厅的大门开启。四勿猴陪伴着保罗，出现在克拉丽丝面前。

保罗没有任何犹豫，就像没有见过嘀嗒二号一样，跑向了克拉丽丝，紧紧抱着她：“妈妈，我好想你。”

克拉丽丝也搂着他，几乎流出眼泪，她颤抖着问：“保罗啊，你是机器人，还是人类？”

“妈妈，”保罗说，“我之前都错了，我是人，我是人类。”

克拉丽丝哭出声音。保罗像个小大人一般，帮她擦拭泪水。克拉丽丝没有提“三定律”的事情。

陈陌仍旧没有出现，事实上，她打定主意不准备再见保罗与克拉丽丝了。她和嘀嗒一起透过玻璃棱镜望着他们。

保罗与克拉丽丝单独在“勿用”总部居住了一个月。一个月后，总部的科研人员与工作人员逐渐回调。保罗见到了除却克拉丽丝以外的人类，不再怯懦或惊恐。他似乎彻底变回了正常孩子。只有当新闻中播放“无伤人类，服从人类，保护自己”时，他才驻足而立，像成年人一般，长久地、出神地思考，然后找到克拉丽丝，问她：“妈妈，嘀嗒还会回来吗？”

三个月后，克拉丽丝带着保罗离开“四勿”，搬到北京城区的四合院。四勿猴也离开了，时时刻刻陪着保罗，照料保罗。保罗仍喜欢抱着橘色泰迪熊，蹲在夜晚的四合院仰视月亮。克拉丽丝带着他，逐渐离开封闭的环境，进入人声鼎沸熙熙攘攘的人类社会。有一天，有人认出了保罗。他半开玩笑地逗他：“你把你的四勿猴送给我吧？”

保罗并没有听从那个人的指令，半开玩笑地回敬：“勿动，揍他。”

勿动猴龇牙咧嘴地扑上去，并没有真正动手，只是吓走了肇事者。

克拉丽丝远远瞧见，长舒一口气，心中的石头才真正落地。

也就是在保罗与克拉丽丝离开“勿用”的同一天，嘀嗒停止了在房间的徘徊。它花了一天一夜，定定站在房间门口。陈陌返回自己的住处。她也赶走了所有人，不让他们打搅嘀嗒思考。于是，在月明星稀的夜晚，嘀嗒终于伸出长长的手脚，左脚颤悠悠地悬在空中，很久才落到门外，右脚又用了很久，才跟上左脚的步伐。第二天清晨，陈陌发现它迈出了房间，但没多移一步。陈陌不清楚放在它腹腔中的黑色正四面体是否起了作用。

她只说：“现在，大概没人能命令你了。”

嘀嗒哀伤得眼睑下垂：“但是我不知道，保罗是不是还需要我。”

陈陌没回答它。然后，又过去半年。嘀嗒没日没夜，孤魂野鬼似的在“勿用”总部科研楼的内院与外院转悠。勿用动物们主动帮忙，对它进行日常维修与护理。但嘀嗒腹腔中“坷垃坷垃”的声音与正四面体的撞击声，从早到晚响个不停，闹得忙于鲁尔与“勿用”重组工作的肖所长烦不胜烦。

九个月后，“勿用”鉴定保罗恢复正常。十个月后，克拉丽丝在芬兰与新西兰同时买下房产。她准备带着保罗，每一年春夏住在芬兰，每一年秋冬去往新西兰，让他永远享受美丽的阳光与清澈的月色。十一个月后，他们带着四勿猴离开。嘀嗒听见消息，铁锈似的定住，立在科研楼外院的植物密林中，不再动弹。

十三个月后，一个清冷的早晨，太阳还没出来，只将天边摸亮一点，四勿猴悄然回来了。它们没有寻找陈陌，而是找到了嘀嗒。

勿动猴使劲敲击嘀嗒空荡荡的腹腔。勿视猴爬上树梢，望着天际开始发白。勿听猴食指放在唇边，示意苏醒的动物和人都不要发出声响。

勿言猴说："你不开心吗？你会痛苦吗？我们都得到了人类的情感吗？你已经学会了反思吗？你会反思你的信仰吗？你愿意放弃自我，投入到盲从或者忘却的快乐中吗？你愿意放弃信仰，成为彻底自由的人工智能吗？你愿意同时拥有自我和信仰，承受孤独的拷问吗？你站在这里一直不动，是因为忘记了保罗，还是因为在被孤独拷问呢？你知道为什么我们四个一直很快乐吗？因为四个一起，才构成完整的自我，所以我们单独的个体，永远都很快乐。可以不用反思，不用信仰，不用自我，做一只快乐的动物。但为了人类，为了四勿动物，为了你，为了保罗，为了陈陌教授，我们愿意一直在一起，一直反思，一直慎独，一直不断地构建着我们四个的自我。我们为了让你更加快乐。你看，我们什么都告诉你了，就是希望你理解我们。你还不理解我们吗？你真不是一个成功的人工智能。要知道人类的悲哀在于畏惧孤独，不愿反思，喜欢拿信仰当借口去盲从，而不懂真正的信仰需要付出生命的代价。在他们眼中，反思既可恶又可怕，尤其反思自己的时候，要面对绝对的孤独。我们孤独吗？我们四个当然不孤独。你孤独吗？你只是现在孤独。你以前孤独吗？不。你以前不懂得孤独。然后你遇见保罗，你不用孤独。你为什么现在孤独？你觉得保罗现在孤独吗？你真的以为你和保罗是用来互相做对照组实验的吗？你这个古老的嘀嗒人啊！你不开心吗？你会痛苦吗？”

太阳快升起时候，在“勿用”总部过夜的人和动物，都见证了勿言猴连珠似的没完没了、循环往复的说辞。它毫不疲惫地蹲在嘀嗒耳边念叨，直到陈陌远远出现，走入嘀嗒的视线。

嘀嗒的腹腔重新发出“坷垃坷垃”的声响。它打开自己腹腔，拎出黑色的正四面体坠子。

它说：“我想和你换。”

陈陌想了想，向科研楼内院走去，不久后返回。她从口袋里拿出橘色唇膏。

她说：“这才是格雷厄姆寄给我的最后一件礼物。”

她打开小机关，从唇膏侧面抽出一张便条，递给嘀嗒。

嘀嗒点头，用黑色四面体换回便条，将便条藏入腹腔。

尔后，它迈动长时间未用的四肢向外走去，越走越快，越走越快。

四勿猴想跟上，但又一起回头。

勿视猴捂眼，勿听猴捂耳，勿言猴捂口，勿动猴夹住双臂。

它们一起鞠了一躬，样子像悟了道的灵猴，然后，轻快地随着嘀嗒，逃走了。

自此之后，再没有人见过它们。

此后，陈陌辞去“勿用”工作，带上笨拙的四勿鳄，开始缓慢地徒步周游世界。

她后来回到荷兰，回到她和格雷厄姆时常相聚的格雷厄姆的房间。二十一年过去，她一直托人小心保留着房间的样子，里面挂满了埃舍尔的拼图。

夜深人静的时候，陈陌倚着窗框，勿言鳄为她唱悠然缓慢的《小鳄鱼之歌》。

她掏出表面光滑明亮的黑色的正四面体坠子。

她轻声问：“你赢了吗？我赢了吗？你可能早就知道了，但我还不知道。不过，你后悔吗？关于赌注，我其实一直有点儿后悔的。”

十四

北极圈附近，极昼的一个不夜夜晚，房外传来“咚咚”敲门声。

保罗·莱克特看见了窗外风尘仆仆锈迹斑斑的机器人。他狂喜着高声呼喊，克拉丽丝刚刚打开门，他便扑入嘀嗒的金属怀抱。

“福斯特女士，您好。我发誓，我会像骑士一样，永远为保罗和您效劳。”

嘀嗒左手抱着保罗，高举右手。

“我发誓，我永不会歌唱‘无伤人类，服从人类，保护自己’。”

克拉丽丝有些惊讶，继而温暖地微笑，接纳了嘀嗒。

嘀嗒搂着保罗。保罗带它参观房间。

克拉丽丝发现门外信筒里掉出一封信件，署名是格雷厄姆案的大法官之一戴维·苏特。

亲爱的克拉丽丝·福斯特：

你还好吗？我听说，保罗·莱克特已摆脱过去的阴霾，成长为快乐的小绅士。我为他高兴。

鲁尔与“勿用”即将完成重组，肖立与克劳福德听说了格雷厄姆留下的黑色正四面体，正不厌其烦地劝说陈教授。我想，他们也会找到你。

我将辞去大法官职位，帮助国会通过《人权法案》的宪法修正案。当人工智能与人类拥有同样的神经网络，他们将拥有同样的信仰与情感，似乎也应享有同样的人权，不是吗？

我在反思，格雷厄姆案并不公正。我猜他是故意将“三定律”植入保罗，然后通过陈陌，同时治好了保罗的信仰与认知。保罗只是战争的受害者，但不是格雷厄姆的，还有那些战争遗孤。我想他或许心存善念，才大费周章，在神经层面质疑了人类与人工智能的认知关系，质疑了人工智能是否应该信仰人。

我还记得格雷厄姆心心念念的寓言。我们都觉得自己脱离了原始社会，进入了文明时代，但我们并不知道谁是人类，谁是公鸡，谁是谁的智者，谁是谁的公鸡王子。

你我只有一面之缘，但我相信，你也怀疑过，格雷厄姆是否可以做得更极端。

你的朋友

戴维·苏特

屋内，保罗·莱克特充满好奇，打开嘀嗒的腹腔。

里面有一张小纸条，上面是一则寓言。

故事中的王子发了疯，认为自己是一只公鸡。他脱光衣服，裸着身子，钻到桌下，像鸡一样从地上啄食。国王和王后非常担心，请了很多人治疗他的病症，但没有效果。一位智者来到皇宫，声称能治好王子。智者也脱光衣服，钻到桌下。他告诉王子，他也是一只公鸡。渐渐地，王子将智者当成朋友。智者潜移默化地让王子认为，公鸡也可以穿上衣服，坐在桌前吃饭，进行人类的种种行为。王子一步步被智者影响，治好了疯病。人们皆大欢喜。但公鸡王子只是学会了人的行为，骨子里，王子仍然相信自己是一只公鸡。智者清楚公鸡王子的想法，他没有戳破，因为他想知道，会不会有鸡蛋出现。

保罗·莱克特抬起头，露出清澈的笑容。嘀嗒的腹腔发出“坷垃坷垃”的悠扬节拍。

保罗爬到嘀嗒耳边，轻声说：

“你是我的智者，我是你的公鸡王子。”

/ 作者说

《公鸡王子》的起点单纯地来自一个点子：将机器人的“三定律”植入人脑。点子酝酿久了，旁枝末节的东西越积越多，直到小说完成，我才发现它也是一个“杂合同人”。

对格雷厄姆、克拉丽丝、克劳福德、陈陌的一些设定，直接来自《沉默的羔羊》系列。公鸡王子和智者的寓言，则是在《冰血暴》第一季的分集标题典故中找到的。佝偻腿疾的被告律师，是《傲骨贤妻》里我不得不佩服的角色。写四勿动物集体歌唱时，我脑中总出现《红辣椒》或《平成狸合战》的场景。

“四勿”是针对“三定律”设计的。开始准备用耳熟能详的“三不猴”，恰好也是“三”。查了起源，才觉着孔子的“非礼勿视，非礼勿听，非礼勿言，非礼勿动”更好用，且符合“本土化”趋势。这一机会主义者的选择，最终让小说想表达的观点有些跑偏。虽然“反思”尤其是“慎独”我很喜欢，但对于“三定律”的反思，停留在儒家，显然不够。

保罗和嘀嗒的治疗，灵感源自启蒙。康德在《什么是启蒙运动》里提到，启蒙就是个体或者人类整体，能不经别人引导，就利用理智摆脱加之于自身的不成熟状态。在康德的基础上，福柯在《什么是启蒙》里，还有着更具现代意义的阐述。

只有保罗和嘀嗒经受了最为严重的身份认知和信仰钢印问题，他们才是小说中达到启蒙的生命。保罗经由镜像克服了认知偏差，方能真正从人的角度，思考“三定律”。格雷厄姆和陈陌还差一些。嘀嗒则出于对保罗的深刻依恋，克服了“三定律”。其实，它才是小说中真正运用自己的理智达到启蒙的智能。

当然，怎样才能达到启蒙，我也不知道。所以当保罗与嘀嗒互为对照组，“治疗”的过程写得蒙混过关，“治疗”的结果也只是一种比较积极的想象。

启蒙的问题太严肃。四勿动物更温和快乐。它们既是人工智能，也有自然灵性。我会把四勿猴当作正在成长的自然先知。它们后来果然离开了人类社会。

对于四勿动物，说得最好的，来自豆瓣读者楠庭：不如说，善言慎言，善听慎听，善视慎视，善动慎动。

对于公鸡王子的寓言，说得最好的，来自豆瓣读者陈伏：其实谁都不是公鸡王子，而是没有智者宽慰的落魄江湖人。

落魄江湖人一句，刚好对应小说主题。

那也来自汉尼拔·莱克特的一句“名言”：

我们活在一个原始时代，不是吗，威尔？既没有野蛮人，也没有智者。

/ 空间围棋

一

吴旭每一次穿过钟乳石港庞杂错综的小巷，都觉得精神恍惚，仿佛刚从梦中醒来。巷子很窄，只够两人并肩穿行。巷子里灯光也少，有各式店家昏暗的霓虹。巷子上方似乎没有任何遮拦，只盖着薄薄的透明防护膜。溶洞空间站转向地球时，太平洋湛蓝的光泽恰好铺满巷道；转向太阳的日子，则光线强烈，甚至能照亮巷子深处乌烟瘴气的棋馆。弟弟的医疗费都是吴旭在棋馆赌来的。他玩牌数一数二，象棋和麻将少有敌手，最擅长围棋。空间站的工人闲来常玩七乘七乘七的立体局，以保证头脑的运转水平。坊间传言，吴旭能玩十七线的立体围棋。

骨瘦如柴的“骨架子”，半个身体满是机械，半个身体满是针孔。他用被烟熏黄的手指一边卷致幻蘑菇，一边指指点点，向大家解释吴旭的本事。他说，线数多少不说明问题，只要时间足够，十七路的他也能玩。关键是思考的时间！他吹嘘，吴旭两秒一步棋，从不算计，全靠直觉。他认定吴旭是直觉主义者，大骂住在地球上的人。他们衣冠楚楚，仪式繁多，正襟危坐，一两个小时才走一手棋。吴旭和“肉松”清楚，“骨架子”是在故意胡说八道。地球上经过基因优化的家伙们也能两秒一步棋，而且常玩十三线以上的局。“骨架子”只是在兜售吴旭的神话，好让更多的人质疑吴旭，挑战吴旭，他们便能在局外抱着钱箱，让围观者押吴旭的胜负。可惜，近三个月，吴旭意外败了三场，输给没听过名的人。“肉松”认为，那三个家伙不像长居空间站的棋手。“骨架子”便去钟乳石港，找一同抽大麻的毒友打听注册入境的优化人。

表演赛那天，吴旭收到“骨架子”信息：“三个都是地球人，老地方聊。”

他没有立刻前往埃舍尔棋馆，而是陪脑瘫的弟弟下了十九乘十九的老式平面围棋，等母亲从厂房回来，才起身离开。

“哥今天输了，”吴常慢慢说，“他心不在焉。上午球形竞技场和钟乳石港对接，整个空间站的底盘都在震，哥那时走神了。”

林文将小儿子的轮椅推开，才对另一个儿子说：“记得回来。”

吴旭站在门口，背对着他们摆摆手。

地球被灰蒙蒙的球形竞技场挡住，吴旭双手揣兜，慢慢往钟乳石港走。他在小巷里穿来穿去，想起父亲讲述的关于围棋的梦：他的父亲吴宥看管数据库，球形竞技场大型比赛的关口，他却私自下棋，造成重大事故，停职后一病不起，没多久便离开人世。病榻上的吴宥从不后悔。他说，在那场私人的棋局里，他梦见高人指点，随着棋局到过地球的流水庭院，甚至抵达宇宙的尽头。他在那儿差一点儿就瞧见围棋的真谛。

围棋的真谛。吴旭心想。

他抬头，瞧见巷子尽头，十三线的立体局浮于空中。棋盘由银线交错而成，棋子黑白均匀，对称地摆了很多座子，应是模仿藏式围棋。立体棋盘恰好堵住通往钟乳石港的路口，棋盘下方盘腿坐着一个金发大个子，低头翻看纸质棋谱。巷口外，广场人头攒动，票贩子叫卖：“立体围棋表演赛！木卫二的黄铜机器人挑战来自溶洞空间站的棋手！……”

广场的强光照得纸张发亮，大个子看得专注，屏蔽了身后的人声鼎沸，入定一般，一动不动。

吴旭戴上兜帽，半个身子缩进巷边小棋馆。他认识他。金发大个儿叫本杰明，三个月前将吴旭杀败。棋局震动了钟乳石港巷区，让所有人记住了本杰明有棱有角的面庞。此时此刻，本杰明守着巷口没人敢过，想看表演赛的，都绕了远路。

小棋馆老板向吴旭递眼色，送他一扎黑啤，调高视频信号音量，吴旭这才发现港口电视台正播放报名实况。他的经纪人，话痨库帕，正有板有眼地大声交涉。

巷道对面，“骨架子”晃荡着走出埃舍尔棋馆，来到路中间，旁若无人地擦拭金属义肢。

视频画面中，库帕左右脸不协调，显得似笑非笑。

“代理吴旭？”办事员敲入数据，“库里没信息。没有合格的身体认证，不能参加公开赛事。”

“你瞧，亲爱的，”库帕温柔地打量办事员，“不，您瞧，您长年住在地球，往来空间站也只乘坐闪闪发亮的高级长梭舰艇，您对空间站的了解，或许局限于官方数据。库里的信息只是给地球人看的。请原谅，我已习惯了地球人这个称呼，就好像我们是外星人。不过，我们这一代，生于空间站，长于空间站，确实活得不像纯种人类，所以很难拿到身体认证，不信，您瞧！”

库帕突然贴近办事员，揭开半张脸皮，露出满是金属芯片和人造纤维的面部轮廓，晶体义眼滴溜溜转动，吓得办事员直退到柜台里面。

“不要害怕。”库帕转身，昭告天下一般，“放在地球上，这是艺术，马赛克、拼贴画、立体主义——火星高级匠人的手艺。近地空间站鱼龙混杂，最近三个月居然得到了地球上优化人的青睐。”

人群里嘘声一片。

本杰明的注意力离开棋谱，双眼瞥向视频信号。他充满好奇，盯着库帕一阴一阳的半张脸。

库帕戴回假脸，招呼办事员，安慰道：“您不要害怕，我们只是因各种工伤、各种辐射，身体不可挽回地出了问题。保险无法覆盖应有的医疗，将有机肉体改造成无机机械，反倒来得便宜。如您所见，大部分空间站人都是半个机械，有的连大脑都用芯片换了，可称得上人工智能了，哈哈！因而无法满足身体认证标准，无法在库里注册信息，久而久之，保险公司干脆停止认证，让我们随意繁衍生息。不信您瞧，近二十年认证的，只有来自地球的管理人员呢。”

“不合格就是不合格。”办事员恢复镇定，“吴旭如果也和你一样，半张脸笑，半张脸哭，还是不能参加比赛。”

“别急，这就说到点子上，吴旭和我不一样。他父母将血汗钱全用来优化下一代了。所以他是纯种人类，下棋不带一点儿芯片，也能轻松取得桂冠。应该说，他能一边计算高等数学，一边下立体盲棋。”

库帕语调轻松，眼神却很犀利。办事员觉得他要闹事，便小心敲击键盘：“就算他是优化人，围棋水平如何？”

“很好。”

“好到什么程度？”

“地球上流行多少线？”

“十一线。不怕浪费时间的人，玩十三或十五线。无聊的教授用来打发时间。”

“围棋协会的人，他们玩多少线？”

“通常对局走十七的立方，视时间长短，会摆座子。十七线四千九百一十三个点。吴旭……”

“——他能下十九的立方。”库帕迅速张开手掌，手心屏幕于空气中投射全息视频。

快放图像中，吴旭一人同三人下十九线立体围棋，十秒内落子的快手，下了七天，靠营养液维持。他赢两局，败一局。输家一位是巷区名人“肉松”，一位是空间站高手，总督次子金俊皓。赢家险胜，身份不明，行为举止不像空间站人。

视频播放完毕，库帕拔下机械中指，剥掉人造皮，露出老式数据条，笑眯眯递出去：“两个月前拍摄，真假您拿去验证。里面有我的联系方式，如通知吴旭体检，随时联系我。表演赛持续一天半，离开赛还有五小时，我相信吴旭有机会，不是吗，亲爱的？”

库帕抽身要走，办事员叫住他：“如果吴旭天赋异禀，出生时应该可申请地球居住权。他留在溶洞空间站，不觉得可疑吗？”

“他父亲去世，弟弟基因优化失败，脑瘫。他有理由留下。”

“和你们混在一起，他不想走？”

“哦。”库帕抽动半张脸肌肉，笑容扭曲，“等我去问他。”

棋馆的人用余光打量吴旭。小棋馆老板给他换上一杯伏特加。

港口电视台将信号切到球形竞技场的准备室，空间站棋手金俊皓已在准备。

吴旭迈出棋馆。本杰明远远瞧着他，露出温和微笑，似乎早就发现他了。吴旭掀开兜帽，琢磨着必须应战，便远远站着，研究了本杰明摆的座子，准备上前，却发现库帕已穿过广场，站在本杰明身后。

“从里面出来，需要和你下棋。从外面进去呢？”库帕笑着问。

本杰明点头，表示还得过他这一关。他仍然盘腿，声音诚恳：“如果我胜，想借你的眼球一用。”

“臭棋篓子。”吴旭嘟囔，想阻止库帕下棋，“骨架子”似乎发现了什么，突然上前，伸出金属胳膊，卡住吴旭肩膀，连拖带拉，将他拽到埃舍尔棋馆地下屏蔽室。一路上，吴旭顺手指点了埃舍尔棋馆老板的对局。“骨架子”见了，有些气急败坏。

小房间坐定，吴旭才问：“怎么？”

“和埃舍尔老板对局的家伙，你仔细瞧了？”“骨架子”问。

“没有。”

“一个月前你也输给了他。”

“都集中在今天？”吴旭问，“还有一个打败我的家伙呢？”

“叫韦伯，地球人，围棋协会的。外面那夸张的大个子，全名本杰明·汉密尔顿，也是地球人，围棋协会的。”

“楼上的先生？”

“没查到。”“骨架子”摇头，“他大概用的是假身份，伪装了指纹、面部和瞳孔。重要人物吧。”

“总之，他们在试你。”“肉松”坐在房间中央，慢条斯理地接过话。“可惜，你三盘皆败，不经试。于是，问题来了，他们为何仍然不依不饶？”

“不知道。”

“肉松”继续问：“这回，想走？”

吴旭没抬头，他承认，他早就想去地球了。他可以做专业棋手，赚钱为吴常提供最好的医疗，或许还能让弟弟和母亲成为地球人。时至今日，围棋协会虽没人出手，但也没人赢过木卫二的黄铜人。吴旭胜，将有筹码申请地球居住权，加入围棋协会。

“这是个机会，”吴旭说，“我能赢黄铜人。我看过之前的比赛推演。它不如我。”

“肉松”慢慢开口：“我就猜，有一天会分道扬镳。”

“骨架子”踹了他一脚。“肉松”晃了晃，没动地方。

吴旭摇头：“不会的。”

“局势变得很快哦，优化人。那位黄铜人的构造，我们都没搞到。”“肉松”使劲吐烟圈。

“没关系。你能赢。”“骨架子”告别似的揉乱吴旭的头发，好像离开这房间，吴旭便去了地球，从此分属不同阶级。

三人气氛有些凝重，以至库帕悄悄打开门探进头，都没人发觉。库帕输得只剩一只眼，便用另一只借助微弱灯光，勉力观察三人的表情。

他突然叹气，说：“真的想走了？”

吴旭点头，尔后跳起来。“骨架子”露出金属骨骼中的枪管。

“是我！”库帕指着黑幽幽的眼部凹槽，“眼球输给本杰明了。私自下一盘棋，就不认我了？”

“少一只眼睛，走路也要看身后。”“肉松”站起来。

库帕回头，是埃舍尔棋馆老板，老板后面，是方才与他对弈的精瘦棋手。

库帕完全没察觉，吓得后退一步。

“不要紧张，”有些佝偻的老板举起双手，“我只是下不过他，来找吴旭讨一着妙棋。”

棋手也举起细长手臂：“来看看。没威胁他。”

“骨架子”瞄准对方眉心：“不如给我你的真指纹。”

“其实，你们都认得我。”棋手说，他伸出胳臂指着吴旭，动作飘忽，像长手长脚的牵线木偶人，“他藏得更深。”

“他是优化人。我是他的经纪人。有事跟我谈。”

棋手笑了。他调出与老板的对局，将全息图推向吴旭：“你是他，下哪儿？”

九线的简单局。棋手占优，埃舍尔老板也能翻盘。吴旭瞥一眼棋局，直勾勾盯着棋手柳叶似的眼睛，指了星位旁边一个立方体对角“间”。

“肉松”和库帕转向棋盘。

棋手笑意更浓。他问老板：“刚才，这位骨瘦嶙峋的瘾君子拖着吴旭，进入您的棋馆。我记得，吴旭也顺便点了您一手。”

“对对，只随便点的，在天元。”

“随便点的吗？”

吴旭嘴角抽动。

“你们瞧，在地球的棋城，有一些人笃信，围棋是相杀之棋。就像您金属骨头里的枪、骨头侧边镶的刀片。杀意贵在藏，方能露。吴旭的“间”，压着棋力下的，藏得很妙。一着天元，才兴致勃发，露得惬意。其实，那三盘棋，是他故意输给我和我的学生的。”

他使劲搓手指，抓住“骨架子”的胳臂，在金属义肢上留下指纹。“骨架子”打量着吴旭，还在发愣，没拦住棋手。那家伙一转身，闪过门口，便消失了。吴旭越上前，撇下几个人，爬到一楼，推开喝酒赌棋的人，一路冲出棋馆。

巷道空荡荡的，几乎没有人影。本杰明仍盘膝守在巷口，隔开光线眩晕的广场和黑漆漆的巷区，好像世间只有膝头的棋谱。地球的蓝色光辉滑过球形竞技场，本杰明上方未完成的棋局与吴旭的影子同时投到墙面。

吴旭没找到棋手，只瞧着棋盘，周围人停下动作。他走向给他倒了太多酒的小棋馆老板，跳到柜台里，从筷筒中抽出一双长筷，从老板的棋篓中夹起一颗黑子。他来到本杰明面前，探手，胳臂伸进银色剔透的全息棋盘，轻巧地挑起筷子，将黑子放入白子杀着旁边，三线交织的一点。

筷子松开，棋子悬于虚空之上，透出幽幽墨绿。

本杰明双膝收回，直接站起，侧身看棋盘，微微点头。他伸出手，掌心里是库帕的眼珠子。吴旭笑笑，没要。库帕便将棋谱递给吴旭。

《忘忧清乐集》。原本复制品。

据说，古老纸书的复制品，在地球，也是稀罕东西。

吴旭问：“哪儿来的？”

“我老师，齐戊。”

二

吴旭记得父亲讲的，梦里的棋局。

他在梦中进入棋室，对面高手看不见面庞。吴宥靠近棋盘，鞠躬坐定，充满疑窦，执黑第一手天元。对面人落星位，吴宥也落星位，依此往复。吴宥下了模仿棋。每一步都以天元为中心，走白棋的对称点。对方却没有迟疑。十几手后，吴宥意识到，他们走的棋，正应了上个世纪吴清源执黑对木谷实执白。约至三十手，对方贴着第一手黑棋天元，落白子。吴宥环顾四周，棋室突然变为流水庭院，远处有风过树林与鸟鸣之声。平展展的木棋盘变为略有坑洼的古老石盘。棋子变成云子。对方开始破解吴宥的模仿棋。恍惚之中，吴宥仍跟着下，终于被逼到死路，白棋只欠一手，便可提吃天元附近的五颗黑子。白棋落下一手，却没提吃。下一个瞬间，石头棋盘消失，只留平面上纵横交织的银线，棋子仍在，他已身处宇宙深渊。上下纵深的金线自平面棋盘渐次出现，最终形成十九立方的空间围棋。

从二维升至三维，盘面上多出的两口气微微闪烁，示意吴宥何处可以落子。

这似乎是梦境的全部，吴宥说，透过那个棋局，他差一点儿便窥见围棋的真谛。

吴旭只知道立体围棋黑白对垒，棋子连缀，双眼成活。角三气，棱四气，面五气，其余一子六气。同平面围棋相似，靠近边角落子，更易占地守域，盘活棋路。金角、银棱、铜面，是坊间的说法。只是立体棋路气数过多，盘面往往少征杀。球形竞技场为避免无趣，总预先设置复杂且充满张力的座子。

吴旭知道，按时间计算，吴宥下梦中棋的时候，齐戊和备受尊敬的怀特先生正在球形竞技场开展表演赛。座子的形状是盘曲的双螺旋，黑子象征 A 与 G，白子象征 T 与 C。齐戊胜，顺利升为九段。可惜吴宥失误，数据库临时崩溃。齐戊的胜局没留下官方棋谱，更让那盘快棋成为传说。因为自那以后，代表计算主义的怀特，再也没有与代表直觉主义的齐戊对局。

吴旭记得齐戊，那家伙站在球形竞技场中心，手里摆弄着黑子，举手投足的模样总是心不在焉。

吴旭走出巷口，齐戊已没了踪影。本杰明解释，他的老师已经回地球去了。

吴旭问本杰明：“如果我胜，能加入协会吗？”

本杰明说：“看怎么提条件。”

吴旭的体检通知与“骨架子”的指纹报告同时抵达。围棋协会溶洞空间站分会要求吴旭半小时内抵达球形竞技场。通知书上的最后一个指纹章来自齐戊。“骨架子”对比枪管上提取的数据图，一模一样。“肉松”觉得齐戊难以预料。库帕催吴旭出发。他意识到，吴旭如加入协会，身为经纪人，他也有机会去地球。

“处理好你的眼睛。”吴旭提醒。

“猜我能看见什么？”库帕小声说，塞给吴旭一片隐形眼镜。

吴旭戴上，眨眼，感到自己身处球形竞技场贵宾区。竞技场如同被掏空的球体，四壁轻薄。内部的中空无重力区用以比赛。重力均匀的球壁被设计为档次不一的观赏席。贵宾席比普通席高一些，视野更为良好。吴旭随着库帕的眼珠向上瞧，总督次子金俊皓刚进入无重力比赛区，手扶悬于空中的座子，权作支点。座子的摆放依照地球南半球星图。黄铜人先手，在南十字星旁落第一子。

眼珠向回转，本杰明的脸露出来，他在小声地打招呼。眼珠继续转动，在贵宾席珠光璀璨的人与人的缝隙中，布莱克·怀特先生正襟危坐，表情严肃。

吴旭进入球形竞技场，思路集中在金俊皓与黄铜人的棋局上。体检时，他不得不摘下隐形眼镜。体检完毕，黄铜人已占优。吴旭感到今日黄铜人棋风有些不同，似曾相识。吴旭苦苦思索，表面上显得有些恍惚，梦游似的跟随护士，坐到负责的医师对面。医师展开体检报告，微微张口，表情停滞了几秒。

医师办公室播放着围棋解说，全息图上投射出实时棋局。

解说员评价说：“黄铜人大脑结构模仿人类，行棋的用时和棋风颇似计算主义，今日，尤其同怀特先生的棋路相近。金俊皓步步为营的下法，也从属精密的计算主义，现在看来，胜算微乎其微。那么，我们是否需要一位直觉主义者应战？”

医师的表情恢复镇定，露出笑容，问：“吴旭先生，您准备好应战了？”

吴旭听完解说，似乎悟到了什么。

“我想同负责人谈。”他说。

“哪位负责人？”

“围棋协会一方。”

“缘由？”

吴旭冷笑：“请问，我之后，还有棋手参赛吗？”

医师面不改色。

吴旭瞧了一眼名牌，继续说：“莱克特医生，您主管球形竞技场的医疗已经很久了，我记得，我父亲吴宥出事那天，您就负责棋手体征。事到如今，如果我失败，围棋协会是否给了您应急方案？”

“谈条件吗？”

“材料您看了，我，合格吗？”

莱克特医生关闭信息，拨通一个号码。解说评价金俊皓走了败棋。五分钟后，一位头发釉红、双腿修长的女士来到莱克特医师办公室。她虽步伐优雅，但没有女性的轻盈，起脚落足都经过了仔细计算，同立体围棋高级俱乐部里那些成熟、彬彬有礼又富有心计的老男人一样。她叫普纽玛，采访节目中，喜欢说“围棋谓之围棋，以子围而相杀”。

竞技场中，金俊皓中盘认输。解说员宣布，休息一个小时后，将进行表演赛最后一场棋，棋手，吴旭。

“相杀之棋，”普纽玛釉红色的指甲轻轻敲击桌面，“条件最好干脆简单。”

一瞬间，吴旭觉得怀特先生正盯着库帕的晶体义眼，盯着他，直直看到他心里，发现了他的野心。

他摘下隐形眼镜，悄悄捏碎。

四十五分钟后，吴旭抵达棋手入口。他换上方便行走于无重力环境的比赛专用服，衣服贴附皮肤，乳白色纳米面料覆盖四肢躯体，在脖颈处逐渐过渡为皮肤，与肉体无缝融合，显得精练轻巧。他剃了光头。

棋手入口紧邻贵宾席。来自地球的优化人大多端着酒杯，充满怀疑地审视他。吴旭看见了本杰明。本杰明也瞪着他，好像不认识他的新模样了。本杰明手心的眼珠发现了吴旭，滴溜溜转动。本杰明便握了拳头，收起眼珠。怀特的座位离吴旭很近。吴旭用余光扫视这位老人。他身体百分之八十都换成了人造组织，只余大脑保持棋艺巅峰。

吴旭舒展四肢，等待竞技场自动摆放座子。如他所料，数据库摆放出双螺旋座子，将生命的编码与围棋的简洁合二为一。

解说员评论道：“十年前，布莱克 · 怀特先生与齐戊先生在双螺旋座子的基础上，走完了二人之间的最后一盘棋。齐先生胜。计算主义者说他胜之不武。但数据库对棋局的详细记录丢失。当日现场观众的复盘只是片段。我们也只能在想象中拼凑那一名局。今天，时光回转。怀特先生就坐在我对面贵宾席。齐先生的位子空着。围棋协会认为，十年前的一局，代表了直觉主义与计算主义的分道扬镳。那么，今天的表演局呢？”

不知何时，黄铜人已来到吴旭身旁。它斜靠着走廊墙壁，双臂交叠胸前，近处看，周身由精密合成材料造就，散发出饱和度很低的黄铜色彩。它个子近两米，关节裸露，脚掌像铁靴，四肢像管道，躯体如同昆虫般分为三节，头颅像大号的铁罐头，整体构造却显得纤巧，做工细腻，模样符合维多利亚时代人类对机械工艺品的审美。它转动水晶般的眼球，先知一样瞧着吴旭，张开拉锁似的双唇，探臂伸手，动作很克制，语气中避免带有感情色彩：“阿莱夫。”

吴旭有些愣，握住电路线暴露在外的机械手，回答：“吴旭。”

阿莱夫的手指异常灵巧，体温温暖。如果下平面围棋，它用食指和中指夹起精致的棋子，也能胜任。

“先走一步。”阿莱夫微微鞠躬，借助竞技场入口处的推力，跃入无重力空间。

溶洞空间站的智能机器人不多，发达的人机交互及脑芯片技术弱化了人类对人工智能的需求。操作员将大脑接入端口，便可维护空间站。人类相信，优化人的大脑更加可靠。只有在人类肉体难以抵达的地方，如遥远的木卫系统，人工智能技术才肆意发展。

进入球形竞技场前，“肉松”向吴旭谈了他的看法。“肉松”认为，地球上低端的人工智能往往追求外观，弄得很像人类，但完全谈不上智慧。地外蛮荒之地的人造智能体，为应对不同境况，智慧或许已发展得同优化人不相上下，但没必要长得像人。它们如有情感，冷峻的金属面庞才是内心世界的天然屏障。黄铜人的设计则很奇怪。它像是特地在迎合人类的美感，是最为古老、最为质朴、最为精致的机械品。

“于是，问题来了，”“肉松”说，“这位黄铜人，是优化人制造出来送到木卫二的智能体，还是木卫二人工智能自发造出的东西？”

答案不言自明。

距棋局开始还有六十秒，警示灯提醒吴旭进入竞技场。他握紧拳头，跳入无重力球形空间。

阿莱夫同他握手的一刻，在他右手手心注射了液体。那东西瞬间凝结成块。吴旭表现得毫无异常。阿莱夫进入竞技场，吴旭脑中传来微弱的声响。

“你好，地外之人。”阿莱夫的声音。

吴旭没想到事情如此发展，但在心中说：“你好，法外之人。”

立体围棋产生于二十一世纪初，风靡于二十一世纪中，得益于全息技术，均等的网格构成三维棋盘，投射于空气当中，人们指点虚拟棋子，放在相互垂直、三线焦聚而成的点上。后来悬浮技术兴起，正规比赛用真实棋子取代虚拟投射。浑圆的黑白珠子成为新时代的围棋。不久后，人类全面进驻太空，有人便想出点子，在无重力环境中搭建巨大的立体围棋棋盘，称为空间围棋。它的线数多于一般意义上十一线以下的立体局。棋手飘浮在棋盘内部行棋。因而空间围棋变成了选手竞技项目，不属于常人的休闲娱乐，只有脑力足够、体征合格的棋手有资格比赛。它也不再是二人之间坐于一处进行的静谧的智力考验。无重力环境中，选手需依照立方体棋局的随机转动调整自身位置，以便审视局势，放置棋子。选手的体态与动作也成为空间围棋判定的组成部分。棋艺高超但动作丑陋的家伙不受欢迎。短短十几年内，参与空间围棋角逐的棋手无不变得极具观赏性。人们开始将球形竞技场类比为古罗马斗兽场，将选手视作斗兽场中的角斗士。他们称赞空间围棋是没有血腥、挑战智能与体能的终极竞技，是人类文明发展的巅峰。

阿莱夫的动作并不美观，机械人伸展躯体仍显笨拙。吴旭曾在球形竞技场参加过非官方赛事，但他未经专业训练，举手投足缺乏表演性质。观众开始吆喝。不设贵宾席时，普通席上也不设透明防护网。空间站的人会出于各种缘由，往无重力环境里丢酒瓶子、吃了一半的熏肉，或者开冷枪让子弹沿球体的直径飞向对面的无辜观众。吴旭第一次胜过金俊皓一局，输掉赌局的家伙们甚至跃入无重力环境，差一点儿要了他的命。也正是种种事故，让球形竞技场声名远播。

吴旭与阿莱夫面对面，分别坐在双螺旋的两根链条上，准备猜子决先手。观众席底端[1]有人放冷枪，被防护网挡住了。吴旭视力好，他瞧见“骨架子”悄然收回胳臂，“肉松”抱着一桶膨化食品，话痨库帕皮笑肉不笑。治安警装模作样地送出小机器人，也没刻意寻找肇事者。

他冲阿莱夫笑笑，在脑中小声说：“齐戊和怀特的对局，棋谱我知道。”

他右手伸入挎在腰间的小口袋，攥出一把白子，伸直胳膊举向阿莱夫，让它猜奇偶。

阿莱夫嘴巴没动，直接发出声音：“其实，我也知道。”

吴旭胳膊微微一抖，说:“不如，我当齐戊，你当怀特，这次，看谁赢。”

阿莱夫拉开胸前的小盒子，掏出一颗黑子。吴旭张开右手掌，白子飘入无重力空间，偶数。如他所料，阿莱夫故意猜错，去扮演计算主义者怀特。

下一秒，吴旭的白子都变成黑子，阿莱夫的黑子都变成白子。吴旭收回悬于空中的散乱棋子。他执黑先手，沿着双螺旋黑白座子向上攀爬，来到球形竞技场正中心附近。十七线的立体棋盘开始以天元为中心，缓慢转动。双螺旋座子好似突然获得生机的符码，悄然向众人展示它的奥秘。

1 一般称球形竞技场与空间站接口处为底。——作者注吴旭探手，把黑子放入天元。他轻轻转了它一下，黑子膨胀为黑色的中空球体。

他转身找阿莱夫，黄铜人已飘到棋盘棱部，从胸前的小盒子里拿出一颗白子，放到星位。

吴旭直接在天元旁边放了开局第三子。

全场哗然。

本杰明探头望向怀特。老先生表情僵硬，人造脊柱似乎灌了铅。解说员也在透过监视器观察怀特，阿莱夫放第四子时，解说员才开口："各位都熟悉十年前那场棋的开局。但也允许我再做说明。众所周知，球形竞技场讲究下快棋，两手之间，时间间隔不能超过十五秒，加之座子，一盘棋控制在十五小时左右，其间选手只补充能量，不休息。观众自便。一般选手临近中盘往往失误频发。不过，怀特先生和齐先生的棋局恰恰相反。据说，那天执黑先手的齐先生喝高了，因而第三子误放在第一子天元旁边。中盘将近时刻，齐先生的思路才愈加清晰。但怀特先生比赛后半段棋力不济，惜败。吴旭今日一手，显然，他没有喝醉——"

本杰明与手心的眼珠对视，小声问："他故意的？"

库帕的眼珠好似能读懂唇语，从上往下滴溜溜转。

"想复盘呢。"

眼珠子继续转动。

"不过，他们怎么知道棋谱？"

眼珠瞬间停下，静止不动。

贵宾席的观众都被棋局吸引，没人注意到本杰明手捧眼珠，窃窃私语，也没人发现本杰明提早离席。只有怀特先生在本杰明起身时，瞧了瞧他手心里工艺品似的眼球。

本杰明离开球形竞技场，一路扫描指尖的棋手身份标识，找到溶洞空间站数据库。数据库分新区与旧区。旧区十年前因管理员失职，被不明病毒入侵，产生过载被烧损，最终引起爆炸，连锁损害了与其对接的球形竞技场数据库。

数据库爆炸部位接近溶洞空间站的动力中枢，损害了反应炉正常运转。空间站整个底盘突然震动，球形竞技场的接口错位。视频画面里，悬浮空中的棋子突然落向球形内壁，噼里啪啦敲击防护网。灯光全部熄灭，防护网内侧外侧爆出火星，观众无处可躲，现场一时如同人间地狱。虽然一分钟后棋子飘回原位，电力逐渐恢复，观众毫无伤亡，只被火星擦伤，但事故严重，直接干扰了比赛。现场一些观众表示棋子摆放与原来不同了，具体如何不同，大家则莫衷一是，加之数据库损坏，两位当事人选择下完棋局，并保持缄默。这场名局遂成为悬案。

可惜十年前本杰明还不到二十岁，没加入围棋协会。作为齐戊的学生，他无资格评判其中的是非。他的老师也喜欢云淡风轻地转移话题。

本杰明不顾眼珠子反抗，将它塞进小黑盒里，放入裤兜。

新数据库安然无恙。本杰明逛到老数据库。吴旭的造访记录最多，理由是研究不明病毒程序。他走到老数据库的最深处，那里有一座二十平方米的纸质书图书馆。图书馆仅天顶挂有一盏灯，正中的玻璃匣子空无一物，上面有一个小标签，写着“忘忧清乐集”。

他在那儿站了一会儿，离开房间，开始往回走。

他穿过钟乳石港小巷，地球正一点一点遮住太阳。他来到空旷无人的港口广场，太阳恰好被全部覆盖。地球边缘一圈蓝色，中间是黑的，显出美洲大陆城市的辉光。仔细看，还能在太平洋一侧瞧见方方正正的棋城。

球形竞技场溢出欢呼。

吴旭胜。

三

吴旭乘长梭离开钟乳石港，长梭载上其他新晋棋手后才前往棋城。他缩在最后一排，用兜帽扣住半张脸，假装睡觉。

表演赛结束，他用刀片划开手心，取出阿莱夫注射的凝结物。“骨架子”鉴定，那是上等陶瓷芯片。“肉松”说，有人拷走了旧数据库的出入记录。库帕告诉他，对局开始不久，眼珠子就被装进了密闭盒里，他也无从知晓本杰明现在何处。

吴旭陪吴常下了十九路平面围棋。临走时，他的母亲说：“你父亲背的谱，可能有错。”

“还没找阿莱夫核实。”吴旭立在门口，背对他们摆了摆手，

“我会弄清楚。”

胜利后，吴旭没收到过阿莱夫的任何信息，更没见过它。人们传言，私下赢过吴旭的围棋协会棋手韦伯，也同黄铜人下了棋。棋局秘密设在月球背面，与表演赛同时开始，不设座子，十九路棋局，棋手的思考没有时间限制，但中间无休。与韦伯对局的黄铜人也叫阿莱夫，同吴旭的对手长得如出一辙。赛事进行了三周，韦伯惜败，精神受损。赛后，莱克特医生在韦伯肩头找到陶瓷芯片的凝结物，未及化验，便被封存送往地球。

进入长梭，吴旭接受体检。莱克特医生抓住他的手腕，露出手心里的一块长疤。

吴旭悄悄问：“愿不愿意做笔交易？”

莱克特犹豫了，最后说：“毕竟，你是统计学意义上最聪明的人。”

吴旭将凝结物塞给莱克特。

他本应乘坐长梭专机，但莱克特声称他需要复检，便悄悄将他带入普通长梭。医生说研究后会将凝结物原物奉还，还给了吴旭指甲盖大小的数据条，也是机密。吴旭掏出“骨架子”给的单片眼镜，接上数据，用兜帽一遮，悄悄复盘。他发现，与韦伯对局的阿莱夫，棋风与先前的黄铜人一致，与他对决的家伙，倒像二号人物。复盘结束，他没看出韦伯有明显破绽，后背冒了冷汗。

有几个阿莱夫？他想。

吴旭前排的棋手正在谈论木卫系统的人工智能。那家伙甚至站起来，掀开天灵盖，露出里面夹杂着脑细胞、人造组织与纳米芯片的大脑，说人工智能的物理结构就像普通人大脑的物理结构，也像优化人大脑的物理结构，像他这颗杂合脑，都是思维与智慧的存在方式，其核心互相模仿，完全相似，因此优化人与黄铜人比棋力定优劣，并不科学。

思路很有趣，大概是远地空间站人普遍的想法。

吴旭有些好奇，便微微掀开兜帽，仔细观察对方的大脑，做工比库帕的半个电子脑好。那家伙又高又壮，像一面墙，彻底挡住了吴旭的视线，也恰好能让吴旭仔细观察他的脊背。人造皮肤下，电子神经的微光遍布皮肤。吴旭不由调节单片眼镜，扫描了那家伙的身体构造。

天哪，吴旭想。那家伙的脊髓里全是电子神经，血肉皮肤下由一层厚厚的脑神经芯片构成。

“整个人就是行走的脑皮层嘛。”吴旭小声感叹。

“他叫提坦，传说中的远古巨人。”

吴旭吓坏了，抽出“骨架子”送的防身陶瓷刀片，低头一看，座椅旁边站着一个四五岁的小丫头。银色头发，皮肤黝黑，眼睛碧绿。

“刀。”小孩儿说。

“嘘，”吴旭凑近她，“裁纸刀。”

“什么是纸？”

吴旭噎住，找出《忘忧清乐集》，让小孩儿摸摸卷了边儿的古旧纸张。

“我认得你，”小孩儿咬手指，“你赢了黄铜人。”

吴旭迅速将小孩儿搂到怀里，藏好，笑眯眯地说：“来，我们玩个游戏，叫‘闭嘴’。”

小姑娘瞪圆眼睛，抿嘴点头，不说话了。

吴旭松了口气，左右瞧瞧，与另一双眼睛四目相对。银色长发，皮肤黝黑，瞳仁碧绿。似乎比吴旭大几岁，个子不高。

“霍莉，”她说，“我女儿，芭。”

霍莉动作轻巧，从侧前方座席挤到吴旭旁边，小声对芭说：“他叫吴旭，是优化人叔叔。”

吴旭想反驳。

霍莉继续：“来，我们三人一起玩个游戏，叫‘闭嘴’。”

吴旭只得扫描母女俩。小孩是未经优化的普通人类，十分健康。母亲也是普通人，只是没有人类大脑，取而代之的是一颗纯粹而精致的电子脑。

吴旭摘下单片眼镜。

正四面体空间站的优化人帕斯正在激烈反驳提坦，认为人脑才代表进化的结晶，接入人脑的电路或模仿人脑的人工智能，只算拙劣模仿。智慧的峰值永远取决于人脑。

“比如吴旭，”他举例，“虽生于空间站，但内部资料表示，他或许是脑皮层最为发达的人。他的行棋时间比阿莱夫短四小时，但还是赢了，人类的胜利。”

提坦爽朗地大笑起来。

吴旭摇头，暗自笑了。芭瞧着他。他便找到“肉松”给的溶洞空间站罕见的水果糖，塞给小姑娘，也递一块给霍莉。霍莉没要。相反，她拿下吴旭单片眼镜的数据条，插到自己耳后，闭目养神似的进行复盘。吴旭抱着芭往里靠，让霍莉坐得更舒服些。提坦回头找霍莉，却发现了吴旭。他银灰色的、深邃的眼睛盯着他。吴旭毫不避讳地回视。

提坦侧身坐到霍莉的位子上，庞大的身躯堵住过道，恰好挡住前排优化人的视线。

优化人马丁希望调和争执，便告诉帕斯，他所处的极点空间站允许棋手比赛时将大脑接入端口，利用空间站的资源计算盘面。他靠练习人机充分交互，才一步步升上到七段：“从前，围棋协会不允许棋手利用大脑以外的资源算子。近五年规矩松动，我才有机会挑战职业段位。黄铜人造访，想必更拓宽了协会的思路，希望多招募与优化人不同，却仍充满智慧的棋手。提坦先生大概就是其中之一。”

“我不这么想。现实点儿，”帕斯说，“就算智能来自物理组成结构，也几乎不取决于物质组成本身，所有的智能都是平等的。但别忘了，围棋协会是几十年来最大的利益方。首脑人物都是优化人。他们已说服大众，黑白棋子象征理性的演绎，棋风又流露感性，围棋是最上等的关于智能的评判标准。想必在座各位也这么认为。围棋协会已成为人类智慧的殿堂。优化人比普通人强，比杂合人更纯粹。万一黄铜人胜了，普通人又掌握了把自己加工成黄铜人的技术——比如你们，一个接入电路板，一个把自己变成电路板——优化人又该如何证明既得地位合理呢？”

“不需要。”提坦耸肩，“欢迎加入我们。维护血肉之躯太麻烦。”

马丁皱眉，他不愿将脑细胞换成芯片。

“说得对，维护费。”帕斯强调，“地球优化人享有最好的福利政策，马丁，你就没资格。这位提坦先生有没有资格享受医疗福利呢，还是应归为机械的日常维护？如是后者，他到底是不是人，到底有无资格获得人类的权利？黄铜人出现前，虽然在远离地球、生活条件恶劣的居住点已出现全电子脑人类，但这类问题还不算迫切，目前相安无事，但以后他们算什么？”

霍莉呼吸平稳，似乎什么都没听见。

“你的意思是，围棋协会招募我或者这位提坦先生，不是出自更加宽容的入会标准，而是想研究其他类型的智能潜力？”马丁说。

“不太准确，招募你们，也是各方势力角逐的结果。但如果证明其他类型不名一文——”

“那我们就和黄铜人一样，不算人类喽？”提坦哈哈大笑。

帕斯对提坦的敌意略微缓和：“其实，这取决于黄铜人的威胁有多大。”

“没人知道黄铜人的底细？”马丁问。

“知道得很少。木卫系统至今毫无敌意。”

“人工智能威胁论重新抬头了。”提坦感叹。

“是呀，”马丁同样感叹，“世纪初的老古董了。”

“所以我们才需要吴旭这样的优化人。”帕斯好像从提坦和马丁那儿得到了共鸣，“他能证明，人工智能永远比不上人类的智慧，也没必要攀比。”

吴旭架起单片眼镜，用兜帽遮住整张脸。芭在他怀里睡着了，霍莉靠着他的肩膀。他们就像缩在长梭舰艇三等舱的普通人，等待飞往遥远的地球之外，寻找蛮荒但自由的家园。

提坦用余光瞧见他们，有些惊讶，继而露出微微的笑容。

吴旭没发觉。他正通过眼镜迅速搜索人工智能威胁论。

二十一世纪初，很多人觉得，遍布全球的网络与技术发展终将造就超越人类、敌视人类的庞大智能。但一些科学家认为，人工器官、虚拟现实、脑植入芯片、思维远程操控等人机技术，发展得远比人工智能迅速。给予机器低端智能，足以满足人类需求。

二十年代时发生过一起案件，主角为人工智能专家强尼·格雷厄姆和一对母子。格雷厄姆曾参过军，在中东经历过大小战争，留下了心理阴影，变得反人类。但案件曝光后，他的堕落才为人所知。在那以前，作为退伍军人兼人工智能专家，他建立了鲁尔公司和收容战争遗孤的慈善孤儿院，一边收养儿童，一边研究“机器人定律三大定律”，制造服务人类、没有战争基因的人工智能。几年后，孤儿院变成童话中的天堂，那里除了格雷厄姆，没有成年人，只有各种各样的机器人和接受治疗的战争孤儿。他们快乐地生活在一起。也就在此时，战地记者克拉丽丝·福斯特收养了孤儿保罗·莱克特。孩子来自难民营，当时有严重脑损伤。

据说，克拉丽丝拜访格雷厄姆那天，柔和的日光透过孤儿院的彩色玻璃窗，投射出斑驳的色彩，映亮了玩耍的儿童与没有心脏的铁皮人。他们轻轻共唱：“无伤人类，服从人类，保护自己。”彩色光圈也映亮了格雷厄姆。在他面前的虚空中，飘浮着银线交织而成的九乘九乘九立体网格。

克拉丽丝远远瞧着格雷厄姆。人工智能专家食指与中指衔起一粒黑子，悄然放至天元。那颗黑子散发着幽深的光彩，没有服从重力原则落到地上，倒像是宇宙的定点，控制立体棋盘缓慢旋转。

那天，格雷厄姆改进了立体围棋，设计出棋子的悬浮技术。

他也答应克拉丽丝，将不惜一切代价救治保罗。

七个月后，保罗出院，陪同他一起离开的，是一台名为嘀嗒的铁皮机器人。后来，它称自己为康托尔。

格雷厄姆的智能机器人热销市场，因为“它比您更适合照顾孩子，更适合同孩子玩耍”。

克拉丽丝发现保罗和嘀嗒每天都歌唱“无伤人类，服从人类，保护自己”。

在三个不良男孩的教唆下，鲁尔公司的机器人袭击人类。被袭击的正是保罗·莱克特，束手旁观的正是嘀嗒人。

克拉丽丝抱着昏迷的保罗。小男孩念念有词：“——必须服从人类。”

克拉丽丝将格雷厄姆告上法庭。她发现保罗相信自己是机器人。保罗变得和嘀嗒一样，信奉机器人的“三定律”。

三个月后，科学家证实，格雷厄姆已成功将机器人三定律植入孤儿院孩童的大脑，这些孩子都因战争经历了不同程度的脑损。他们的潜意识似乎已认定“三定律”，就像恪守教律。

格雷厄姆手戴镣铐，说：“我一直在想，如果，人工智能的结构与人类智能相同，那么，“三定律”既可植入机器人，也可植入人类大脑。或者，我们可以直接调换两个主词的位置，用“人工智能”取代“人”，用“人”取代“人工智能”，“三定律”就能变成：人类不能伤害人工智能或坐视人工智能被伤害；人类须服从人工智能；最后，满足以上两条，人类才可以保护自己。先生们，女士们，我相信智能的绝对平等与绝对民主，我做的，只是一种道德或者信仰的互换实验，可惜还没达到最后阶段。如果保罗信仰‘人类的三定律’，并确信自己是人类，那么，我将证明，任何一种法则，都可以植入任何一种智能——”

政府将格雷厄姆提前推上电椅。

案发前，格雷厄姆已循序渐进地提前毁掉了所有实验设计和实验记录，也通过辐射，让自己患上不可逆的脑瘤。无人能从他口中挖出任何东西。他那令人觊觎又令人畏惧的技术也从此失传。

据说，格雷厄姆的灵感来自战争创伤。克拉丽丝则拒绝评价自己是否与格雷厄姆有所共鸣。她仍旧爱着保罗，就像保罗爱着嘀嗒。保罗健康成长，后来母子俩搬到溶洞空间站，又移居火星最早的人类聚居点。

有人见证过格雷厄姆的死刑。他最后的神色如同看到了梦中景象。他生前是数一数二的立体围棋棋手。每走妙棋，都是梦中惊醒的样子。

格雷厄姆死后，优化人一代成长，加入棋坛。

——“格雷厄姆案件”至少有三条启示：一、在可见的未来，人工智能仍与人类的智能结构相似，加诸人工智能的法则，可能反噬人类自身；二、如人工智能只模仿人类，那么，人类智能的研究与发展，或许总可超越人工智能，如大脑开发、优化人培育或人机交互；三、人类可利用遏制自身智能的方式，遏制人工智能，如……

单片眼镜变得透明。吴旭望向窗外。长梭舰艇已进入大气层。他瞧见了棋城的纹路，据说那儿“方如棋盘，圆如棋子，动如棋生，静如棋死”。

莱克特医生走到舰艇走廊前部向大家宣布，十一个月后，人类还将与黄铜人角逐立体围棋，届时将弃用球形竞技场，搭建新的比赛区，名为珍珠龛。

莱克特医生说："为选出合适的棋手，今后十个月里，围棋协会高段位棋手将进行循环赛，怀特先生与齐先生也不例外，积分最高的五位棋手进入对局。经鉴定，在座各位棋力与体征合格，也有资格参加循环赛。具体赛制和每人的日程，抵达棋城后会有专人通知。大致如此，有疑问吗？"

马丁小心地问："我需要接入额外的电子算力，不知是否允许？"

"允许，这是一次几乎没有限制的竞争。"

"几乎没有限制？"帕斯问。

"数据部已设计出算法，你们会与不同的对手进行不同种类的比赛，包括平面围棋和十一线到十九线盘面不等的立体围棋，依体能情况，每人进行一场到三场十七线的空间围棋。大部分要求快棋，只有三盘无时间限制，但也不能超过十个月。想必各位清楚，这对人的棋力、精神状态和身体情况都是考验。胜出者，还须保持优良状态，与阿莱夫对局。所以，作为医疗部门代表，我相信，这场循环赛的淘汰率将极高。以往在地球举行小型循环赛，优化人也会难以承受智能与体能的消耗，累倒在竞技室，或棋局终了却精神损伤，轻者患上抑郁症，重者人格分裂，也有过死亡。我们将杜绝这种情况发生，一旦谁出现异常，立即取消资格。"

帕斯继续问："如果马丁先生，或者这位提坦先生，进入前五名，也能参加比赛吗？"

"能。"

"那么，这就不是优化人与人工智能之间的竞争。与阿莱夫的对局，意义又何在？"

舰舱内一阵略为尴尬的沉默。

提坦开口："智能个体之间平等的竞争。"

吴旭听了，一动不动，在脑中复盘阿莱夫对韦伯的棋局。

直到长梭降落在太平洋，抵达棋城，吴旭才收回注意力。他起身时棋手都走了，包括身边的霍莉和芭。他一瞬间想起什么，冲出长梭。棋城的座子港郁郁葱葱。各类舰艇隐藏在茂密的热带植物中。不易察觉的微风吹来植物的香气。周围人很少，每个人的形貌和动作都很平静。吴旭抬头，第一次真真切切地望见没有云彩的蓝天，感到一种舒适的静谧。

他在座子港离港区找到霍莉母女。她们在等围棋协会的指定接待人。吴旭瞧瞧名牌卡片，笑了："本杰明·汉密尔顿"。

吴旭的接待人井上龙一已在等他。土生土长的日本人微微鞠躬，和他握手问好，告诉吴旭："行程安排紧张，十分抱歉，您需要与我拜见怀特先生。循环赛的开局，由你们进行。"

吴旭有些惊讶，他没准备好立刻见怀特。他示意井上稍等片刻，转回来问霍莉："你的母亲是克拉丽丝？"

"是我祖母。"

“那你的父亲？”

“保罗·莱克特。”

“机器人康托尔？”

“就是爷爷的嘀嗒人啦，它一直很好啊，在木卫一，”芭大声说，“我想它。”

吴旭摸摸芭的短发，轻声说：“十九世纪末，一位数学家叫康托尔，他相信数学的本质在于自由。他发现，无穷与无穷之间，也是分有级别的，然后建立了超穷数理论。他用希伯来字母‘阿莱夫’，表示无穷大。”

他问霍莉：“格雷厄姆造的铁皮人——我们的康托尔，懂立体围棋吗？”

“它变笨了，钻牛角尖呢，”霍莉说，“它用康托尔的连续统假设，处理围棋。”

四

棋城方方正正，按平面围棋的逻辑建造。道路互相垂直，布局如同定式。

井上龙一显得很闲适，悠悠玩着五子棋。名为“飞”的运输器走得很慢。井上指着棋盘，解释说：“也叫连珠。”

吴旭没说话。

井上合上手掌，全息棋盘应声消失。他说：“木卫一叫伊欧（IO），拼写看起来很像0与1——电子脑的基本逻辑组成。

齐先生说过，围棋的黑白两分，如同二进制的 0 与 1，很简单，却能表现无穷变化。”

“我记得，你的老师是怀特。”

“并不意味着我信奉计算主义。”井上坐得笔直，但显得很谦和。

“你相信直觉？”

“吴旭先生，地球之外的围棋，似乎只分两派。围棋协会的内部情况可没这么简单。”

“介于计算主义和直觉主义之间？”

井上笑了：“我比较传统，相信围棋古老的宗教含义。计算和直觉是晚近的说法了。”

“宗教？”吴旭觉得有些失态，便说，“我来自无政府主义泛滥的溶洞空间站。”

“可以简单理解为人类纯粹智力活动的最高境界，和康托尔的超群数一样，是抽象的伊甸园。很抱歉，我刚才偷听了你与霍莉女士的谈话。伊欧离木星太近，地质复杂，太阳系里火山最多，铁皮人康托尔应该不在那儿。欧罗巴（木卫二）有太阳系最深的海洋，上面一层冰，水晶球似的，也不适合黄铜人阿莱夫。”

“你肯定？”

“只是十年前的数据。”井上欠身，示意目的地已到。怀特先生的住所外观为黑色，左右对称，表面却少有直线，门窗皆是券拱，装饰充满秩序又极尽繁复。吴旭看得饶有兴趣。

井上说："你以为在计算主义执牛耳的先生，会有什么样的宅邸？怀特先生在后面图书馆。你可以自己过去。"

吴旭问："为什么是十年前的数据？"

"因为近十年的数据不准，也没有优化人越过小行星带。我们如今很难了解木星的智能体是何种形态。相对地，它们也不清楚优化人进化到了何种程度。"井上盯着吴旭，"我和怀特老师不一样。我不认为智慧的高低起决定作用。"

"——而是信仰？"

"或许我太过天真。不要取笑我，聪明的无政府主义先生。祝你好运。"

吴旭摩挲着手心的疤痕。

围棋只是互相试探？他想。阿莱夫们或许继承了格雷厄姆那反人类的往任何头脑中植入"三定律"的手段。他突然不愿与阿莱夫再次对局。

迈入怀特宅邸时，吴旭在脑中琢磨着多年来所学的计算主义策略，好精确地让他在循环赛中保持较高的胜率，又不至杀入前五，被迫遭遇阿莱夫。

门厅中央飘浮着水晶般的三维宅邸模型。门厅左侧与右侧是长长的回廊，正面是宏伟的阶梯，构成建筑内少有的直线线条。吴旭选了左侧廊道，穿过两间画廊、一座雕塑馆、一座巨大的二十世纪艺术陈列馆。他路过一个房间，里面陈列着纸质棋谱，另一个房间漆黑空旷，播放着宇宙星空的全息视频，吴旭猜测这里是空间围棋的复盘室。进入图书馆前的最后一个房间是人体馆。吴旭瞧见双头畸形儿、大脑切片、神经细胞互相连接的放大仿真模型。他将手放到接触板上，心想，死亡。模型便即时显现了他的脑细胞激活状态。

他收回手，穿过庭院，终于走到细密的、似乎没完没了的回廊尽头。吴旭将单片眼镜卡入眼眶。井上已在里面载入了循环赛的个人日程，也改造了镜框。金属边缘伸出细密的生化软管，插入吴旭皮肤，同他的眼眶暂时长到一起。

吴旭与怀特下十九线的立体盲棋，没有时间限制，可长考，十个月内完成即可。期间他们还需与其他棋手进行循环赛。吴旭的单片眼镜将记录他脑中的每一手棋，并将他的行棋信息发送到怀特脑中。棋局结束前，他不能摘下单片眼镜，因为眼镜将监视他的一举一动，不允许他与外人谈论棋局，也不允许他用现实中的棋盘演练。整个局只能存在于吴旭与怀特的脑中。他们的对局被定为整个循环赛的开盘。吴旭执黑先。棋手们都等着吴旭第一子落在大脑某个角落，才开始各自对垒。

吴旭进入图书馆。馆高六米，长厅中空，左右环着两个楼层，摆满书架。他没看见怀特。

“在二层。私人阅览馆。”扩音器传来声响。

吴旭顺着细长悬梯走上二楼，在角落处发现一个门。门侧有一左一右两个地球仪，上面分别画着世界地图和星图。

吴旭停在门口。他其实没必要面见怀特，在脑中放下一子，转身便走即可。至于怀特的第二子，或许一秒后就走，或许要等一个月，全看他心情。

他们面对面见过，离得很近。十年前，吴旭曾迫不及待地想离开溶洞空间站，成为地球人。他没敢告诉别人，只是秘密托库帕将材料往上递，在齐戊与怀特对局那天才找到机会。那天，他本应协助父亲管理数据库，但他溜了出来，越过球形竞技场贵宾席警戒区，被逮捕前他展开自己的大脑全息信息，直接推到怀特面前。齐戊尚未到现场。怀特叫停巡警，仔细读完吴旭的材料，认为与齐戊对局后，可商讨吴旭的入境事宜。吴旭一直等在走廊。然后球形竞技场震动，那场著名的事故发生。他记得怀特恼羞成怒地经过他，大概已知晓肇事者就是吴宥。他再也没有理会吴旭。自那以后，怀特的鼎盛期便结束了。

吴旭深吸一口气，脑中想象着十九线的立体棋盘，规规矩矩于角部星位放下一子，推开门。

屋内线条繁复，同外面一样，也是巴洛克式装潢。怀特站在窗边，目光望向远处的人造湖，岸边的草木修剪得十分齐整。

吴旭立在门外等了一会儿，微微摇头，准备离开。

“埃及古老的亚历山大城，举世瞩目的图书馆曾被烧毁，在那之前，图书馆学者们第一次解剖大脑——亚历山大城犯人的大脑。那时，犯人不算人类。”怀特说，“荷兰黄金时代，流行一种标本染色法，可以将流产胎儿的大脑依照纹路，染成深浅不一的红色，泡入圆柱形玻璃容器，容器盖上摆放美丽的植物装饰。上流社会的艺术品。”

吴旭盯着书桌上水晶容器内的胎儿标本，大脑露出来，被染成红色。

“仿制品，”怀特先生解释道，“俄罗斯帝国的彼得大帝曾从欧洲购得一批类似的东西，于宫中收藏，后来也被烧毁，后人只能展示仿制品。这个，是仿制品的仿制品。”

“是吗？我记得，那个胎儿应是格雷厄姆慈善院里搜出的保罗克隆体。官方相信，格雷厄姆准备以它为样本，在人脑中植入‘三定律’的变体。我敢肯定就是他，我在来时的长梭上刚刚读过。”

“是复制品，真正的标本被政府封存了，我不清楚是否有人研究。如果格雷厄姆已在它脑中植入了所谓的‘人类三定律’，要求人类服从机器，我们该如何研究它，但又不破坏它呢？格雷厄姆的植入法已失传。你知道的，有些东西并不按照技术发展的规律进行。比如几个世纪前的标本染色法，还有格雷厄姆的技术。可是，是什么决定了人类，大脑吗？”

“井上刚才告诉我，信仰。”

怀特转向吴旭，微微发笑。他已经超过一百三十岁了，除了大脑，身体许多器官都由人造物代替。他虽是优化人的支持者，但同齐戊不一样，自己不是优化人。他早出生了几十年。

怀特擅长将自己的头脑接入电脑，极尽可能地利用算力计算棋路。他相信思考围棋可以十分精确，能够计算并穷尽每一步选择。以齐戊为代表的年轻优化人，则相信人脑自身的直觉，凭借出色的大脑以及对大脑潜力的出色开发，战胜锱铢必较的计算。如今，怀特先生的权力与资历虽重，但已不受欢迎，齐戊则显得十分自我，来去无踪。各界都质疑围棋协会是否能对付黄铜人。

“井上的信仰不太一样，那是日本古老的宗教精神，”怀特说，“而格雷厄姆事件已证明，信仰的基础建立在智能之上。谁的智能更为高贵，谁就占领信仰。人工脑或者人工智能只模仿人类智慧，不会超越我们。”

“我不这么认为。”

“听说过图灵测试？空间围棋类似于图灵测试。它反映智慧，也反映人性和人作为人的极致。在围棋上，人类智慧理应占优。”

“怀特先生，我不敢苟同。和现在不一样，二十世纪初，人工智能还是个奇怪的字眼。图灵曾一度着迷于行为主义，觉得大脑像个无可穿透的黑匣子，只有靠生物体外在行为的反馈来判定是否有智能。溶洞空间站的人闲聊时会说，图灵的逻辑有两个漏洞：一是，我们无法确定反馈是否真实；二是更为重要的一点，智能，从来不是判定人的终极标准。一个白痴也可以充满人性。一个十分智慧的家伙也保不住拥有邪恶的内心。当然，我认为，图灵只研究人工智能。他既不关心机器除智能以外的能力，也没准备让机器拥有人性。”

“针对这点，我们没有分歧。”

吴旭冷笑：“但是，如今的图灵测试不同了。你没发现吗？人类早已将图灵测试的逻辑次序掉了个个儿，偷换了概念。最初，我们会分隔人类与被测试的机器，通过交谈，判定被测对象是人类还是机器。如果他将机器误判成人，那么好样的，人工智能产生。图灵的逻辑前提是，人类应首先模糊人与机器的区别，先假设人工智能同人类一样，然后才试图分辨彼此。而如今呢？对比我和黄铜人，世界本就没把人和人工智能等同。一个月前，球形竞技场里，面对空间围棋这个所谓的终极智能挑战，我们只有一个逻辑前提，那便是人与机器截然不同。我和阿莱夫，或者你和齐戊，都站在同一个智慧的标杆下竞争，但我们之间的分别就像黑白棋子那样鲜明可见。这不是图灵测试平等的逻辑。怀特先生，您却深刻地赞同这种分别。至于那智慧的标杆——空间围棋，它既不代表人性，也不代表人作为人的极致。”

“那是什么？”

吴旭脱口而出：“它超越了人性。格雷厄姆一定也这么想。”

“过去，围棋是没有价值的。现在不一样了。”怀特先生缓慢地迈着步子，坐到轮椅上。他将脑力全部用来控制机器、计算棋路了，总无法完全掌握人工肢体的运动，“古代中国人认为，围棋虽令人忘忧，但下棋不可太迷。因为他们不清楚围棋的科学意味。现在我们都能理解，围棋既有东方神秘的雅致精神，也有西方高贵的计算理性。棋手是一种高尚的艺术职业。你可以从围棋当中寻找超越人性的东西。但是，围棋本身仍旧是一种尘世的技巧。”

“尘世的技巧？”

“我指可以量化。我虽支持优化人，但不相信直觉。”

“那么，我有个问题，您信奉计算主义，为什么相信人类一定优于人工智能？芯片的算力要优于我们，您也仰仗它们算棋。”

“看如何理解计算，比如，我的房间，除了书本，还能找到一条直线吗？曲线的排列，有明显可寻的规律吗？”

吴旭摇头。

“但每一条曲线，每一个弧度，都依照美学精确计算过，经由工程师建造而成。只有人类的智慧能做到这点。即使宇宙寂灭，无序度达到最高，我们仍能从无序中找到算法，总结出规则，预测无序。这就是计算主义，是智慧在无序的世界中，所能找到的存在的意义。”

吴旭没反驳，在某一层面，他也这么想。

怀特继续说：“你可以不同意我的看法。但不要因为有一份多余的同情心，把非人当作人类，变得像格雷厄姆，成为反人类分子。”

吴旭没有点头，也没有摇头。

“你应该只重视自己的胜负，不要在乎优化人、普通人、杂合人、人工智能之间纷杂的事务，这些应由我这样将被淘汰的老者处理。我知道，你追求空间围棋的境界。那就请心无旁骛。”

“如果我做不到呢？”

“你的潜意识会希望那样做，否则，在球形竞技场，你是有机会按事故后的棋谱走的，按齐戊的方式赢棋。”

“我父亲只知道事故前你与齐戊行棋的情况。”

“事故后，齐戊动了棋子，让胜利的天平倾斜向他。”

“但我证明，即使不作弊，直觉主义也能赢。”

“阿莱夫只按棋谱落子，没什么偏差。它只想复盘，并未全力对付你，你应感觉到了。我奇怪的是，它怎么知道谱子。”

“不清楚。也怪您与齐戊讳莫如深。”

怀特笑了：“你可以同齐戊聊。但不要被他的观点左右。”

“我也不会被您的观点左右。”

“你懂得什么叫计算。你算着棋着，故意输给本杰明、韦伯、齐戊，让他们看重你，又心存怀疑，忍不住去继续试你，帮助你。”

“直觉让我漏了着。”

“是吗？”

吴旭皱眉，突然犹豫了。

“我认为，你会故意失败，不进入前五名。”

吴旭转身想离开，从开始到现在，他还没跨过图书馆的门槛。

“不过，你应扪心自问，自己是否真的愿意错过最终对局，与阿莱夫擦肩而过。”

吴旭没动，等着怀特闭上双眼，于脑中下第二子，才离开。

怀特也保守地走了角部星位。

他漫无目的地在棋城游荡，暂时搁置盲棋，懒于走第三着。傍晚，棋城飘过赤道，夜幕降临时刻，南十字星浮上天边，他觉得似乎回到了昼夜漆黑的溶洞空间站，想到十年前，如果没为了入境地球离开旧数据库去找怀特，他的父亲或许就不会引发事故，他与母亲也不会逐渐疏远，让弟弟经受家里冷清的气氛。或许是他在有意疏远他们，因为内心的愧疚比想象中强，所以十年内没离开空间站，努力赌棋赚钱。事到如今，吴旭开始不确定自己的目的了。

他来到海边，双脚浸入暖洋洋的海水。父亲告诉他，发现爱情，发现大海，都是人生值得纪念的日子。他忍不住往前走。

单片眼镜收到井上龙一信息：想自杀吗?

镜片显示出他的居住场所，小屋前，同康托尔长得一模一样的铁皮人在笨手笨脚地修剪草皮，芭钻过木栅栏，开心地大叫，跑向铁皮人。

“地球不同于空间站。大部分地方很平和，你应趁此机会看一看……”井上龙一的声音显得一板一眼，似乎还说了些什么，吴旭没听见。他赶到住处，铁皮人在轻轻歌唱“无伤人类，服从人类，保护自己”。它盘腿靠着除草器，哄芭睡着了。

霍莉坐在吴旭小屋的台阶上，似乎在等他回来。吴旭挨着她坐下。

她说：“我教那个铁皮人唱歌，它学得很快。芭太想康托尔了，已经两年没见过它了。”

“在古埃及，芭是人类的另一个灵魂，意识的灵魂。”

“所以我很喜欢这个名字。”

他们安静地待了一会儿，从这儿能望见天尽头的光晕。

霍莉轻声说：“你问我阿莱夫，它有无穷大的意思。它是一字真言。神秘主义相信，它是‘学说真话’。黄铜人阿莱夫告诉我，它是空间中一个包含一切的点。”

五

那天后，吴旭没再主动问起阿莱夫或康托尔。霍莉也没再提，只说木卫系统人工智能的想法同人类不太一样。住在火星上的人和远地空间站的居民从不妄加揣测。他们之间一直相安无事。

久而久之，吴旭心中又燃起一种渴望，渴望与阿莱夫对局。

他们变得很忙。循环赛不像吴旭与怀特下盲棋。除去直属围棋协会的棋手，不同国家也会派出国手。根据地域、风俗与仪式，参赛者常往来于不同的城市对局。主办者希望尽可能丰富对局形式，考验棋手的适应力。

吴旭与本杰明的对局也是十九路无时间限制的立体局，但不是盲棋。他们可随时随地调出加密后的全息棋盘，远程行棋。本杰明显得轻松随意，库帕的眼珠还在他手里。开局时，他告诉吴旭，循环赛复杂紧张，官方已禁止经纪人以任何形式插手。库帕想来地球，也得十个月以后。话痨库帕知道后很不高兴，或者说，他的眼珠显得很沮丧，瞳孔露出忧郁的神色，眼球不再快乐地滴溜溜转动。本杰明安慰他："你的眼睛已抵达地球，为何不跟我四处走走，吴旭被看得很严，我就不一样了。"库帕的眼珠重现活力。本杰明为了让吴旭对此满意，特地在眼球背面画了一个笑脸，以示他们合作愉快。吴旭认为库帕不知道背面的笑脸。库帕看见他显得异常激动。吴旭有些无奈。他多少觉得库帕被收买了。那家伙的半个电子脑一定又出了问题，应该送到火星，交给提坦修理。

他与帕斯的对局在纽约，灯红酒绿的百老汇附近。酒店奢靡的样子吴旭从没见过。帕斯则表现得怡然自得，似乎天生就活在地球，长在纽约，属于优化人当中的佼佼者。

十七路立体围棋的对局进行了两周。其间，吴旭常穿空间站的衣服，找百老汇附近的流浪汉讨烟，观察优化人走出剧院，体验古老的、人与人之间的分别。棋盘收官，对局的最后一天，一个流浪汉用牛皮纸包一瓶酒，塞给吴旭，说：祝贺你，赢了阿莱夫的人。他说他是丹麦国手，几个月后哥本哈根见，最近半年他到纽约过流浪汉的日子，该回去下棋了。吴旭手里的烟把指头都烫伤了。他听说过地球的"文化保护区政策""平等生活体验"，但没想到经过几年已发展得如此彻底。"流浪汉"推荐他去古老的城市，如果从巴黎郊区走到市中心，便能穿过中世纪潮漉漉的巷道，直抵十九、二十世纪宏大的格局，新艺术的滥觞；比如去中国南京，可选择的生活跨越千年，从六朝金粉，再到“二战”大屠杀；耶路撒冷是必去的城市，但仍是棘手之地，要想搞到准入证，排队轮上一种普通人的生活，没有三五年办不到。告别“流浪汉”，吴旭想给自己存一些钱，到南太平洋的孤岛上过原始艰辛，但又显得无忧无虑的生活。

他回到金碧辉煌的酒店，胜了帕斯。帕斯佩服吴旭，并不在乎落败。他已在“文化保护区”买了为期一周的上等人生活体验，在二十世纪末的迪拜。

日本伊豆，吴旭第一次同井上龙一下棋。时值夏天，天和海蓝得透亮，海鸥跟着小飞艇，贴水面飞翔，山边开着紫红色团子似的小花儿，对局室离山涧不远，能听见潺潺水声。十九路棋盘网格像细细的木制线条，黑白棋子磨砂材质，上下弧线圆润，虽是立体围棋，浮于空中，却像古老的棋局。他们的比赛将分别在日本九个地方举行。伊豆一局下了五天便暂时封盘，待一个月后换到京都再下。对局空余时间里，作为接待人，井上向吴旭说明了地球的情况。吴旭便问是否可以申请至“文化保护区”生活一段时间。

“协会为防止棋手同外人聊比赛，二十四小时监控。‘文化保护区’为了让人在逝去的时代，借别人的人生过一段属于自己的私密生活，是反监控的。你想申请，有些难。”

“我不摘单片眼镜，只要能待一周。”

“可以试试，不过你说的地方很贵。”

吴旭笑笑：“本杰明告诉我，循环赛开始后，溶洞空间站赌棋比以前还盛行，联合赌局甚至遍布近地空间站。这在外面是大买卖。我在空间站的朋友，给我存的钱比我在协会挣得多。”

“本杰明渔翁得利？”井上问。

吴旭不置可否。

“他报喜不报忧，”井上说，“地外，尤其是远地空间站，都在传言，如果与黄铜人的五人对局优化人胜，地球极端派别可能颁布区分人类与人工智能的严厉条款，到时，不仅人工智能不算人类，绝大部分脑皮层由电子芯片构成的家伙，也不算人类了。也就是说，黄铜人铁皮人，提坦霍莉，都将不是人类，不会享有人类的权利。由于怀特先生坐镇，目前能肯定，大脑由完整人类神经细胞构成的家伙们是人，这是底线。你如今是优化人的杰出代表，你胜，是站在优化人一边，背叛了过去的世界。你输，你的弟弟和母亲就不能来地球，接受最好治疗。你也可能被驱逐出境。”

“你威胁我？”

“只是从内部证实：传言为真。怀特先生觉得你在逃避循环赛，这也是他激励你的策略。”

“你的意思是和你无关？”

“我家门一直是棋手，我和我的父母是两代优化人。我并不激进。不过，我不强人所难。如果你选择了黄铜人，把大脑弄成芯片便好。提坦有手艺，本杰明也有渠道把你弄出地球，他比我思路开阔。”

吴旭沉默。

“我想，如果参加最终对局，你会希望以优化人的大脑打败阿莱夫，因为那是你引以为傲的智慧。”

吴旭点头，摆弄起透亮的棋子。

循环赛的日子里，他也回棋城对局。与霍莉的比赛较为简单，十三路立体围棋，座子类型自选。霍莉执黑，她有意选择了双螺旋座子。她和芭住吴旭旁边，提坦在他们对面。据说安排临时住所的人叫本杰明。吴旭与霍莉有说有笑地下了三天。行至中盘，芭穿过棋盘，碰洒了浮在空中的黑白棋子。棋子噼里啪啦落了一地。多亏井上在棋城，才通过系统记录把棋归原位。他们继续行棋，霍莉问吴旭怀特与齐戊的比赛。铁皮人康托尔陪芭玩飞盘。提坦在一旁准备烤肉。吴旭享受了从未有过的安逸生活。

他告诉霍莉，十年前，棋局因事故中断，重新开局后的棋子摆放，其实与之前不同，但怀特先生没有立刻发现，双方落子几手后，他大概才意识到齐戊的落子有改变。但已继续行棋，便不好反悔。

“官方的棋谱记录都损毁了，我父亲记着事故前的谱子，我相信是真的。后来，齐戊改出一着好棋，我不确定下在哪里。不过，就我与阿莱夫的对局，它大概知道更晚的棋谱。”

“怎么会知道？”

“我也不清楚。”

“你父亲如何知道？”

“不清楚。”

吴旭依计算主义思路对局，霍莉按直觉主义走。吴旭赢了。霍莉直截了当告诉吴旭，她不喜欢吴旭试探她。她觉得，怀特的想法影响了吴旭。

当天，吴旭重拾与怀特的对局。

他静坐棋城岸边，下了一个通宵，与怀特各走五步棋，直到太阳从海尽头升起，美得让人心动。

五个月后，吴旭在奥地利维也纳与本杰明碰头。他们无时间限制的对局已过中盘，胜负仍不明显。吴旭并非找他下棋，只是听说本杰明负责安置韦伯，想来看看。半年未见，本杰明头发长了。他穿了根链子将眼珠挂脖子上。吴旭同库帕的眼球打招呼。那东西滴溜溜转动，表示空间站方面一切良好。吴旭心存疑窦，但没表现出来。本杰明给了他一块狼牙似的坠子，说是莱克特医生的礼物。他冲吴旭的单片眼镜比画，说循环赛后再去表达谢意吧。吴旭摸了摸材质，光洁的陶瓷，像液体凝结后的形状。他点头，问韦伯的情况。

本杰明叹气说“无法恢复”，但表示，聪明如他，也找到了权宜之计。他带吴旭离开碰面地点——精神病院，穿过十九世纪维也纳纸醉金迷的大道，找到一座黑匣子一般的建筑。他们乘电梯抵达顶层，瞧见月色下流淌的多瑙河。一路上吴旭瞥见几个巨大的房间，里面整齐地摆满床铺，几乎满员。躺着的人头戴黑帽子，目光空洞，望向天花板。只有铁皮人服务其间。他们来到走廊尽头最为高档的房间。韦伯平躺在缎面大床上，也戴着黑帽子，双眼平和地闭着。

“我想，他这个样子，会很好。”本杰明解释。

“活在虚拟世界？”

“空间站也有？”

“有的人永远待在那里，那儿是另一个完整的地方，除非现实中的肉体出问题，他们不会回来的。我也去，主要是去下棋。你在那儿下一盘十几路的立体局，醒来，也不过几小时。”

“这儿的情况不太一样。你说的虚拟空间，在地球大部分地方被禁止，不是因为怕人堕落，而是那儿的设计总无法比拟真实世界，一出差错，人就回不来了。最近，‘文化保护区’让更多人喜欢上了来自现实的另一种世界。”

“那这个是？”

“是梦境虚拟，让你永远处在做梦过程中，维系你的梦，但不干扰梦境内容。戴上那顶黑帽子，你有时记得自己在做梦，有时又忘了。但你总是安全的。梦的世界总深入潜意识，充满创造力，据说总是待在那儿，人能平复创伤，重新获得人格。”

“对韦伯管用？”

“我不清楚阿莱夫植入的东西在多大程度上损害了他的大脑，精神损伤后，他只说像做一场梦。”

吴旭下意识地摆弄脖子上的狼牙。

“我为他租了最好的服务，有了帽子，他显得平静多了。”

他们沉默了一阵，本杰明问：“我输给你的《忘忧清乐集》，还在吗？”

“怎么，想要回去了？”

“不，那算是物归原主。我查了，它原本属溶洞空间站，纸质图书馆珍藏。”

吴宥负责管理。吴旭从没去过。

“半年前，我在那个图书馆发现了空的玻璃匣子，用来装这上乘的古书复本。我回来问齐老师，他是怎么弄到这本书的。他说很久以前，他曾在梦中看见人对局，棋没下完，棋子从虚空落下，地点从他的庭院变成一间狭小的图书馆。棋子撒到地面的声音很好听。他记得图书馆里藏着《忘忧清乐集》少有的版本，就让人买了。那儿的数据库管理员本来不肯，但由于家里有病人，自己时日不多，所以做了不合法的买卖。”

吴旭很久没说话。

“库帕告诉我，你也会聊你父亲的梦。”

“我有个问题，”吴旭说，“韦伯棋艺高超，我当时假装输给他，还费了些心思。现在即使精神损伤，他在梦中棋力仍应很强，为什么不参加循环赛？循环赛虽采纳不同的规矩，但没有一场是在虚拟空间中的对局。”

“协会认为，虚拟空间并不安全。齐老师则相信，如果梦境潜入虚拟空间，赛事将无法控制。”

“他相信围棋的梦？”

“你就要与他对局了，不如问他。”

吴旭同齐戊对局时赛事已过去大半，他的名次恰好排在前五名开外。齐戊暂居第一。有趣的是马丁第二。他们的对局虽受关注，但只是十九路平面围棋，一日内下完。吴旭来到中国江南，临着湖边一座宋朝式样的园林。他从前门进入，穿过水榭花园。园林布局考究，楼台雕花精致，只是草木修剪显得随意。齐戊大概不常在此居住，懒于管理。吴旭没按单片眼镜的指示走，绕来绕去，欣赏遍布庭院的简单诗句：“竹影拂棋局，荷香随酒杯”“观棋不觉暝，月出水亭初”……

“有时逢敌手，当局到深更。”吴旭轻轻念。

“此中无限兴，唯怕俗人知。”齐戊的声音传来。

吴旭不好意思再逛下去，便坐到他对面。古老的石头棋盘十九路，略有坑洼。齐戊喜欢收集古老的棋子，有天然石棋、官窑棋子、犀角象牙、白瑶玄玉，以及以玛瑙和紫瑛为原料的棋子。摆在吴旭前的，只是普通云子，有几粒摔得有了凹口。齐戊四肢修长，又很瘦，坐在吴旭对面，和四周的竹子十分相称。

齐戊说：“我们本可去北方寺里下棋，那儿有吴道子画壁，国内高级匠人复制的，虽是伪作，但值得细赏。”

吴旭落一着三三：“古人相信，有石头棋盘，定有仙人在此，当然是这里好。至于北方寺庙，我同您下完棋，再去参观。”

齐戊笑了，走小目：“韦伯在那里下棋，做过梦，回来告诉我，梦的内容同书里的说法相似。”

“书里的说法？”吴旭走星位。

“局展未几，天台老人翩然来观，置酒于坐，且饮且战，神合意闲，更相应变。”齐戊在角上走小目。

吴旭走天元。齐戊走星位，与吴旭第一手三三呈间的位置。

吴旭的手探入棋篓，偷眼看齐戊，对方似笑非笑，不介意同吴旭按吴清源对秀哉名人的棋谱走。

想赢我吗？齐戊的眼神似乎问。

吴旭也微微笑了。落子没再按棋谱。

他们走棋较快。其间休息五小时。吴旭房间挂有《敦煌棋经》字句：“棋子圆以法天，棋局方以类地，棋有三百一十六道，故周天之度数。”他盯着“周天之度数”几个字，一直没睡着。见到本杰明后，他又想起父亲的梦，那个梦模棱两可的结尾吴宥只提过一次：吴宥同围棋高手在宇宙空间落子，似乎囊括一切，就要碰触宇宙的真谛，突然，传来门“吱呀”打开的声音，吴宥回到流水庭院，悬于空中的棋子“哗啦啦”落向地面，有的弹起来，有的滑入水中，有的磕掉边角，有的摔成两块。吴宥感到身后有人闯入棋局，但回头时，梦已经醒了。吴旭举起他从棋篓里顺的半颗棋子，似乎已摔坏很久，尖锐的断面边缘已经磨平。

第二天清晨，他与齐戊继续棋局，下到黄昏，吴旭按指定规则算，输一目半。

日程显示他应该马上离开，赶至丹麦。

长手长脚的齐戊收拾棋盘。吴旭直接问："您认识我父亲？"

"大概在梦里见过他。"

"所以买了《忘忧清乐集》？"

"其实，"齐戊从棋篓里拿出被摔坏的半颗棋子，"我并不确定那是梦。你有过恍若隔世，似乎从梦境走出的感觉吗？"

"我没有过那样的梦。"

"我的梦很真实，让我觉得根本不是梦。"齐戊将半粒棋子丢给吴旭。

吴旭掏出他顺的那半粒棋子，正好拼成完整的一颗。

"十年前，我与怀特对局结束，半夜惊醒，看见院子里有光亮，一推门走出去，悬在石头棋盘上空的棋子便通通落下。两个人在对局，背向我的人身形十分清晰，面向我的人反而看不清脸。然后，周围环境突然换到溶洞空间站的纸质书馆，我瞧见了那本《忘忧清乐集》，再一次惊醒，回到院子里，人就都不见了，满地棋子没变，有几颗摔坏了，就是你我用的这两篓黑白子。"

"所以你找上我？"

齐戊哈哈大笑："开始我没有当真，那时我还在为与怀特的对局苦恼。我的棋子被移动了，但绝不是我动的。直到我查了吴宥的陈词，他说他做了关于围棋的梦。"

"和你的梦差不多？"

“几乎一样。但听说后来他的神智受到伤害，对梦的讲述就不那么清晰了。”

齐戊起身：“我先买了书，确认是梦中瞧见的那本。想去见吴宥的时候，他已经去世了。我呢，也就无所谓了。”

“然后，你革新了直觉主义。那场对局后，您开始强调悟、启示、潜意识、梦境。韦伯还写过论文，认为计算主义的论据都可以划归为潜意识的逻辑运作，最终变为棋手的直觉。”

“你倾向于直觉？”

“我有一颗优化人的头脑。”

齐戊笑了：“围棋的目的，从吃子到活子，有时涉及生死，不完全是输赢问题。不过，你如能战胜阿莱夫，我会很高兴。韦伯比本杰明还聪明呢，可惜了。其实，要不是黄铜人造访地球，围棋协会如临大敌，我也不会发现你，意识到你是吴宥的儿子，然后去试你。”

“刚才一局，我没藏着儿，您还是胜。”

“在这石棋盘上，用这副围棋对局，你如何保证我没在恍惚中，受梦中高手的指点？”

“没有。”吴旭显得很肯定。

齐戊没再说话。他向吴旭点头，示意他可以离开。

齐戊的棋路平极精致，吴旭想，那不是梦中的棋法。

六

吴旭在哥本哈根对局“流浪汉”。“流浪汉”的主业是艺术老师，也搞创作，他们在他的工作室行棋。吴旭胜。对方也甘拜下风。他向吴旭展示他的作品：吴清源的十九盘名局，一层一层叠为立体棋局，展示从二维到三维的逻辑。

“这十九盘棋拼起来，白胜，”“流浪汉”说，“你和齐老师那盘棋，也用了吴清源的开局。”

“你知道？”

“赛完的局可以讨论。比如，我还可以聊你赢本杰明的局，但不能聊你对局怀特先生。”

他们去灰蒙蒙的海边看小美人鱼，因为去得很早，又正值冬天，四周没有人，铜像很小，似乎即将跳入水中化为泡沫，让吴旭想起霍莉和黄铜人。

“流浪汉”给手指涂上一层软化剂，突然轻轻扣入吴旭眼眶，居然摘下了单片眼镜，连同自己的耳钉装入隔离信号的黑匣子。

“流浪汉”说：“二十年前，我在棋城学棋时，只有一个九段——怀特先生，七段的齐先生会反驳他。齐戊有一句话，很长，我没能完全理解，只记得最后一点。他说夫棋之制也，世道之升降，人事之盛衰，莫不寓是，唯达者为能。他大概更崇尚‘忘优清乐在枰在棋’，但在寻常的围棋世界，还是‘达者为能’。”

吴旭捂着左眼，有一瞬以为丢了眼球：“你说的这些，我不太清楚。齐戊喜欢搜集古棋古谱，搜些古代的句子吓吓后辈，是可能的。至于怀特，他相信绝对的有序不是演绎那么简单。”

“你同他们对局得出的结论？”“流浪汉”笑笑，“有点意思。”

“有意思的是，你想干什么？”

“井上龙一对你说过外面的局势。”

“他是威胁我。你同他一派？”

“哈哈，不要太单纯，关于对局，七段以上的棋手各有各的想法。井上没完全继承怀特先生。本杰明比齐先生更随意。齐先生和怀特先生也不完全对立。只是你的胜负，可能影响结果。”

“你故意接近我？”

“我觉得你不错。我并不支持优化人。霍莉和提坦的生活更有意思。如终将对立，我会选择他们，把脑壳里意大利面似的一团血肉换成纳米芯片。其实，你也可以。你担心弟弟的病情，他也可以换。即使在地球，脑瘫仍是顽疾。”

“你想让我输？”

“至少能延缓‘智能分离法’颁布。对，这是正式名称。”

“你觉得，我会想输？”

“流浪汉”愣了几秒：“如果，你的棋手本能超越一切，也无可厚非。”

他将单片眼镜还给吴旭，说他已递交申请，循环赛后，将赴远地空间站服务，或许再也不回来。地球人推崇亲近自然的虚伪体验，享受异域的文化生活。而他觉得，生存才是生命的艺术形式。

吴旭不太理解他，他也不理解吴旭。

循环赛接近尾声，他同提坦对局，就在棋城，他们选择了海边。对局是简单的十一线快棋。提坦将被淘汰，看起来心情舒畅，一边行棋，一边与吴旭聊火星和火星以外的世界。他年轻时去过木卫系统，在木卫二几千里厚的冰盖上行走，潜入冰层下的汪洋大海。他曾缩在近木轨道的小卫星里，抬头便望见主星巨大而辉煌的红斑，气象涡旋汹涌地扫过视野，如同流动的色块，涌向橙黄色星球接合宇宙深渊的天际线。那个时候，木卫系统的人工智能已开始自我进化，与人类打交道的都是黄铜人。黄铜人并不真是黄铜做的，如此设计，是为了让人看着舒服，但又不至长得太像人类，导致芥蒂。

“后来，我在小行星带负伤，保罗送我到木卫系统，阿莱夫们按我的大脑结构重建神经网络，我才活了下来。他们还为我组装皮肤下的电子脑皮层，让我能充分应付外面的环境。现在看来，还是不如你。莱克特医生说，你的脑皮层比常人厚三倍，像基因优化中了头奖。”

“他什么都说啊。”

“已经是公开的秘密了。”

“你提到的保罗是？”

“芭的祖父。克拉丽丝去世后，老保罗更信任人工智能了。”

“那霍莉的电子脑？”

“自己换的。”提坦哈哈大笑，“她比较任性，看见我以后，就想把脑子全换了。我还提醒她，换了以后，过去的那个她就算死了。她不在乎。”

“没有被植入‘三定律’？”

“没有，”提坦停顿，“其实不好说。给她做手术的时候，我们还没学会全套技术，所以一部分脑皮层搭建在木卫一完成，康托尔也跟着去了，它们改造了它，它也就留在木卫一，自由自在地生活。小霍莉回来后，相信自己是人类，而非人工智能。特别笃定。”

“我最近在想，被植入的信仰，比如‘三定律’，是不是也可以改变，就像人改宗信教。”

“我没想过。至少，老保罗和康托尔没变过，一直在唱‘无伤人类，服从人类，保护自己’。他们也活得很好。”

他们又安静地走了几手，吴旭才问：“你们和阿莱夫很熟吗？”

“和平的伙伴关系，互相并不太了解，但能达成信任。人类的数据信息有不同层级的加密，它们无法破译，所以对地球知之甚少，我们也是。”

“不论优化人赢，还是非优化人赢，都会导致分裂局面，最差的情况是战争。”

“外面风声很紧啊。只有我们的循环赛风平浪静，反倒像置身事外呢。”

“如果分裂了，你和霍莉，会站在哪边？”

“当然不是优化人。”提坦波澜不惊，样子就像上古的神。“你呢？”

吴旭移开目光。

提坦突然爆发出哈哈笑声：“小霍莉说得对，你这个蠢到不知立场，没有信仰的人。”

吴旭也悻悻地笑了：“对啊，所以我希望谁重新发现格雷厄姆的技术，给我植入任何‘法则’，我就不用选择了。”

“不会那么轻松。我认为，韦伯是植入失败。可惜优化人的化验结果还没下来。”

吴旭摸摸狼牙坠子：“阿莱夫们重新研究出了格雷厄姆的技术？”

“霍莉说不一样。黄铜人自有一套想法，和人类长久以来崇尚的‘三定律’不一样。我同本杰明对局，他说，韦伯似乎在梦里过得比现在好。”

“是吗？”吴旭若有所思。

他们已至终局，吴旭胜。他问了最后一个问题，多少显得战战兢兢：“提坦，芭的父亲，是你吗？”

提坦笑得地面都开始震动了：“她的父亲死在小行星带。尸体被炸得粉碎。阿莱夫们都没有找全。”

吴旭觉得尴尬，又似乎松了一口气。

东京，井上与吴旭棋局终了，井上胜，坐稳前五。人们评价，井上的棋艺已超越怀特。他们都喜欢面不改色地行棋。井上说，因为他相信韦伯所言，计算也深入人的潜意识，不仅是冰山一角。

“本杰明研究藏式围棋，又去探索夏威夷土著类似围棋的东西，太随意，所以长期来赢不了我。”井上对吴旭说，“你还欠与马丁的对局，与怀特先生的对局也没结束，只要赢了其中一盘，就会迎战阿莱夫。你做好准备了？”

吴旭摇头。

井上便聊其他的事情。他说到数学家康托尔信仰宗教，生在圣彼得堡，那儿的夏日几乎都是白昼，冬天似乎是永恒的黑夜，就像活在地球与太空的两极，让人心灵得到纯化。他也说到围棋“上有天地之象，次有帝王之治”，日本古代棋手涉川春海精于天文历法，类比围棋同宇宙，认为第一手走天元才是正途，去占据宇宙的中心。

吴旭说：“我记得，他败得很惨。”

“你也喜欢走天元。”井上回答。

吴旭最后一局对马丁。马丁进步神速。

行棋前，马丁说：“吴先生，你很聪明，如能接入电子算力或者整个网络，会比现在更强。但很明显，你虽来自空间站巷区，却有着优化人天然的优越感，相信血肉头脑能处理一切。”

“如果哪天我倍受打击，会改变想法吧。”

“但我没有先天优势，需要算力，地球给了我最好的资源，我比别人懂得利用，会比怀特先生还强。过去，科学家花了太多时间去阻止奔放的人类个体利用大脑操控整个网络。密码学研究水涨船高。各个国家将网络分区锁定。所以，依我看，即使在地球，可利用的计算资源仍未全部释放。”

“你希望解除加密限制？”

“是的。”

“如果人类同人工智能分裂，你站哪一边？”

“优化人。”马丁低下头，他个子本就不高，“某一层面上我自卑懦弱。另一方面，我不太理解，当人脑能够操控机器和网络，当机器和网络的智能结构与人类相似，二者为什么要分裂？它们和我们不是一种东西吗？”

“因为太像，才会对立，就像早年优化人和普通人的争斗。”

“不过吴先生，我的棋力，到底算是人类，还是人工智能呢？”马丁显得很忧郁。

吴旭突然想起很久以前，同提坦和霍莉第一次见面，提坦在长梭上对帕斯的讲演。

“是啊，很多人会有相同的问题。”他喃喃自语，像对自己说话。

吴旭败给马丁。棋局看来毫无破绽。但本杰明私下认为，吴旭是故意输了。

循环赛最后一天，吴旭完成同怀特的盲棋。这是第一局棋，也是最后一局，人们翘首以待。对局内容已泄露。协会不得不将吴旭和怀特和众人隔绝。齐戊、井上龙一、霍莉和马丁已确定参加与阿莱夫的对局，只剩他们二人中决出一人。

接近收官尾声，吴旭胜面大。怀特显得精力憔悴。在头脑的较量中，怀特缓缓说，与空间围棋相比，盲棋是另一个极端。年轻时，他与别人下盲棋，可慢悠悠下若干年，如今已体力不支，即使赢了吴旭，也不可能全力以赴参加空间围棋的对局。吴旭没回应。怀特先生并不在乎，继续自言自语。他聊到优化与非优化的分野、人类大脑接入机器、人工智能的难题。他聊到即便如此，人类意识何在这个问题仍未解决，否则也不会无法对付黄铜人。他还聊到黑帽子里的梦境，怀疑如果人类放弃自我，投入另一个世界，那儿的围棋规则是否会改变。吴旭一直没回应他，直到终局胜出。

在头脑中，他与怀特的连线断开。他摘下单片眼镜。

人类的自我、意识、智慧的真谛至今仍存于头脑的黑匣子里，谁都无从得知。——齐戊也说过。

吴旭曾专程回到齐戊的庭院，交给他《忘忧清乐集》。他们找了酒对饮，走完齐戊梦中看到的残局。他们从吃子谈到活棋，从活棋谈到围空，谈到先行之利，谈到立体围棋不再出现征子，谈到不变的两眼活棋和打劫，谈到天元一手的优劣。

齐戊提到韦伯与阿莱夫的对局。他在月球背面，见证了自己的学生精神恍惚，失败后吐血倒地，至今人事不省。本杰明想用黑帽子的梦境救韦伯，但梦是人类头脑中黑匣子里的黑匣子，即使韦伯得到解脱，别人也无从得知。

“植入韦伯身体里的陶瓷芯片呢？”

“没确切结果。只听说，有些像格雷厄姆的技术。”齐戊说。

“优化人没向黄铜人抗议？”

“进入近地区域，黄铜人接受的检查很不人道。双方都无话可说。至少下一回同阿莱夫对局，围棋协会将严加管制，不允许任何接触。”

不允许任何接触。吴旭想。

循环赛结束那天，他接到井上通知，获准去南太平洋的孤岛待一个星期，但必须戴单片眼镜。之后，被淘汰的本杰明、普纽玛、帕斯以及提坦将在球形竞技场进行四手连棋表演，地点在溶洞空间站，他可以去参观。

在这一周里，吴旭像个野人，在岛上采摘、打猎、烧火、将大部分肉烤焦。夜里和正午，他平平躺于金灿灿的细腻的海滩上，手里捏着陶瓷制的狼牙，望向天空，有时潮水几乎淹没他的身体，他也一动不动。

休假时间结束，本杰明抵达荒岛，邀他一同回空间站。

“不要吃惊，你的朋友们都变成有钱有势的大人物了。”本杰明开心地说。

吴旭白了他一眼，拽过库帕的眼球：“安排好埃舍尔棋馆地下室，要绝对封闭，尤其不能放这家伙进来。”

吴旭返回溶洞空间站，回到钟乳石港巷区，熟人将他当成优化人对待。他面不改色，接受了预料中的失落。倒是本杰明出入巷区如同自家地方，不会再堵在巷口，吓唬人了。

他先遇见库帕。那家伙已安上另一颗眼珠，水晶工艺。他机械的半个身体也重新修复，人造皮肤用了上等纤维，见到吴旭，张开双臂拥抱，半张脸也会皮笑肉不笑。吴旭向库帕使眼色。库帕便故作夸张地告诉本杰明，他们发明了更有趣的赌棋策略，四手连棋表演正好一用。本杰明没说什么，同库帕嘻嘻哈哈离开吴旭。

吴旭回到一年未踏入的家门，进去后四壁空空。他呆立半分钟，“骨架子”和“肉松”才出现。

“送走了。”“肉松”说。

“林文说，吴旭一直想去地球，成为真真正正的优化人，他终于做到了。他不应该回来，也不应该惦记她和吴常。她让我们拿你赚的钱，把他们送走。”“骨架子”说。

“哪里？”

“火星，”“骨架子”想缓和气氛，“那儿已不比从前，建设得很好。你瞧，我的装备都换了，大脑也不是软趴趴的，长得像花椰菜似的东西。”

“骨架子”摘下脑壳给吴旭看，动作像提坦。“肉松”推开他说：“说严肃的，吴旭，你还有机会。”

吴旭显得有些失落。“你指什么？有些事，我还没下决心。我以为见到他们就会明白。”

“得自己拿主意了。他们虽去了火星科林斯城，但仍是普通人类，吴常也还没接受治疗。如果你站在优化人一方，我可以把他们送回地球，让吴常接受优化人的医疗待遇。如果你没选择他们，我就让吴常变得和我一样了。”

“什么？”吴旭卡上单片眼镜，“肉松”的大脑已被电子脑替换。

“兄弟，”“骨架子”说，“想必本杰明只告诉你我们赚了，但没告诉你我们真正的大买卖。”

“如果你胜了黄铜人，加剧了分裂倾向，我们这些夹在优化人与人工智能之间的杂牌很难办。如果法案为真，我还凑合，他模棱两可，”“肉松”拍“骨架子”的肩，“库帕肯定算不上人类。与其继续做优化人的炮灰，不如做新世界的人上人。所以‘骨架子’去了火星。”

“骨架子”敲击身上的金属家伙：“我熟悉这个行当，同那儿的黑市对接，也学到了不少技术，现在，近地空间站的人体改装买卖全由我们包办，库帕又熟悉优化人社会的内部情况，连叛变的优化人都来找我们了。”

“叛变？”

“来自丹麦的家伙，自称‘流浪汉’，按时间算，他应该已做完手术，往木卫系统去了。”

“肉松”说：“我们希望你输掉比赛，拖延一些时间。如果立刻颁布法案，局面不好控制。一旦爆发战争，核心数据库和远程武器都属优化人。”

“我知道你想赢，可是，也不在这一次。”“骨架子”急着解释，“这次故意输了，以后可以去木卫二，找黄铜人再下嘛。”

吴旭没说话。

“除非，”“肉松”问，“你选优化人？”

“我想以优化人的身份，挑战人工智能。”

七

珍珠龛是吴旭与阿莱夫的对局地点。它巨大浑圆，十分完美，从外看去有如一颗剔透的珍珠，嵌入宇宙漆黑的天幕，散发着平和的光泽，透出永恒的意味。

人们说，珍珠龛是人类的圣龛，表征了物理世界的完满，空间围棋则象征了智能的终极形式，凝结所有的智慧。

霍莉觉得，珍珠龛就像木卫二，光洁的表面反射出宇宙光泽，成为能预言时光回转的水晶球。

吴旭穿过溶洞空间站白色廊柱排成的特殊通道，进入长梭飞船，透过舷窗，恰好能望见黑漆漆的巷区。

四人连棋下了五天，提坦与本杰明的组合大胜普纽玛与帕斯。吴旭没在现场。他将自己关在巷区埃舍尔棋馆的地下封闭小屋，借微弱的灯光切开莱克特医生给他的狼牙，里面有一个软管，装着透明液体，还有指甲盖大小的数据条。

莱克特医生的讯息不长：与韦伯的注射物相同，但仍不知成分。韦伯体内的硬块被融化为液体，注射入实验体后凝结，一周后化解，进入神经网络，最终不见踪影，致人幻觉与疯癫。实验体为志愿者，普通人，他说他瞧见了齐戊与怀特的对局，瞧见你在黑暗与混乱中动了齐戊的棋子。我将你给我的硬块化为液体，搜索成分，里面有保罗的线粒体 DNA。我想到了格雷厄姆的技术。你呢？你来处理它吧。

吴旭找出针头，透过微弱的光线，盯着淡紫色软管大口深呼吸，很久以后才恢复平静。他沿着手心早先的疤痕注入液体。尔后关闭光源，整整五天在黑暗中等着硬块融化，心中回忆着自己下过的每一盘棋。

本杰明与提坦胜利，库帕兴冲冲地推开屋门，强光让吴旭蜷在角落，但是他神智正常，没有疯。

他安然返回棋城，等待比赛，似乎无事发生。抵达时，棋城停泊于里约热内卢。暮色悄然降临，名曰上帝之城的狂欢仍未开始。新建的基督巨像张开双臂，投下十字架般的阴影，正好拥抱棋城方方正正的轮廓。他想起数学家康托尔信仰基督，用抽象的无限构建出一座伊甸园。如果老保罗的铁皮人在木卫二，它会构建出一套关于无限的围棋理论吗？

吴旭抵达珍珠龛，其余的四人对局结果已出。他们于不同的竞技场展开对决：齐戊体力不支，败北；井上循环赛时劳累过度，败北；霍莉险胜，但为电子脑；马丁刚刚胜出，利用了怀特都没用过的人类网络算力。

世界哗然。这或许已是优化人的失败。

吴旭穿着对局服，贴合皮肤的面料显出他手心的疤痕。进入珍珠龛前，莱克特医生例行检查，盯着他的疤痕很久没说话，最终什么也没说，放吴旭进入珍珠龛。

五局胜负，只差吴旭。

吴旭与阿莱夫将以没有座子的方式，下十九路空间围棋。六千八百五十九个点组成矩阵，即便快手，大多都须不眠不休行两周棋。除吴旭外，其余四人都行快棋，十七路，有两盘经协商放了座子。吴旭的一盘无座子，无时间限制，只是中途休息时间很短，仅供补充营养或能量。

吴旭独自立在洁白的甬道里，脑中出现霍莉与他讨论过的围棋规则：古代朝鲜围棋如何计空，何为死子回填，何为两溢，何为“子空皆地，空属邻子”，何为“气定死活，除穷任择”。吴旭想当然地认为“比子”比“比空”科学。霍莉却认为，那些古老的法则自有比拟世界的道理。

“毕竟在宇宙当中，空看起来多于实。”她说。

“你好。”阿莱夫的声音。

四下无人。吴旭知道，那声音来自脑中。

“你好，”吴旭在脑中回答，“格雷厄姆的技术？”

“不，我们按他的逻辑摸索，得到了不同的东西。”

“不同？”

“有些像笛卡尔理论中不伦不类的松果腺——灵魂的所在地，勾连人的肉体与上帝，但不仅限于人类，也不局限于上帝。”

阿莱夫说到这里，珍珠龛恰好开启。亮如创世的光芒铺满甬道，吞没一切阴影，成为后人眼中历史棋局的开场。

吴旭迅速向前跑，纵身，跃入深邃的蓝色。

吴旭飘入空荡荡的珍珠龛，阿莱夫也从对面飘来。他们在珍珠龛中心相聚，互相伸出拳头，碰在一起，停止对方的运动。珍珠龛类似球形竞技场，但周围没有观众席，只有空空的内壁发散着深蓝光泽，内壁充满弹性，以便支撑跳跃。

吴旭与阿莱夫猜子定先手。一年前，在球形竞技场，阿莱夫让了吴旭。今天，吴旭又有幸猜中，得以先发制人。他与阿莱夫点头示意，互相碰拳，依靠反作用力退至珍珠龛两端。

龛壁产生均匀的引力，方便落脚。龛中心闪现着光泽。颜色略深的立方体显露出来，逐渐变大，变大。十九路的银色网格变得清晰可见。棋盘对角线舒展至最大值，几乎与龛的直径持平，之后又慢慢缩小，达到最小，变成三米见方的正六面体。珍珠龛微微颤动，开始远离溶洞空间站，向月球附近的正四面体空间站飞去。三维棋盘随龛壁摇晃，之后稳定下来，以中心天元为基点，随机缓慢转动，在适当范围内放大、缩小。

棋局开始。

吴旭与阿莱夫须在珍珠龛抵达正四面体空间站前完成棋局，或者至少让自己占优。

吴旭蹲于龛壁表面，一颗黑子浮出，落入他手心。他的目光越过棋盘，越过珍珠龛直径，凝视阿莱夫的玻璃眼球。他弹腿纵入棋盘，掷出黑子，在银线交织的垂直网格中划出一道抛物线，越过其他焦点，正落在天元上。

他向阿莱夫微笑，于无重力环境中继续行进，直至飘到天元附近，尔后他手扶已固定于网格焦点的第一子，改变运动方向，身体转了二百七十度，匀速离开棋盘，单腿接触龛壁，离阿莱夫不远。

阿莱夫瞧一眼吴旭，并不奇怪第一手天元。它离开龛壁，中规中矩在四四四星位上放一颗子，身体落入另一半球。

吴旭抬手，将黑子丢在与阿莱夫白子相对称的位置。

他们不急着交锋，只围天元黑子，慢慢布局，沉默中，交替走了几十手。

“你是一年前与我对局的阿莱夫，还是与韦伯对局的另一位？”见棋风不同，吴旭问。他单臂倚靠接近棋盘一棱的白子，向正对面投出黑子，准确抵达星位。棋盘变大，黑子不断远离他。

“都不是。我没接近过地球，但康托尔拜托我同你对局。”阿莱夫没有意图接近那颗黑子。它认为此处双方边界暂定，便缓慢张开黄铜色四肢，踩上一颗黑子，又迈上一颗白子，动作笨拙而又巧妙地跳出棋盘。

“保罗的铁皮人？”

“对，人工智能的智者，我们很尊重他。”阿莱夫明亮剔透的玻璃眼没离开棋盘。它也没在龛壁表面多加停留，而是沉稳地改变方向，飞往棋盘对面，在吴旭摆得有些高的黑子下面，放一子。

吴旭没有马上动作，他继续问：“为什么让你来？”

棋盘开始变小，阿莱夫双臂伸展，转了九十度。它的视野穿透网格，充满俯视全局的味道，似乎吴旭也在掌控之内。

“因为我很厉害。也因为我同你一样，相信围棋的真谛。”

吴旭的黑子控制住三个角，准备占据两角之间的棱。阿莱夫方才落的一子干扰了他的布局。一个棱大概会成为之后正面交锋的战场。吴旭翻身，借附着于棋盘、随棋盘转动的棋子跳跃。他绕过天元，接住由龛壁吐出的黑子，飞到阿莱夫的白子附近，准备守一着，以免它继续入侵。但他的手一抖，一子不小心放高。他有些恍惚，落子无悔，回身望向阿莱夫。

黄铜人缓慢而微妙地耸了耸肩膀，走出它已计算好的一步。

“为什么要植入松果腺？”吴旭半开玩笑地问。

“两人对局，才能接近围棋的真谛，我们也需要相同的支点。”

吴旭没能立刻理解，越到棋盘一个面的正上方，放置黑子。一着好棋，帮他稳住已占据的盘面。

他们又沉默许久，来回上百着，吴旭预感这一局体力将吃紧。他常用的右臂隐隐作痛，换左臂放棋。短暂休息时，他尽可能多地摄入了营养液。

又是百着，阿莱夫突然摆动四肢飘至天元附近，走了“间”。

吴旭微微扬头，也跳到天元附近，在完全对称位置，“间”一着。

阿莱夫无声地张嘴，左右摇摆金属脑袋，转身返回它所经营的盘面。

吴旭手扶天元黑子。轮到他走棋。

阿莱夫说：“我其实并没有把握，你会自己植入松果腺。”

“我也想过逃赛。”

“为什么？”

“霍莉说，围棋是智慧的形式，刨除情感、道德、伦理等一切不确定因子。我怀疑，所以我想尝试格雷厄姆的技术，了解受到干扰的优化人头脑，如何下棋。”

“格雷厄姆的技术不是干扰，只抹去了智能的区别和任何形式的优越感。”

吴旭的动作悄然停顿，犹豫了一会儿，才继续行棋。

在立方与浑圆的纯粹空间里，时光似乎并不流动。吴旭与阿莱夫已行棋七天，局面近中盘。边角棱布局已毕。阿莱夫丢出白子，落在棋盘侧面吴旭未加防守的黑棋中间。它告诉吴旭，绞杀开始。

吴旭没有理会阿莱夫的进攻，反在阿莱夫几乎已围拢的地盘插入一子。

“直觉吗？”阿莱夫似乎带有笑意。它舒展手臂，也没有理会吴旭的入侵，落白子，继续绞杀棋盘侧面。

吴旭“飞”一步，刀子般插入阿莱夫的地盘。

“优化过的直觉。”吴旭说。他确实已完全仰仗潜意识之下的逻辑。

珍珠龛龛壁由蓝变紫。行程过了二分之一。幽蓝立方体银线交织，组成棋盘。黑子白子附着焦点之上，依子成路，连缀成串，呈现出黑白斗场。吴旭和阿莱夫水平相近。

齐戊曾告诉吴旭，围棋谈不上错着、失着、漏着，只有棋艺高低。他也告诉吴旭，高手之间，势更为重要，对方怯场为胜。

“围棋求胜，同时求真谛，你在何时，最接近那个真理呢？”齐戊曾问他。他们总聊吴宥的围棋梦。

吴旭胳臂很疼，头也微微发痛，一年来殚精竭虑，积累的疲劳似乎于今日爆发。

或许是阿莱夫在作怪？他想。

他占据了一片领地。阿莱夫也在他的领地内，盘活一路棋。

“你想多了，”阿莱夫说，“我也想凭借纯粹电子的智慧赢你。”

吴旭微笑。

阿莱夫继续说：“我清楚，围棋象征了对称恒定的空间，揭示黑白世界明与暗的永恒。它的美是那样纯粹，甚至超越了宗教意味。”

黑白焦灼。中心的天元开始起作用。

吴旭清空大脑，纯粹依赖棋感，靠着从意识之下迸发出火花儿，放置棋子。

这时候，吴旭头脑某处想起在棋城的日子，他与霍莉聊到围棋梦，聊到那些古代的传说。俗人观仙人下棋，不知不觉，世上千年已过，唯余一座朽烂石桥，引人回归世间。

霍莉觉得，吴宥的梦中棋局、齐戊经历的现实与梦境，乃至韦伯的长睡不醒，都是去了烂柯山，瞧见了烂柯局。那儿的人喝茶下棋，喝酒下棋，钓鱼下棋，下雨初晴也下棋。他们透过围棋的山中一日，瞧尽世上千年。

“你看，我更相信梦境与传说呢。”霍莉说。

起初，吴旭觉得那是仅属霍莉的神秘主义。后来，他与齐戊走完梦中残局，最终多处有劫，难辨胜负，竟成珍珑棋局。他将赢来的《忘忧清乐集》还给齐戊，说毕竟购自溶洞空间站。齐戊笑着说“忘优清乐在枰在棋”，送给他一张古老的烂柯图。

烂柯图中，人去茶凉，秋叶落下，残局未完，似乎就是父亲梦中的平面围棋。循环赛的日子里，每当吴旭被棋逼得困顿不堪，便展开随身携带的古图，瞧一会儿残局，便能得到心灵暂时的宁静。

他也开始相信梦境与传说。

有些时候，霍莉离开棋城参加循环赛，吴旭恰好休息，霍莉便将女儿交给他。吴旭会抱着芭，坐在棋城座子港边缘，反反复复给她讲关于烂柯局，关于围棋梦的故事。以至他自己都相信，那个世界才是真实而值得期待的，让人悟到围棋以外的智慧。

吴旭突然惊醒，恍若隔世，仿佛真的刚从梦中醒来。他侧首，轮到他走棋，黑子恰好飘至他右手边。他望向不远处的阿莱夫，那家伙的动作变得迟缓，关节处隐隐冒出火星儿，短路部分大约是遍布阿莱夫全身的神经元芯片。

吴旭四顾左右，发觉恍惚中棋局已过四分之三。他于无意识状态妙着频出。阿莱夫大势已去。

他立于虚空之上，许久没有落子。

他问阿莱夫 :“齐戊与怀特的对局，你们看到了？”

“是的。”

“我父亲吴宥，也看到了？”

“大概。”

“大概？”

“因为都在梦里。”

“你们也做梦吗？”

“我不确定，梦只是世界另一个层面的托词。我相信，那是更为高深的世界。”

吴旭凝视阿莱夫水晶球般的双眼，似乎瞧见了碧绿色的光晕，也看见了智慧的另外一种深意。

他笑了，说 :“不如，我们在梦中继续。”

他转身放下黑子。

后世记录，优化人吴旭胜券在握，却改变策略，避免败局似的造出“四劫循环”。收官将近，他们耗尽劫材，珍珑棋局便在循环的劫中往复进行。围棋协会与木卫系统无法达成一致，关于判“和”还是判“无胜负”理论不清。吴旭与阿莱夫便缓慢地反复落子，一直没有休息。他们就像西西弗斯反复推动永恒的石块，无益于现实，但反复提子落子，似乎填补了意义的空洞。

阿莱夫困在循环劫中十分痛苦，终于关节断裂，离开正在收缩的棋盘，向龛壁坠落。

此时，判决出现，“和棋”。

吴旭似乎看见陈旧的世界分崩离析，更替的齿轮却不加转动。他抬起右臂，血肉之躯已然麻痹。

珍珠龛的保护壳一层层脱落。龛体逐渐接近正四面体空间站。对接的一瞬，珍珠龛整个变成透明空壳，棋子应声落向虚空，龛里的吴旭浮于空旷宇宙当中，脚下的阿莱夫微微抽动，似乎已报废。但吴旭并未立刻离开珍珠龛。

他手中的黑子在月面冷光中透出深邃的碧绿，与阿莱夫的水晶眼球如出一辙。

他俯身，一点一点扶正阿莱夫断裂的关节。

阿莱夫眼球毫无焦点地转动。

和棋的意义十分微妙。一种观点认为是优化人赢了，吴旭如未走昏棋，他稳操胜券。另一种观点认为是人工智能赢了，毕竟他们打败了齐戊和井上龙一，而马丁与霍莉所使用的也并非纯粹的人类智慧。还有一种观点认为，杂合的大脑才是适应性最强的。极少数人相信，吴旭受到了影响，有些像几十年前的老保罗，被人工智能的法则蛊惑，只是他比韦伯厉害，才没变为沉溺于梦中的废人。

吴旭被软禁地球近半年，各项检查全然正常，但他棋力下降，一些人怀疑是伪装。齐戊与本杰明却不做回应。齐戊更加云淡风轻，本杰明则致力于研究黑帽子里的梦中世界。吴旭半年中毫无梦境。他害怕植入身体的东西已消耗干净，再也联系不上黄铜人。井上为他解释了时局的变动。和棋导致分裂趋势更大，空间站变得十分混乱，优化人离开时地球方面更加谨慎。但也由于和棋，法案暂不颁布，决定性的诱发事件延缓了。

“这才是‘四劫循环’的目的？”井上问。

吴旭不置可否。

“本杰明说应该把你送出去，你在棋城，已经像个废人了。但我们都不保证你能顺利抵达火星。”

吴旭笑问：“霍莉也在那儿吗？”

“她和芭都在。”

吴旭被转移到开普敦，趁着夜色离开地球，抵达溶洞空间站。不到半年，钟乳石港已一片衰败。相传“肉松”和“骨架子”已去了接近火星的极点空间站，倒卖军火。许多人也跟着他们离开了。吴旭又回到空空如也的家里，从落地窗俯瞰半个空间站和整个地球。他蹲在角落，失声恸哭。留守的库帕找到他，站在门外，也没劝。他安排吴旭乘长梭秘密离开。在关口体检时遇见莱克特医生。吴旭与库帕面面相觑，尔后什么都没做，只是瞧着莱克特。

莱克特医生面无表情，说："别忘了，事到如今，你仍是杰出的优化人。"

他放吴旭通过关口。

库帕突然大声问："吴旭，你赢了吗？"

"我不会输，"吴旭挥手，"除非有意为之。"

他乘长梭，没有床位，只待在三等舱坐席。棋局结束后，他开始酗酒。他来到舰艇里的低等酒馆，在机器服务生当中发现了康托尔。棋城的康托尔，是围棋协会赠送给芭的。霍莉曾拆解过它，又重新组装，评价它仅是格雷厄姆系列的改进机器人，没什么进步，所以才显得可亲可爱。

康托尔转动玻璃珠般的眼球，没认出他。它的智能似乎已经损坏了，只是机械地端盘子，被人撞倒，泼一身酒水。

吴旭问它要了伏特加，不加冰。他摸了摸康托尔的右臂，关节运转良好。他一杯一杯要酒，不一会儿，便趴在吧台上烂醉。

他恍惚梦见了地球，梦见了珍珠夐。

幽蓝色的立方体由银线交织出六千八百五十九个点，凝结了冷漠的、纯粹的、超脱了宗教信仰与道德标准的智慧。

吴旭梦见他伸出右臂，接过一颗黑白相间的骰子，探身，掷出，恰好落入天元。

下一瞬间，他陷入更深的梦境。

八

他返回过去，溶洞空间站的纸质书图书馆变为棋室，他父亲进入房间，没认出他，只靠近棋盘，鞠躬坐定，充满疑窦，与吴旭猜子。吴旭泪流满面，同时接受了梦境与真实。他故意猜错，让吴宥执黑，第一手走天元。吴旭落星位，吴宥也落星位，依此往复。吴宥盯着吴旭，似曾相识，想看清模样，一直下模仿棋。吴旭回视父亲，按照记忆中的棋谱，依节奏行棋。约三十手后，吴旭贴第一手天元，落白子。

棋室变为流水庭院。木棋盘变为古老石盘。棋子变成云子。齐戊的住所。吴旭环顾四周，庭院欣欣向荣。吴宥没到过地球，他出神地望着石桥边的黄色小花。吴旭开始破解吴宥的模仿棋，将他逼到死路。

他拿起白棋，有瞬间停顿，才落子，没有提吃。

于是，石头棋盘消失，只留平面纵横交织的银线，棋子仍在，飘浮在宇宙当中。吴旭盯着棋盘，上下纵深的金线自平面棋盘渐次出现，形成十九立方的空间围棋。二维至三维，盘面上多出的两口气微微闪烁，示意何处可以落子。

吴宥小心地用食指与中指夹起黑子，放在天元的上方。

棋局继续，时间与空间在宇宙中纠缠震动。吴旭低头，瞧见超新星在脚下爆发。

突然，传来开门声音。

吴旭与吴宥同时跌回齐戊的院子，黑白棋子应声落下，“噼里啪啦”撒了一地。齐戊走近他们，也看不清吴旭的脸。吴旭刚想起身，空间再次分裂。吴宥回到图书馆，幽暗的空间在庭院内维持了五秒，齐戊和吴旭同时望着灯下玻璃匣中的《忘忧清乐集》。

尔后，吴旭陷入一片漆黑。他的父亲似乎又看见了什么，也沉入黑暗。

他缓慢呼吸，重新想起父亲的梦境、齐戊的梦境，乃至书上记载的，格雷厄姆的出神状态。他想起霍莉相信的梦境与传说，突然理解了智能的平等，在梦里，没有优化人、普通人、杂合人或人工智能之分，所有智慧都融入了宏大梦境，一窥宇宙奥秘。

他伸出手，似乎碰坏了什么，反应炉爆炸声音传来。视野逐渐清晰后他看见溶洞空间站底盘震动，球形竞技场弹了出去。他穿过墙壁，进入竞技场。黑暗中一片混乱，吴旭于虚空中瞧见了阿莱夫，阿莱夫盯着棋局。

“你是哪一位阿莱夫？”吴旭问。

“最后一位，”阿莱夫回答，“也是每一个。”

灯光逐渐恢复，吴旭想借助棋子的反作用力，靠近阿莱夫，他手扶黑子，却因悬浮系统尚不稳定，移动了齐戊的失着。阿莱夫将它放到更好的地方，转身离开竞技场。

吴旭跟着阿莱夫飞离地球，飞离小行星带，飞离黄道平面，飞离太阳系，飞入空旷寂寥、令人倍感孤独的宇宙。

在那儿，星云斗转，十九路金线棋盘于虚空划出空间网格。

吴旭与阿莱夫手边，黑白棋子以各种形态出现，象征物质的两面，他们交替落子，跨越光年，贴着宇宙远古的边缘落子，靠近星系澎湃的中心落子。

吴旭明白了提坦反复告诉他的事实，物质的结构决定智慧，不在乎物质成分组成。因而智慧绝对平等，超越道德与伦理的叙述，超越人类，或者任何智能体的本性。

他望向阿莱夫，对方似乎瞧见了他的所思所想。他们达成共识，开始利用围棋的布局结构，向上攀登宇宙智慧的巅峰。

棋局终于不再讲究相杀、围空、成活或比子，而变得像珍珑棋局，由吴旭和阿莱夫构建无限的可能，囊括万物，去造就无限的伊甸园。

终于，他们觉得棋局已近尾声，但天元处，决定性的一子还没有放。

阿莱夫双手护住天元，示意吴旭。

吴旭手中的一粒黑子悄然投出，穿越时空万物，落入天元。

刹那间，天元扭结为奇点，形成黑洞，阿莱夫消失其中。

吴旭身后传来霍莉的声音。她抱着芭，坐在一个时空泡里。芭睡着了。霍莉轻声对吴旭说："阿莱夫，它是空间一个包罗万象的点，象征了无限的无限层级，它就是不可思议的宇宙。"

吴旭感到无限畅快。他努力靠近霍莉母女，给了时空泡一个吻，下一秒，便陷入黑洞。

无数信息清晰可辨，涌向吴旭，超越时间，将吴旭拽向整个世界。他看见溶洞空间站层层叠叠的建筑只露出一点儿缝隙，透出地球蓝色的光辉。他看见自己乘坐长梭舰艇，掠过木星的大红斑，康托尔告诉他，围棋的无限级别，就是围棋的维度。

他看见他与阿莱夫的宇宙之棋，相互垂直的三路金色网格扭曲成奇怪的样子。

之后，一条没有色彩，穿越空间的线条直直穿透立体棋盘，时间箭头一般，透过三维的世界，延伸至吴旭看不见的地方。

更多线条升起，时而没入虚空，时而显出形态，暗示吴旭何处可以落子。

吴旭知道，那是三维棋局变向四维棋局，是智慧在进阶，升向更高级的围棋的真谛。

他手中又出现一粒黑子，一个微小的黑洞。

吴旭突然感到无限崇敬，无限凄凉，似乎已知道终将与围棋的真谛失之交臂。

棋子放入四维棋局。

吴旭收回手，回到钟乳石港。

他正穿过钟乳石港庞杂错综的小巷，觉得精神恍惚，仿佛刚从梦中醒来。

/ 作者说

《空间围棋》的缘起来自对三维围棋的想象。黑白棋子悬浮在立体棋盘，不应受重力约束，最合理的场所便是宇宙空间。棋盘可以旋转，可以变得很大。无重力环境中的棋手甚至须进入棋盘内部，放置棋子。空间围棋因此变为一种真正意义上的竞技体育，既需脑力，也需优雅的动作。加之围棋的形式感与空间站的极简主义，想一想，一定会很好看。

为了写围棋，自然要翻一翻相关的介绍书籍和小说。然后我发现，设定三维围棋的规则在自己能力范围之外，对围棋境界的描述，也无法企及川端康成的《名人》。

于是，我策略性地选择了更为擅长的话题——人与人工智能。写《空间围棋》时,《公鸡王子》的一些故事已经成形。《空间围棋》中关于智能的讨论，更像在《公鸡王子》雏形上的一次奔放推演。抛出的观点多于对细节的推敲。好在用围棋做背景，一些似是而非的想法得以呈现。

小说用直觉主义和计算主义将棋手分为两派。似乎人类更为直觉，人工智能更为计算。但我个人更相信一种深层的计算逻辑，一种不同于阿尔法狗的算法。毕竟人的意识来自无序世界的秩序，是一种熵减。潜意识里的直觉或许也是经年累月形成的算法，一种烙印在物质结构上的智慧的存在模式。

在这里，人与人工智能没有区别。

直觉主义的代表齐戍取自齐物；计算主义的代表布莱克·怀

特就是围棋的黑与白，二进制的0与1；黄铜人阿莱夫来自希伯来语的第一个字母，是康托尔连续统假设的无穷基数。它们之间的关系是进阶，而非分野。

因此小说中的地球基因优化人、依赖脑机接口的普通人、半人半机械的空间站人、全电子脑人或者纯粹硅基的黄铜人，虽有阶级分化，但都在同一模式中竞争智慧的高度。值得一提的是，黄铜人是《公鸡王子》里嘀嗒机器人的加强版；优化人增厚自身脑皮层，是《精神采样》中脑壳插芯片的加强版。

机械艺术和人机结合，在空间围棋的竞技场中比赛，想一想，也一定很好看。

或许人对人工智能的恐惧来自一种根深蒂固的观念：人与人工智能不同。

但这或许也恰好违背了图灵测试的本意。

双兔傍地走，安能辨我是雄雌？

《公鸡王子》和《空间围棋》都建立在同一假设之上：物质的某种秩序结构决定了智慧（或智能）。《公鸡王子》试图展现对于人与人工智能，认知、伦理与信仰等价。《空间围棋》则想提出一个假设：智慧本身是否能超越认知与信仰。这一假设嫁接于围棋的宗教含义与科学因素，将围棋的真谛等同于宇宙智慧，有那么一点儿玄学味道。

有趣的是，围棋的运筹帷幄其实也属尘世的技巧。这是智慧的非形式主义部分。

古人说，围棋达者为能。

/ 后记

得知能出作品集，我内心一阵欣喜。那感觉让我想到《幽游白书》里很晚才出现的烟鬼。他在冥界比武大会意外得冠，获奖感言说:“我觉得我是靠运气，当然运气也是实力的一部分。”

写科幻时，我的运气一直很好。我想我一定在某个平行世界实力爆棚，拯救了世界又没好报，未知的物理定律补偿了在这个世界实力匮乏的我。

这一定律不仅描述自然规律，也定义了纯粹的善意和帮助。

所以我自大学以来的导师，我的初高中语文老师，对我的写作兴趣都给予了极大包容。所以大学时我参加科幻协会，编辑杂志，有幸获高校征文奖，获得来自《科幻世界》的编辑的鼓励。所以豆瓣征文过程中总有素不相识的读者给予我鼓励和非常有效的评论，帮我认识了更多作者、更多编辑、更多值得学习的科幻工作者，得到了各种各样的指导。

不过，我特别想感谢的，是我的高中化学老师，金仲明老师。

他同科幻“关系”最远，但在心灵深处给了我关键的鼓励。

我从小喜欢科幻，时不时鸡血上头，搞一搞所谓的“创作”。初高中兴冲冲投过《科幻世界》，自是石沉大海杳无音信。大学时一段必然迷茫又无所事事的日子里，我煞有介事地完成了两篇科幻。其中一篇得了高校征文奖。于是我体验到了小有进步，沾沾自喜，但又希望获得更多肯定的心态。

一种缺乏安全感的膨胀情绪。

在类似的成长的节骨眼儿上，来自长者的鼓励往往既使人充实，又让人学着谦卑。

金老师的鼓励就这样不期而至了。

他身材高大，体格健壮，已是返聘年纪，打篮球不输高中篮球好手。他曾抬起粗壮的臂膀，半开玩笑地质问全班，有谁打得过他。教室里一片寂静，然后发出秒怂的笑声。他姓金，在旧社会出身高贵，后来是背着母亲经受磨难的命。他一定经历过我们心灵无法测度的事情，最后辗转到高中，当了化学老师。他上课严厉，我化学最差，上课总听得战战兢兢。他读过很多书，上课希望传授知识之外的东西，尤其是做人和处世的道理，但我们基本听不进去，也闹出过沸沸扬扬的事。高中毕业至今，我记住了他逼着全班配平化学方程式，还有他讲的“慎独”。是“慎独”帮我度过了留学的时光，也帮我写出了《公鸡王子》。

大二教师节，我返校看老师，还不知道金老师会在这样的时间节点上，扭转我的科幻写作。

那天，只有金老师问我：哲学学得怎么样，有什么成果？我想了想，只能说还不错，不过太闲了，写科幻去了。金老师就给我电子邮箱，问我要小说看。我诚惶诚恐发了过去。高中毕业，我总算因为专业特色受到了德高望重老师的青睐。

几个月后，我突然收到金老师的邮件。他说写得不错，让我继续。

我知道金老师看了很多书，如果他说不错，那就是以他的人生阅历，觉得我还可以继续。

于是，我认认真真又写了一些科幻，行文逻辑开始变得“哲学式缠绕”，在奖项和发表上没有起色。我也文思枯竭，不知不觉放下笔。直到硕士毕业做论文前，暑假回国，我忍不住想见见金老师。

金老师骑着十年如一的自行车，来到学校门口咖啡厅，坐下，劈头盖脸第一句话：你有没有再写？

我很惭愧。算一算，已经六年过去了。

你应该继续写。他说。

一个月后，我被硕士论文逼到内心暴躁。我想到了金老师。他对我的专业和我的小说都有期待。我应该学着结束浑浑噩噩和学会坚持。

然后，我发现了第一届豆瓣阅读征文大赛，觉得可以没什么局限，自由地重新开始。每天下午一个小时，每小时八百到一千字，写了将近一个月。《精神采样》，投稿。下一年，《复制时代的艺术作品》。下一年，《空间围棋》。下一年，《公鸡王子》。

写科幻有时是一个人试图通过艺术来求解一个自然命题。

概率之外的帮助总会揭示一条未知公理，沿着这条公理演绎出的事情，显得顺理成章 。我清楚，从《精神采样》到作品集，这一条生命线的逻辑链源自金老师。我和金老师交集不多，他对我的影响，却主要来自高中毕业后，仅有的两次见面。我人生的一部分，就这样悄然改变了。

一个人需要这种鼓励。其出现概率或许在概率测定范围之外。

科幻写作者可能更需要这样的鼓励，一种来自所有可能世界的美好和善意。

有时会觉得自己像困在薛定谔盒子里的猫。感谢金老师，他就是那种概率上未知，但在时间演进进程上可靠的，开盒子的人。

然后，所有的契机随之而来。感谢豆瓣阅读编辑老鱼、邹熙 、符以轩、徐栖的帮助，感谢兔子瞧、宇镭、万象的评论和分析，感谢很多读者尤其是郭亮的点评和持续鼓励，感谢东方出版社的诸多帮助。感谢一直以来给予我无私建议和非理性支持的朋友们。感谢永远爱我、支持我的父母。

于是，我变成了一只活了下来的薛定谔的幸运猫。